CLAUDE GAGNIÈRE

VERSICULETS & TEXTICULES

Épigrammes, madrigaux...
Cinq siècles de poésies fugitives

ROBERT LAFFONT

ISBN 2-221-09002-0

À titre de reconnaissance

Que grâces soient ici rendues à Pierre de Ronsard et à Raymond Queneau, ces deux auteurs pleins de modestie qui, à propos de leur œuvre, n'hésitèrent pas à inventer des diminutifs.

Le premier, en qualifiant de *versiculets* certains de ses alexandrins, m'a fourni la moitié du titre de ce volume.

Le second, en baptisant affectueusement *texticules* quelques-uns de ses textes courts, m'en a donné l'autre moitié.

Cl. G.

À Gauthier.

VERSICULETS
&
TEXTICULES

DU MÊME AUTEUR

Chez le même éditeur

Au bonheur des mots, 1989.
Des mots et merveilles, 1994.

Ces deux ouvrages épuisés ont été publiés également en un volume dans la collection Bouquins dans une nouvelle édition augmentée sous le titre *Pour tout l'or des mots*

« Entre guillemets », dictionnaire de citations, première édition, 1996

« Entre guillemets », nouveau dictionnaire de citations, 1997

« Les vers ajoutent de l'esprit
à la pensée de l'homme qui
en a quelquefois assez peu ;
et c'est ce qu'on appelle talent. »
Rivarol.

« On n'estime que les œuvres
longues, or, il est difficile
d'être longtemps beau. »
Max Jacob,
Le Cornet à dés.

« Il n'y a pas de longs poèmes.
Longueur et poésie sont des
termes contradictoires. »
Edgar Poe.

Préface

> « La poésie éclaire comme un feu d'artifice, elle ne veut pas chasser la nuit mais, au contraire, en tirer parti... »
>
> Jean-Paul (1763-1825).

Les dieux enseignèrent jadis la poésie aux hommes pour les consoler de n'être pas nés immortels. Et les humains, ces créatures provisoires, mirent la leçon à profit pour inventer les mots qui défieraient les siècles, car ils avaient pressenti que, sous son apparente fragilité, la poésie était éternelle.

Avec le temps, le marbre se lézarde, le granit se fissure, le bronze se rouille et, couchées dans l'herbe, les statues des dieux décapités ont perdu jusqu'au souvenir de leur gloire passée. La poésie, au contraire, jeune comme au premier jour, ne cesse, elle, de revivre, passant d'un homme à l'autre, d'un siècle au suivant, toujours neuve car toujours réinventée.

L'aventure poétique de la France commença au début du XVIe siècle lorsque des hommes inspirés entreprirent, pour la première fois, de plaquer sur des musiques alexandrines les paroles d'une langue nouvelle-née et belle comme le jour : le français. Comment un mélange de latin dégénéré, de patois rustique et d'idiomes barbares, avait-il pu, après une gestation de plusieurs siècles, donner naissance à la plus belle langue du monde ? Voilà qui relève du pur mystère. Ce « doux parler françois » se révéla à l'évidence si bien fait pour la poésie que chacun, dès lors, se crut poète et voulut le prouver.

Ainsi vit-on éclore, à côté d'une littérature éprise de perfection et aspirant à l'immortalité [1], une profusion de petites pièces de vers, sans façon, sans prétention, mais non sans mérite, que l'on baptisa *poésies fugitives*... Un joli nom pour qualifier ces œuvrettes de peu d'étendue « qui semblaient s'échapper avec la même facilité de la plume qui les produit et des mains qui les recueillent [2] ». Ces poèmes en miniature avaient trop peu d'ambition pour que l'on songeât à les réunir en volumes (certains l'ont fait pourtant) et ils étaient exposés, de par leur petitesse même, à connaître le sort des étoiles filantes dont la trace incandescente s'éteint à peine apparue. Inspirés par une occasion — c'est l'occasion qui fait le Scarron ! —, par un sentiment soudain, un coup de foudre, un éclat de rire, une querelle ou une vengeance, ils n'ont entre eux aucune liaison. Ils ont vu le jour au hasard des circonstances, dans la ruelle d'une précieuse, dans le boudoir d'une favorite [3], dans les salons littéraires ou les camps militaires, dans la rue, à la Cour comme à l'Académie.

Rien d'intimidant ni de guindé dans cette manifestation d'une poésie spontanée et vivante ! Incroyable profusion de talents où l'on voit poètes, poétaillons ou poétereaux, rimeurs de génie ou rimailleurs d'occasion rivaliser de galanterie ou s'affronter à la plume non mouchetée, semant au passage la menue monnaie de leur insolence et de leur esprit. Côté pique, personne n'est à l'abri de leurs traits, pas plus les puissants que les

1. « Ce que Malherbe écrit dure éternellement. » Qui est l'auteur de ce vers célèbre ? C'est Malherbe lui-même, en toute simplicité !

2. Jean-François de La Harpe (1739-1803) ; *Le Lycée ou cours de littérature ancienne et moderne.*

3. Voir GAILLARD page 338.

ministres ou leurs favorites... le roi lui-même n'est pas toujours épargné.

Côté cœur, les belles sont harcelées de madrigaux tendres ou coquins les pressant de rendre les armes. Les reines, à Versailles ou à Trianon, les précieuses à l'Hôtel de Rambouillet, la Pompadour à Marly, la Du Barry à Lucienne (Louveciennes, aujourd'hui) sont les héroïnes de poèmes qui les encensent ou les vilipendent. Des milliers de quatrains accompagnent ainsi l'Histoire — la grande —, pas à pas ; on peut les reconnaître à ce qu'ils sont vêtus à la mode du temps : cavaliers sous Henri IV, emperruqués sous le Roi-Soleil, libertins sous la Régence, galants sous Louis XV, athées aux approches de la Révolution.

C'est au cours de trois siècles d'or, le XVIe, le XVIIe et le XVIIIe que s'imposa, galant ou querelleur, léger ou satirique, le génie de notre langue.

Cette petite littérature de salon ou de cabaret a ses spécialistes, ses vedettes, dont les noms reviendront souvent au cours des pages qui suivent. On ne cesse, par exemple, d'y croiser Voltaire, jamais à court d'ennemis à ridiculiser ou de princesses à flatter. Qu'il s'agisse de lancer la flèche empoisonnée ou de manier la brosse à reluire, il est le meilleur. Alors qu'il écrivit par milliers des vers qu'il espérait immortels, quel est le quatrain de lui que l'on garde aujourd'hui en mémoire ? Celui par lequel il avait fustigé l'ineffable Fréron :

L'autre jour au fond d'un vallon
Un serpent piqua Jean Fréron.
Que pensez-vous qu'il arriva ?
Ce fut le serpent qui creva.[1]

Comme quoi, il peut arriver qu'un poème de l'espèce dite fugitive atteigne plus sûrement à la postérité qu'une œuvre savante et de haute tenue. Voltaire pensait

1. Voir VIPÈRE page 268.

n'avoir fait qu'épingler une fleur à sa boutonnière... et c'est son habit de poète qui s'est fané le premier !

La commune qualité de ces poèmes de circonstance est d'être courts. Sont-ils mauvais qu'ils n'auront pas ennuyé longtemps... mais s'ils sont bons, alors, on les retiendra, on les répétera et ils courront les rues et les ruelles.

Un spécialiste de ces œuvrettes, Jacques de Cailly, avait indiqué les raisons qui lui faisaient préférer l'écriture d'un quatrain : « J'ai mieux aimé m'arrêter à ces petits poèmes qu'à d'autres de grande étendue, tant parce que je les fais en me divertissant et sans aucune attache — que parce qu'ils sont plus en usage de notre nation qui, assez souvent, s'impatiente ou s'endort sur les pièces qui sont de longue haleine. »

Pour écrire des œuvres immortelles, il faut avoir du génie, tandis que pour aiguiser une épigramme — ce « petit poignard de salon [1] » — ou trousser un madrigal, il suffit d'avoir de l'esprit... et Dieu sait que l'époque n'en manquait pas !

Épigrammes, madrigaux, énigmes ou dédicaces en vers, rondeaux, pamphlets, bouts-rimés, acrostiches... sont le plus souvent ignorés ou tenus en piètre estime par les faiseurs d'anthologies. Il nous a semblé que ce petit trésor injustement méconnu pouvait encore amuser et séduire, même, notre fin de millénaire oublieuse et pressée. Et n'est-ce pas une excellente occasion de rendre une visite... impromptue et souriante, sans protocole et sans ennui, au petit monde littéraire des siècles passés afin de rappeler son existence à notre bon souvenir ? « Hommes de l'avenir, souvenez-vous de moi... » implorait, il y a un siècle, Guillaume Apollinaire, le poète mal-aimé.

Claude Gagnière

1. Robert Sabatier.

Épigrammes

> « Il fut un temps où l'on savait se venger d'un bon mot par un autre bon mot, rendre épigramme pour épigramme. »
>
> Paul Léautaud.

Un jeu de mots détestable pourrait donner à penser que l'épigramme, avec son nom évocateur d'un sous-multiple du gramme, ne doit pas peser bien lourd dans la littérature française. Ce serait une erreur que de le croire.

Dans son acception d'origine, du temps de la Grèce antique, il est vrai que le mot d'*épigramme* (composé d'après *épi*, « sur », et *gramma*, « lettre ») avait le sens d'« inscription ». On appelait ainsi une brève sentence destinée à être gravée dans la pierre, le marbre ou l'airain, matériaux qui se prêtent mal aux longs développements. Par la suite, du nom d'épigramme, on ne retint que la notion de brièveté, et le mot servit à désigner, toujours chez les Grecs, puis chez les Romains, un petit poème de peu d'ampleur — sept ou huit vers, pas davantage — et quel que soit le sujet traité.

C'est alors qu'arriva Martial. Ce poète latin, qui vivait au premier siècle de notre ère, se fit une spécialité des textes courts, incisifs, spirituels, grossiers souvent et d'une bien réjouissante méchanceté qu'il baptisa « épigrammes ». Comme il en écrivit quinze livres, c'est lui qui passa dès lors pour le créateur d'un genre proche de celui que nous connaissons aujourd'hui.

Au XVIe siècle, l'épigramme à la française pointa timidement son nez... mais il fallut attendre les XVIIe et XVIIIe siècles pour qu'elle connût son âge d'or.

Cependant qu'en de sanglants duels mousquetaires et cadets de famille s'étripaient à la pointe de l'épée, les poètes, écrivains et gens d'esprit, eux, s'affrontaient à l'épigramme, une arme presque aussi dangereuse. « Ils n'en mouraient pas tous, mais tous étaient frappés... », car ce n'est pas sans raison que le dernier vers d'une épigramme fut baptisé *la pointe* pour son aptitude à piquer l'adversaire, voire à le blesser dans son amour-propre, sinon à le tuer, vaincu par le ridicule.

Si le Cyrano de Rostand, ferraillant sur les deux tableaux, se bat à l'épée en composant une ballade, pour ne « toucher » qu'au dernier des vingt-huit vers, les épigrammatistes, plus féroces ou plus pressés, expédiaient leur ennemi dès l'ultime vers du quatrain.

L'esprit et la raillerie s'effacèrent peu à peu devant l'efficacité et la méchanceté. On frappait fort et Boileau regrettait :

L'épigramme, plus libre[1], *en son tour plus bornée,*
N'est souvent qu'un bon mot, de deux rimes orné.

L'avantage des duels littéraires sur les rencontres à l'arme blanche est que, parfois, l'arme du crime nous en est restée. Ces quatrains venimeux ont beau être catalogués au nombre des « poésies fugitives », certains d'entre eux ont réussi à traverser les siècles. Pour notre jubilation, nous assistons donc, en qualité de témoins, à ces échanges de méchancetés et de saillies spirituelles entre des poètes oubliés.

---

1. Que la ballade.

Alcandre, c'est ta passion
Tu veux une longue épigramme,
Bien qu'elle soit digne de blâme
Comme une longue inscription ;
D'un seul coup, elle fait sa brèche
Ainsi que le trait d'un archer.
As-tu jamais vu décocher
Une pique au lieu d'une flèche ?

Gombauld

Comme les hauts faits d'armes de généraux sur le champ de bataille, nous nous remémorons les flèches empoisonnées par lesquelles Boileau, Piron, Lebrun, Voltaire et tant d'autres exécutèrent leurs adversaires.

Au XIXe siècle, la mode de l'épigramme déclina peu à peu, même si l'on continua d'admirer, ici et là, quelques belles fusées. Le genre était fugitif et le secret s'en est perdu.

Cette spécialité bien française est à ranger désormais au magasin des accessoires.

Qui trouverait aujourd'hui le temps de rimer ne serait-ce que quatre vers ?

ABEILLE

Entre abeilles et poètes existent depuis longtemps de mystérieuses et symboliques correspondances. Dans les temps mythologiques déjà, les abeilles étaient consacrées à Apollon, dieu de la lumière et des arts, et leurs essaims du mont Ida avaient nourri de miel l'enfance de Jupiter, le dieu des dieux. Ce sont là de sérieuses références qui ne s'oublient pas.

Comme l'abeille les fleurs, le poète connaît l'art de choisir les mots et de les transformer en nectar.

« Ô, Muse, je t'invoque, emmielle-moi le bec ! » implorait Mathurin Régnier.

Mais, comme l'abeille aussi, impitoyable à qui l'attaque, le poète peut oublier sa douceur.

À ses madrigaux suaves succède alors le venin d'une épigramme.

Les poètes, comme les abeilles, sont à manipuler avec précaution !

LE VRAI POÈTE

Tout vrai poète est semblable à l'abeille :
C'est pour nous seuls que l'aurore l'éveille,
Et qu'elle amasse, au milieu des chaleurs,
Ce miel si doux tiré du suc des fleurs.
Mais la nature, au moment qu'on l'offense,
Lui fit présent d'un dard pour sa défense,
D'un aiguillon qui, prompt à la venger,
Cuit plus d'un jour à qui l'ose outrager.

Jean-Baptiste Rousseau

Ce Rousseau-là (1671-1741) — qui n'était pas Jean-Jacques — était le fils d'un cordonnier. Ses qualités de poète lyrique le conduisirent aux portes de l'Académie française, où on lui préféra Houdar de La Motte, un candidat plus présentable. Mauvais perdant, Jean-Baptiste Rousseau, comme une abeille en folie, poursuivit alors son rival de couplets venimeux qui le firent condamner au bannissement à perpétuité.

Voir ÉPIGRAMMES : ABRÉGÉ.

ABRÉGÉ

Suffirait-il par hasard d'être bossu pour écrire des fables comme Ésope ? Bègue pour plaider comme Démosthène ou sourd pour composer des symphonies à la manière de Beethoven ? Seul un fou pourrait le croire.

Pourtant, il se trouva un doux aveugle du nom d'Antoine Houdar de La Motte (1672-1731) pour prétendre rivaliser avec Homère, cet autre aveugle, et entreprendre de récrire en vers son *Iliade* après l'avoir au passage réduite de moitié. Circonstance aggravante, Houdar ne connaissait pas un mot de grec et il avait dû s'inspirer pour mener à bien son opération — d'autres diraient son amputation — de la traduction pieuse et fidèle qu'en avait faite Mme Dacier, épouse du secrétaire perpétuel de l'Académie.

Non content d'avoir rendu *L'Iliade* infirme comme lui, cet... abrégé de grec se crut autorisé, dans la préface de son œuvre, à brocarder Homère qu'il accusait de lourdeurs et d'obscurités.

Pour comble de malchance, Houdar était un mauvais poète. Alors, devant un aussi pitoyable résultat, la critique se déchaîna et les épigrammes se mirent à pleuvoir.

Celle de Jean-Baptiste Rousseau donne le ton :

CONTRE LA MOTTE

Le traducteur qui rima l'Iliade
De douze chants prétendit l'abréger ;
Mais, par son style aussi triste que fade,
De douze en sus il a su l'allonger.
Or, le lecteur, qui se sent affliger,
Le donne au diable et dit, perdant l'haleine :

« Eh ! finissez, rimeur à la douzaine !
Vos abrégés sont longs au dernier point ! »
Ami lecteur, vous voilà bien en peine,
Rendons-les courts en ne les lisant point.

Jean-Baptiste Rousseau

« Homère est nouveau ce matin et rien n'est peut-être aussi vieux que le journal d'aujourd'hui », écrira un jour Péguy.

Voir ÉPIGRAMMES : ABEILLE.

ABSINTHE

« Savez-vous où se trouve M. de Musset ? » demandait-on un jour à l'Académie française.

— Je crois qu'il s'est encore... absinthé ! » répondit quelqu'un au milieu des rires.

Seul l'humour pouvait exprimer avec autant de force cette terrible réalité : à la fin du XIXe siècle, à la fois consolatrice des malheureux et muse des intellectuels, l'absinthe était devenue l'opium de tout un peuple. On l'appelait « la fée verte » pour ses sortilèges. Aux poètes, aux peintres, aux musiciens, à qui le souffle anisé de son inspiration montait à la tête, elle donnait l'illusion du génie. Arthur Rimbaud, l'un de ses servants fidèles, la nommait « Absomphe » et Alfred Jarry l'avait baptisée d'un cruel à-peu-près « l'herbe sainte ». C'est lui qui prétendait que « l'eau est un liquide si impur qu'une seule goutte suffit à troubler un verre d'absinthe ».

Le populo lui donnait bien d'autres noms : « la fée aux yeux glauques », « la poileuse » — parce qu'à ceux qui la consommaient régulièrement un poil poussait dans la main — ou encore « la correspondance pour Charenton » pour son rôle de pourvoyeuse des asiles d'aliénés.

Il fallut que, devant les ravages qu'elle causait, Raymond Poincaré, jouant les Eliot Ness français, fît interdire la fabrication et la vente d'absinthe en 1915. On plaisantait le nom de Pernod qui en était le principal fabricant : « Perd nos pères et perd nos fils », et l'on s'indigna lorsque l'héritier de la célèbre marque, au volant d'une puissante voiture qu'il conduisait à tombeau ouvert, trucida un piéton sur la nationale 7.

Cette famille dégénère !
Le fils ne sait qu'écrabouiller
Un piéton à la fois. Le père
Empoisonnait un peuple entier !

ACADÉMIE

L'Académie française est une assemblée prestigieuse que tout écrivain se doit de dénigrer au début de sa carrière, avant de faire, par la suite, des pieds et des mains — des pieds surtout ! — pour y être admis.

Voltaire qui, pour une fois, n'exagérait pas, en avait donné cette définition perfide :

« C'est un corps où l'on reçoit des gens titrés, des hommes en place, des prélats, des gens de robe, des médecins, des géomètres... et même des gens de lettres ! »

À l'appui de ses dires, voici quelle était la composition de l'Académie en 1734, c'est-à-dire cent ans après sa création :

« Trois Éminences, trois Grandeurs, neuf abbés, deux maréchaux, quatre hauts fonctionnaires, six historiens, politiciens, ambassadeurs ou économistes, deux orateurs, trois traducteurs et trois écrivains proprement dits[1]. »

Il serait d'une grande naïveté de croire que Richelieu eût créé l'Académie, puis que Louis XIV s'en fût institué le protecteur, uniquement pour la plus grande gloire des lettres françaises. Ce fut longtemps une « manufacture de flatteries[2] » où la faveur du prince faisait un académicien plutôt que son talent.

Lorsque La Fontaine brigua le fauteuil de feu l'abbé Cotin, il eut le dépit de se voir préférer l'insignifiant abbé de Dangeau. Le poète bourguignon Bernard de La Monnoye (1641-1720) vola à son secours et s'en indigna dans un petit poème rageur où il feignait de parler au nom du fabuliste :

1. René Peter, *Vie secrète de l'Académie*, Librairie des Champs-Élysées.
2. Guy Breton, *Curieuses histoires de l'Histoire*, Presses Pocket.

Quand on a comme moi la fortune ennemie,
On n'est pas aujourd'hui propre à l'Académie.
J'ai du génie et de l'acquis,
Ma prose ni mes vers ne me font pas de honte,
Mais je ne suis, hélas ! duc, évêque ni comte,
Ministre, cardinal, président ni marquis.

Bernard de La Monnoye

L'Académie, qui eut toujours l'épiderme sensible, fit payer à La Monnoye son épigramme en le condamnant à faire antichambre trente années durant avant d'y pouvoir entrer. Lorsqu'en 1713 il s'assit — enfin ! — dans le fauteuil tant espéré (le trentième), il prouva en quelques vers [1] qu'il n'avait pas jeté la rancune à la rivière :

J'ai l'honneur d'être un des quarante,
Sans que, chose assez surprenante,
Je sois ni vice-chancelier,
Abbé, cardinal, archevêque,
Pensionnaire, duc, évêque,
Comte, marquis, ni jetonnier.

Bernard de La Monnoye

1. Le manuscrit s'en trouve à la bibliothèque de Dijon.

ACTRICE

À la fin du XVIIIe siècle, deux comédiennes régnaient sur le théâtre, aussi dissemblables l'une de l'autre qu'il était possible.

L'une était Mlle George, une Junon superbe au profil de médaille et aux charmes épanouis, plus appétissante en vérité que talentueuse. L'autre, Mlle Duchesnois, était maigre comme un clou, mais sa voix et son jeu prenaient le spectateur aux tripes. Le public se répartissait en deux clans, d'un côté, les *georgiens* et, de l'autre, *les carcassiens* qui en tenaient pour la carcasse de la Duchesnois.

Un épigrammatiste anonyme avait, en huit vers, résumé la situation :

Entre deux actrices nouvelles
Les beaux esprits sont partagés ;
Mais ceux qui ne se sont rangés
Sous le drapeau d'aucune d'elles
Préféreront sans contredit,
Sauf le respect de Melpomène,
Entendre l'une sur la scène
Et tenir l'autre dans son lit.

La Duchesnois ayant fait exécuter son portrait avec un lévrier couché à ses pieds, Mlle George s'était écriée, en voyant le tableau : « Tiens ! un chien qui garde son os ! »

Après avoir vu jouer Mlle George dans *Émilie*, Bonaparte lui avait envoyé Constant, son valet de chambre, avec mission de la conduire au château de Saint-Cloud. Avec la délicatesse et la galanterie qui faisaient son charme, il avait accompagné son invitation d'une bourse de trois mille francs. Cette liaison fit grand bruit... surtout la nuit où le Premier consul, pour avoir voulu sans doute se surpasser, s'évanouit entre les bras potelés de la comédienne.

Affolée, en tenue très légère, elle se pendit à toutes les sonnettes, faisant accourir tout le monde... y compris Joséphine !

Après cette déroute, ce Waterloo avant l'heure, la carrière de Mlle George connut d'autres succès. Comme elle était un morceau de roi, elle épingla à son tableau de chasse le tsar Alexandre et deux des frères de Napoléon. Quelques décennies plus tard, rose de plus en plus épanouie, elle faisait encore parler d'elle, au point que Victor Hugo — Victor Hugo, hélas ! — n'hésita pas à lui consacrer un quatrain dont il n'avait pas eu à chercher les rimes bien loin :

Par la divine George
L'éléphant fut vaincu.
On croyait voir sa gorge,
Ce n'était que son cul.

Victor Hugo

ADULTÈRE

Fernand Gregh (1873-1960) fut ce qu'il est convenu d'appeler une figure bien parisienne : poète, auteur dramatique, mémorialiste, il signa de nombreux articles et quelques livres dont on a oublié jusqu'aux titres.

Au cours d'une longue vie, Fernand Gregh eut une obsession qui l'accompagna plus d'un demi-siècle : être élu à l'Académie française, et il mit à rejoindre la troupe des immortels un acharnement exemplaire qu'en son honneur on aurait pu baptiser... l'instinct grégaire. Comme il avait prévu que la tâche serait rude, il s'y attela de bonne heure.

Dès 1918, il posa sa candidature, qu'il renouvela par la suite toutes les fois qu'un destin compatissant libérait un fauteuil. Sa longue patience finit par trouver sa récompense en 1953, alors qu'il venait d'être octogénaire (« L'âge de la puberté académique », raillait Paul Claudel). Combien de fois s'était-il présenté en trente-cinq ans et combien de fois lui avait-on préféré un candidat jugé plus brillant ou plus utile ?

Le duc de Castries, mémorialiste de l'Académie, cite le chiffre de onze... mais il est si parfait diplomate qu'on le soupçonne d'en avoir oublié. En revanche, Jacques Chabannes, qui fut un homme de télévision omniprésent, mentionne dans ses souvenirs le total de dix-sept candidatures, bien qu'on puisse le soupçonner, lui, d'en avoir rajouté !

Dans l'œuvre naufragée de Fernand Gregh, que le lecteur nous pardonne d'avoir repêché le petit quatrain féroce et spirituel que voici et qu'on pourrait croire sorti de la plume de Tristan Bernard ou de Sacha Guitry.

Quatre vers réussis pour un cinq à sept raté :

Ah ! premier rendez-vous dans notre petit nid !
Mais, hélas ! quel affreux changement au programme :
Elle m'a tellement parlé de son mari,
Que je n'ai pu placer un seul mot sur ma femme.

Fernand Gregh

ÂGE

En un siècle fertile en monuments de toutes sortes, Ninon de Lenclos (1616-1706) fait figure d'édifice public. En dépit de l'incroyable quantité d'amants qu'elle consomma au cours de sa longue existence et, disait-elle, en vertu de son seul bon plaisir — « Plaignons les tourterelles qui ne baisent qu'au printemps » —, jamais elle ne fut considérée comme une courtisane, mais comme une libertine — ou plutôt comme un libertin — qui traitait avec les hommes en égale. Elle fut sûrement l'une des premières femmes libres de l'Histoire. N'était-ce pas une sorte d'hommage que lui rendait, sous forme d'épigramme, l'auteur inconnu du quatrain que voici ?

On ne reverra de cent lustres
Ce que, de notre temps, nous a fait voir Ninon
Qui s'est mise, en dépit du con,
Au nombre des hommes illustres.

Si la rime est pauvre et vulgaire, la vie de Ninon de Lenclos fut riche, au contraire, d'amitiés et d'intelligence. Ses manières étaient délicates, sa conversation éblouissante, et son salon, où fréquentaient de grands personnages, des ministres et jusqu'au Régent en personne, fut l'un des plus célèbres de son temps.

Louis XIV, qui avait aimé l'esprit de Ninon, demandait que ses mots lui fussent répétés.

Restée belle jusqu'à un âge avancé, Ninon vécut quatre-vingt-dix ans, hantée sur la fin par cette maxime de La Rochefoucauld : « L'enfer des femmes, c'est la vieillesse. »

Elle se consolait en lisant Sénèque, les auteurs anciens, et en s'efforçant au stoïcisme.

La Chapelle (1626-1686), qui n'avait guère que dix ans de moins qu'elle, se moqua de l'apparente immortalité de Ninon :

CONTRE NINON

Il ne faut pas qu'on s'étonne
Si parfois elle raisonne
De la sublime vertu
Dont Platon fut revêtu
Car, à bien compter son âge,
Elle doit avoir vécu
Avec ce grand personnage.

La Chapelle

À quoi Ninon répliqua qu'elle eût mieux aimé en tout cas coucher avec Platon qu'avec La Chapelle. Puis elle se vengea en lui survivant vingt ans !

AIGLON

20 mars 1811, Napoléon peut enfin croire qu'il a fondé une dynastie impériale.

Au château des Tuileries vient de naître François Charles Joseph Napoléon Bonaparte, le fils que lui a donné Marie-Louise d'Autriche : Napoléon II, roi de Rome, duc de Reichstadt, l'Aiglon... que de noms pour un enfant qui ne régnera jamais !

En attendant, c'est la liesse à Paris où tous les corps constitués se bousculent devant le berceau. Chacun tient à rendre hommage à l'héritier tant attendu. Et, comme nous sommes en France, on trouve toujours un poète satiriste pour se moquer :

Lorsque le Sénat harangua
Le roi de Rome dans sa couche :
« Messieurs, votre hommage me touche ! »
Dit l'enfant en faisant caca.
Cela passa de bouche en bouche.

ANGE

Marie-Angélique de Scorailles de Roussille, duchesse de Fontanges (1661-1681), fut la dernière passion du Roi-Soleil avant que sa liaison avec Mme de Maintenon ne tournât au pot-au-feu conjugal. Lorsque de blanc vêtue, tout droit venue de son Auvergne natale, la petite duchesse parut à la cour, sa beauté, sa jeunesse, son innocence firent sensation. Louis XIV, qui venait à peine de s'arracher aux pièges sulfureux de la Montespan, fut ébloui de tant de fraîcheur et il s'empressa de se désaltérer à cette source pure. Il n'eut pas le temps de s'en lasser : la belle mourut en couches alors qu'elle venait d'avoir vingt ans.

Que restait-il de tant de grâce, de candeur et de gloire ? Rien que le nom d'une coiffure ! Un jour, à la chasse, un coup de vent brutal avait décoiffé la jeune favorite. Avec infiniment d'à-propos, elle ôta l'une de ses jarretières dont elle se servit pour attacher ses longs cheveux qu'elle avait relevés au-dessus de sa tête. Cette coiffure improvisée fit la conquête de la cour où toutes les femmes exigèrent d'être désormais coiffées « à la fontanges ».

Hélas ! la simplicité étant à Versailles la chose la plus compliquée à réaliser, les perruquiers se mirent au travail et, peu à peu, inventèrent un monument. Voici comment le duc de Saint-Simon nous décrit ce chef-d'œuvre :

« La fontanges était devenue un bâtiment de fils de laiton, de rubans, de cheveux de toutes sortes et de toutes sortes d'affiquets, un bâtiment de deux pieds de haut, et qui mettait le visage des femmes au milieu de leur corps. Dès qu'elles remuaient, le bâtiment tremblait et menaçait ruine. »

Cette mode devint une folie qui gagna l'Europe et dura trente ans ! Trente ans ! une éternité depuis la mort de la petite duchesse que l'abbé de Choisy (ce curieux abbé qui s'habillait en fille) avait enterrée d'un mot : « Belle comme un ange et sotte comme un panier. »

Il n'était pas nécessaire de retenir le nom du rimailleur qui avait composé ce mauvais jeu de mots sur le nom de la duchesse :

Ses charmes en vivant
L'avaient faite démon.
Ses vertus en mourant
De démon la font ange.

Silence... un ange passe !

Les *voix* du ciel étant impénétrables, jamais un mortel n'obtint le privilège d'écouter chanter les anges, et surtout de redescendre afin de nous le raconter.

Force est donc de prendre à la lettre l'expression qui voudrait qu'au paradis tous les chérubins chantent de divine façon : comment d'ailleurs pourraient-ils charmer les Justes en chantant faux ? Sur terre, le septième ciel du chant se trouve à l'Opéra... mais tous les interprètes, hélas ! n'y sont pas des anges. Sans l'épigramme ci-dessous, qui donc se souviendrait de l'existence d'une certaine Mlle Roissy, modeste cantatrice du XIXe siècle, qui maltraitait les grands airs du répertoire avec l'assurance que donne une conscience pure ? En échange de ses fausses notes, elle avait reçu un jour ce vrai billet. C'est ce qui s'appelle un marché équitable :

Vous n'êtes pas sans défauts
Mais, à part toute louange,
Vous chanteriez comme un ange
Si les anges chantaient faux.

AUBERGE

Touriste... or not touriste ? C'est d'Angleterre que nous parvint, au début du XIXe siècle, ce mot nouveau, promis par la suite à une étonnante fortune. Il fallait bien trouver un substantif pour baptiser ces hardis voyageurs qui se risquaient, par plaisir, à la découverte d'un pays ou d'une région et devaient pour cela affronter les chemins défoncés et les auberges crasseuses.

Victor Hugo — dont la naissance coïncide avec l'apparition du mot — fut l'un de ces premiers touristes à parcourir une France qu'on n'avait pas encore qualifiée de « profonde ». Au bras de son inséparable Juliette, il allait à pied, empruntant parfois un bateau à vapeur ou l'une de ces pataches mal suspendues qui secouaient leurs occupants « comme des bouteilles que l'on rince ». En dépit de leur inconfort, ces voyages buissonniers permettaient des découvertes délicieuses, celles de villes ignorées, d'églises ou de châteaux inattendus et de rivages beaux à couper le souffle.

Chaque soir, à l'étape, Victor écrivait une longue lettre à son épouse Adèle, à Léopoldine, sa fille bien-aimée, ou à Louis Boulanger, son ami. Pieusement conservée par les destinataires, cette correspondance constitue le journal littéraire du poète. Il y décrit à chaud ses émotions, ses surprises bonnes ou mauvaises et les mille détails humbles ou somptueux de son voyage.

Au cours de l'été 1835, Victor et Juliette traversèrent ainsi la Picardie, qui les enchanta. De Laon, ils admirèrent tout, « les églises, les maisons, les environs ». Seule exception à ce bonheur parfait, l'horrible « auberge de la Hure ». Hugo fut si furieux de l'accueil qu'on lui réserva qu'avant de partir il écrivit sur le mur, avec un bout de charbon de bois, ce poème vengeur :

À L'AUBERGISTE DE LA HURE

Vendeur de fricot frelaté,
Hôtelier chez qui se fricasse
L'ordure avec la saleté,
Gargotier chez qui l'on ramasse
Soupe maigre et vaisselle grasse
Et tous les poux de la cité,
Ton auberge comme ta face
Est hure pour la bonne grâce
Et groin pour la propreté.

Victor Hugo

« Il faut te dire, ajoutait le poète à l'intention de sa femme, que l'aubergiste est insolent par-dessus le marché. Il vous fait manger du poulet crevé et vous rit au nez, le drôle. »

En 1836, Hugo parcourut la Normandie, s'enthousiasmant à chaque pas. Une fausse note pourtant dans ce concert de louanges, la ville d'Yvetot. « C'est une sotte ville où les maisons sont rouges et les filles aussi. » La phrase lui plut, mais lui sembla trop courte pour exprimer sa détestation.

« J'en ai aiguisé l'imprécation que voici, dont j'ai régalé ladite ville en partant. »

À YVETOT

Que le passant te raille !
Qu'en voyant ta muraille,
Le voyageur s'en aille
Sur son cheval rétif !
Que, sans entrer, le coche
À ta porte s'accroche !
Que le diable, à la broche,
Mette ton roi chétif !
Que toujours un blé maigre,
Qu'un raisin à vinaigre
Emplisse tes paniers !
Yvetot la normande
Où l'on est à l'amende
Chez tous les taverniers !
Logis peuplés de singes
Où l'on voit d'affreux linges
Pendre aux trous des greniers !
Où le poing d'un bélître
Croit casser une vitre
Et crève un vieux papier !
Où l'on a pour salade
Ce qu'un lapin malade
Laisse dans son clapier !
Ville bâtie en briques !
Triste amas de fabriques
Qui sentent le ranci !
Qui n'a que des bourriques
Sur ton pavé moisi !
Groupe d'informes bouges
Où les maisons sont rouges
Et les filles aussi !

Victor Hugo

« Voici, conclut Hugo, le solennel épiphonème[1] qui jaillit de mon voyage : la nature est belle, mais les hommes sont laids. En effet, si, d'une part, les routes sont couvertes de fleurs [...], d'autre part, elles sont encombrées d'affreux paysans en jaquette [...] et de marmots dont la bouche suce le nez. Il y a les cathédrales, mais il y a les auberges. Or, sais-tu ce que sont les auberges ? Ce sont les anciennes cavernes de voleurs, civilisées, perfectionnées et abonnées au *Constitutionnel.* »

À peu de temps de là, Victor Hugo récidiva. Était-il un client difficile ou les auberges de l'époque particulièrement répugnantes ? Toujours est-il qu'un autre hôtelier eut la surprise de découvrir sur son livre d'or cette peu flatteuse appréciation autographe du grand poète :

Au diable ! Auberge immonde ! Hôtel de la punaise,
Où la peau, le matin, se couvre de rougeurs,
Où la cuisine pue, où l'on dort mal à l'aise,
Où l'on entend chanter les commis voyageurs !

Victor Hugo

Jugements sans appel qui mériteraient, à coup sûr, de figurer dans le guide... Hugo et Millau !

1. Exclamation sententieuse qui termine un développement.

AUTODAFÉ

Qui ne connaît la vertu purificatrice de la flamme ? Au cours de l'Histoire, les tyrans, dictateurs, censeurs, inquisiteurs ou juges des tribunaux d'exception n'ont jamais hésité à vouer au bûcher les livres coupables de leur avoir déplu et, par la même occasion, leurs auteurs, pour faire bonne mesure. C'est oublier que le papier imprimé se consume difficilement et qu'en brûlant il projette des étincelles qui illuminent le monde.

Le joli mot d'*autodafé* — « acte de foi », en portugais — désigne cette pratique barbare. C'est donc à un autodafé miniature que nous convie Philippe Desportes (1546-1606), celui du sonnet qu'un brûlant amour lui avait inspiré et que sa maîtresse — qui craignait, semble-t-il, les mots plus que la chose — lui ordonna de jeter au feu.

N'était-ce pas condamner son auteur à brûler deux fois ?

VOUS M'AVEZ FAIT JETER...

Vous m'avez fait jeter au plus vif de la flamme
Un sonnet que, du cœur, l'Amour m'a fait sortir :
Si c'est pour apaiser les courroux de votre âme,
La vengeance est petite, il n'en peut rien sentir.

Ah ! non, vous l'avez fait pour sauver votre gloire,
Qui courait grand péril sans cet embrasement :
Car, en brûlant mes vers, je brûle aussi l'histoire
De votre tyrannie et de mon long tourment.

Philippe Desportes

BAGATELLE

La Gaussin (1711-1767) fut, à la Comédie-Française, une grande actrice qui interprétait aussi bien les reines de tragédie que les amoureuses de comédie. « Sa figure, son regard, son organe, tout en elle était fait pour exprimer la tendresse : *elle avait des larmes dans la voix* », écrivait d'elle La Harpe. L'expression nous en est restée.

Amoureuse de théâtre, elle l'était aussi dans la vie où elle se prêtait volontiers, et avec un désintéressement auquel on a rendu hommage, aux désirs de ses nombreux soupirants. Ne dit-on pas qu'elle céda même aux avances de son porteur d'eau. À ceux de ses amis qui lui reprochaient d'user de son corps avec tant de générosité, elle répondait : « Cela leur fait tant plaisir et me coûte si peu ! »

Bachaumont transforma sans difficulté cette belle réplique en quatrain :

Tendre Gaussin, quoi ! si jeune et si belle,
Et votre cœur cède au premier aveu ?
« Que voulez-vous, cela leur fait, dit-elle,
Tant de plaisir et me coûte si peu ! »

Bachaumont

BAS-BLEUS

Le surnom vaguement péjoratif de « bas-bleu » donné aux femmes qui se livrent aux plaisirs de l'esprit est la traduction littérale de l'anglais *bluestocking.*

L'anecdote ci-dessous serait-elle à l'origine de l'expression ?

Au XVIIIe siècle, Lady Élisabeth Montague tenait à Londres un salon littéraire où elle réunissait les beaux esprits — car ils en avaient aussi en Angleterre ! L'un des plus assidus à ces assemblées, le poète Alexander Pope (1688-1744) était fort amoureux de l'hôtesse. Celle-ci, pourtant, ne cessait de repousser les hommages pressants du bonhomme pour la raison qu'il était petit, laid et contrefait. Un jour, elle dut se résoudre à le congédier, et Pope, pour se venger, révéla en un distique assassin un secret que seul pouvait connaître un familier qui s'était souvent jeté aux genoux de la dame afin de lui baiser les doigts. À une époque où les élégantes portaient des bas blancs, ceux de Lady Élisabeth étaient bleus. Mais, ce qui était infiniment plus grave, la belle n'était pas très soignée de sa personne et la propreté de ses mains laissait à désirer.

Mon adorée a l'art de charmer les humains,
Elle n'a pas celui de se laver les mains.

Alexander Pope

Quelques jours plus tard, le Tout-Londres répétait ces deux vers et n'appelait plus Lady Montague que « la dame aux bas bleus ».

BASILIC

C'était un animal de légende — certains disent un coq à queue de dragon, d'autres un serpent à ailes de coq — qui possédait, selon les Anciens, l'étrange pouvoir de tuer quiconque affrontait son regard. On l'appelait Basilic, c'est-à-dire « petit roi » en grec : drôle de nom pour un inquiétant reptile né d'un œuf de coq[1] qu'un crapaud aurait cassé ! Le seul moyen de se débarrasser de l'animal était de lui tendre un miroir dans lequel, en se regardant, il se tuait lui-même. De celui qui avait le regard dur et méchant, on disait : « Il a des yeux de basilic. » Sans doute la fille à qui Jean Le Houx (mort en 1616) avait dédié l'épigramme ci-dessous possédait-elle ce regard assassin qui envoûte un homme pour mieux l'asservir à sa loi.

L'amoureux qui a réussi à s'affranchir de son pouvoir — l'échappé belle ? — se garde bien de s'approcher à nouveau de ses filets. Ces quelques vers, piquants comme la feuille de l'arbuste dont Jean Le Houx porte le nom, sont un adieu sans retour à la femme fatale :

1. Selon la croyance et le parler populaires, les œufs à enveloppe membraneuse et dépourvus de jaune auraient été pondus par de vieux coqs.

FI DE L'AMOUR !

Puisque, beaux basilics, qui tuez par la vue,
Je tiens ma liberté que j'estimais perdue,
Beaux yeux, assurez-vous[1] *qu'on ne me verra pas*
Retomber en vos lacs[2].

L'expérience doit ores[3] *me faire sage ;*
On évite les lieux où l'on a fait naufrage.
Sage n'est le marchand qui est encore allé
Par où on l'a volé.

Jean Le Houx

1. Soyez assurés.
2. Filets, pièges.
3. Maintenant.

BÉCASSE

Les théâtres d'opéra aux XVIIe et XVIIIe siècles fournissaient aux riches désœuvrés un cheptel inépuisable de jolies créatures plus douées pour les charmes du lit que pour ceux de la conversation. À l'une d'elles qui se plaignait d'être importunée par les hommes, Sophie Arnould avait répliqué :

« Eh ! ma chère ! Il vous est facile de les éloigner, vous n'avez qu'à parler ! »

Denis Sanguin de Saint-Pavin (1595-1670) était un épicurien mondain, licencieux ès épigrammes, les poches pleines de madrigaux dédiés à quelque précieuse dont les yeux, disait-il, le faisaient mourir d'amour. Une langueur qui n'allait pas jusqu'au fanatisme puisqu'il se vantait d'être surnommé « roi de Sodome ».

Une ravissante bécasse rencontrée un jour lui inspira ces quelques vers :

Nature en formant votre corps
Lui donna tant d'avantages
Que celui qui forma l'esprit
En fut jaloux et, de dépit,
Refusa d'achever l'ouvrage.

Saint-Pavin

BIBLIOTHÈQUE

Théodore Leclercq, bibliophile impénitent, avait fait inscrire au fronton de sa bibliothèque ce distique destiné à décourager d'éventuels emprunteurs :

Tel est le sort fâcheux de tout livre prêté :
Souvent il est perdu, toujours il est gâté.

C'était là se conduire en sage, car devoir refuser à un ami d'emporter un livre précieux ou aimé, c'est prendre le risque de le fâcher. En revanche, prêter le livre signifie bien souvent se résigner à le perdre à jamais. La question se pose alors de savoir lequel est le plus précieux des deux, lequel du livre ou de l'ami sera le plus regretté !

Condorcet (1743-1794), lui non plus, n'aimait pas se séparer de ses livres, mais, plus nuancé, il avait composé un sizain dans lequel il adressait une ardente prière à ses bouquins tendrement aimés :

Chères délices de mon âme,
Gardez-vous bien de me quitter
Quoiqu'on vienne vous emprunter.
Chacun de vous m'est une femme
Qui peut se laisser voir sans blâme
Et ne se doit jamais prêter.

Condorcet

Le poète Écouchard Lebrun (1729-1807) recevait souvent la visite d'un certain abbé de ses relations qui s'émerveillait devant les livres de sa bibliothèque, dont il caressait les pages avec amour. Tout d'abord flatté, Lebrun dut se rendre à l'évidence : après chaque passage du saint homme, quelques-unes des plus belles pièces avaient disparu des rayons. Son indignation lui dicta cette épigramme adressée...

... À UN ABBÉ
(qui aimait les lettres
et un peu trop mes livres)

Non, tu n'es pas de ces abbés ignares
Qui n'ont jamais rien lu que le Missel :
Des bons écrits tu savoures le sel,
Et te connais en livres beaux et rares.
Trop bien le sais ! car, lorsqu'à pas de loup,
Tu viens chez moi feuilleter coup sur coup
Mes Elzévirs, ils craignent ton approche.
Dans ta mémoire, il en reste beaucoup ;
Beaucoup aussi te restent dans la poche.

Écouchard Lebrun

BILLARD

Michel de Chamillart (1652-1721) fut contrôleur des Finances et secrétaire d'État à la Guerre sous Louis XIV. Il dut cette brillante carrière politique moins à ses talents de financier ou de gestionnaire qui étaient fort modestes, moins même à la faveur de Mme de Maintenon, qu'à son extrême habileté au billard.

Louis XIV s'étant entiché de ce jeu, Chamillart faisait chaque après-midi la partie du roi et savait opportunément le laisser gagner.

Une épigramme anonyme — en forme d'épitaphe — courut à la cour :

Ci-gît le fameux Chamillart,
De son roi le protonotaire,
Qui fut un héros au billard,
Un zéro dans le ministère.

BLANCHES (FLEURS)

Tout, chez la marquise de Pompadour, à commencer par son nom, est évocateur de polissonneries royales. Avoir été la favorite du « Bien-Aimé », la fournisseuse attitrée des biches d'un Parc-aux-Cerfs en rut, a suffi à lui conférer, aux narines de l'Histoire, un tenace parfum d'orgies et de stupre.

La réalité était plus prosaïque : Mme de Pompadour n'était guère intéressée par les choses de l'amour. Mieux même, à en croire les confidences qu'elle fit, elle était frigide et le pouvoir était son seul aphrodisiaque. De plus, elle était affligée d'une maladie que les médecins nomment leucorrhée, les latinistes *fluor albus* et le populaire pertes blanches.

Un jour, le ruban d'un bouquet de jacinthes blanches qu'on lui offrait se dénoua et les fleurs tombèrent à ses pieds. Un peu plus tard, en passant à table, elle trouva ce quatrain dans son assiette :

La marquise a bien des appas,
Ses traits sont fins, ses grâces franches,
Et les fleurs naissent sous ses pas ;
Mais, hélas ! ce sont des fleurs blanches.

Maurepas

L'auteur de ce méchant poème était le comte de Maurepas (1701-1781), ministre de la Marine de Louis XV, ennemi juré de la marquise, soupçonné de répandre à la cour les « Poissonnades », ces libelles injurieux contre la Pompadour[1]. Cette fois, c'en était trop, et le ministre paya de plusieurs années d'exil son persiflage.

Cette épigramme nous est rapportée par certains auteurs dans une autre version moins directement outrageante :

Par vos façons nobles et franches
Iris, vous enchaînez nos cœurs.
Sous vos pas, vous semez des fleurs,
Mais ce ne sont que des fleurs blanches.

1. Née Jeanne Poisson.

BOIS

C'est en qualité d'ecclésiastique et de grammairien qu'Antoine Furetière (1619-1688) fut élu à l'Académie française en 1662. Sa collaboration n'y fut guère appréciée. Il faut dire que, mécontent des lenteurs de ce fameux dictionnaire qu'à temps perdu tricotent les Immortels, il avait cru pouvoir publier le sien. Crime de lèse-dictionnaire ! L'Académie n'aime pas que l'un de ses membres vienne la défier sur son propre terrain et elle s'empressa de bannir le concurrent.

Tout lexicographe ayant, par définition, l'amour du mot juste, Furetière eut un jour l'occasion d'engager avec La Fontaine un duel littéraire au cours duquel, en guise de balles, furent échangées deux épigrammes. Ce fut tout bénéfice pour la postérité, qui s'en amuse encore.

Furetière avait plaisanté La Fontaine qui, dans l'une de ses *Fables*, confondait le bois de *grume* (bois coupé encore entouré de son écorce) avec le bois de *marmenteau* (bois de haute futaie servant à la décoration d'un domaine et que les usufruitiers n'ont pas le droit de couper). Le gentil La Fontaine prit très mal la remarque.

À quelque temps de là, le sieur de Guilleragues, furieux d'une satire que Furetière avait écrite contre lui, le fit bâtonner par ses gens. Au lieu de plaindre son confrère et de lui exprimer sa solidarité, La Fontaine trouva prétexte à se venger :

Toi qui crois tout savoir, merveilleux Furetière,
Qui décides toujours et sur toute matière,
Quand, de tes chicanes outré,
Guilleragues t'eut rencontré,
Et, frappant sur ton dos comme sur une enclume,
Eut, à coups de bâton, secoué ton manteau,
Le bâton, dis-le-nous, était-ce bois de grume,
Ou bois de marmenteau ?

La Fontaine

On trouve du bois de bien des sortes et notamment celui dont on fait les cornes qu'arbore le cerf.

Comme personne n'ignorait les malheurs conjugaux de La Fontaine, Furetière répliqua au cocu magnifique de Château-Thierry :

Il est du bois de plus d'une manière
Je n'ai jamais senti celui que vous citez ;
Notre ressemblance est entière
Car vous ne sentez pas celui que vous portez.

Antoine Furetière

BOSSU

Le maréchal de Luxembourg (1620-1695), bien que petit et contrefait, était un fameux chef de guerre. Il avait conquis tant de drapeaux sur l'ennemi que les voûtes de Notre-Dame de Paris, où l'on célébrait un Te Deum en remerciement à Dieu qui avait permis ses victoires, disparaissaient sous la profusion des trophées glorieux qu'on y avait suspendus.

Depuis ce jour, on le surnommait joliment « le tapissier de Notre-Dame ».

Au cours de la guerre de Hollande, il avait conduit les troupes de Louis XIV de victoire en victoire, manœuvrant de telle façon que jamais son adversaire, le prince d'Orange, ne réussît à le prendre à revers.

Comme on lui rapporta, un jour, que le prince l'appelait avec mépris « le petit bossu », il eut cette remarque malicieuse :

« Bossu ? Qu'en sait-il ?... il ne m'a jamais vu par-derrière ! »

À la noble phrase de Joubert, « Quand mes amis sont borgnes, je les regarde de profil », on pourrait ajouter cette suite : « Et lorsqu'ils sont bossus, je les regarde de face. »

Plus perfide, Écouchard Lebrun, à partir de la même évidence, composa une épigramme qu'il dédia...

... À UNE JOLIE FEMME (UN PEU BOSSUE)

Au conseil d'un ami, Chloé, sois attentive :
Fais qu'Amour te précède et jamais ne te suive.

Écouchard Lebrun

BOUTONS

Le nom de Jean Ogier de Gombauld (1570 ?-1666) n'est plus connu aujourd'hui, si ce n'est de quelques spécialistes. Il faisait pourtant partie de cette poignée de lettrés qui, en 1634, constituèrent le noyau de la jeune Académie française. Il passait à son époque pour un des maîtres du sonnet, et personne n'aurait songé à s'engager dans cette discipline sans que cet arbitre de la langue ne l'en eût jugé digne.

Un siècle avant Fontenelle, il se distingua en réussissant à vivre jusqu'à un âge fort avancé. Il était sur le chemin de l'immortalité lorsqu'il mourut — les sources varient sur sa date de naissance — plus que nonagénaire et quasi centenaire.

On doit à ce poète délicat trois livres d'épigrammes, dont celle-ci :

À UN GLOUTON

Il mange tout, ce gros glouton,
Il boit tout ce qu'il a de rentes.
Son pourpoint n'a plus qu'un bouton,
Mais son nez en a plus de trente.

Gombauld

Si elle vivait de nos jours, la baronne Germaine de Staël (1766-1817) serait cataloguée parmi les intellectuelles.

Fille du banquier genevois Necker, qui fut un temps ministre de Louis XVI, elle fréquenta les grands esprits de la fin du XVIIIe, d'abord dans le salon de sa mère, puis dans celui qu'elle tint après son mariage. On y parlait avec passion de littérature, certes, mais surtout de politique. Ses opinions libérales déplurent à Bonaparte, qui lui interdit de se rapprocher à moins de quarante lieues de la capitale.

Mme de Staël n'était pas belle, il s'en faut. On connaît le mot qu'eut Talleyrand un jour qu'à souper il se trouvait entre Mme de Récamier (la beauté en personne) et Mme de Staël.

Cette dernière lui ayant demandé, non sans malice : « Si toutes les deux nous tombions à l'eau, à laquelle, prince, porteriez-vous secours ? » elle s'attira du prince de Bénévent cette réponse :

« Oh ! baronne ! je suis sûr que vous nagez comme un ange ! »

Son physique ingrat n'empêcha pas Mme de Staël de connaître une vie sentimentale agitée. Après son mariage, elle eut avec Benjamin Constant une liaison dont les échos retentissent encore dans l'histoire de la littérature.

En 1846, après un entretien avec M. de Lacretelle, Victor Hugo nous brosse d'elle le portrait qui suit :

« [Mme de Staël] avait de beaux yeux, le regard noble, les mains fort belles. Pour faire ressortir la blancheur de ses mains, elle portait toujours une rose. Je ne l'ai jamais vue sans une rose... [Elle] avait un charme particulier. Elle était entraînante, persuasive, parfois même éloquente. Ses expressions étaient toujours choisies, sa phrase coulante et harmonieuse, mais... elle avait des boutons. »

Un jour, elle trouva sous sa serviette le quatrain que voici :

Si vous pouviez, pour argent ou pour or,
À vos boutons porter quelque remède,
Vous seriez, je l'avoue, infiniment moins laide,
Mais vous seriez bien laide encor !

Cette épigramme l'affecta profondément. Sur la fin de sa vie, elle avait fait disparaître ses boutons, et les moyens qu'elle employa pour cela altérèrent tellement sa santé qu'elle en mourut.

Il arrive que les épigrammes, comme la victoire, aient plusieurs pères.

Le marquis de Villette, dans une lettre écrite de Ferney en 1777, attribue ce quatrain à Voltaire un jour qu'il avait manifesté de l'humeur envers Mme Denis, sa nièce et maîtresse, alors qu'elle tentait de s'arranger le visage.

Tout le monde a oublié le nom de cette comédienne vieillissante qui s'obstinait à jouer les coquettes en dépit d'un visage envahi par la couperose.

Au théâtre du Gymnase venait de s'achever ce soir-là la première d'une pièce dont, une fois de plus, elle avait été la vedette. Lorsque le rideau tomba, elle s'avança, une énorme gerbe de fleurs dans les bras, afin de saluer le public. Alexandre Dumas fils, qui était dans la salle, jugea que ce tableau valait bien une épigramme, sans doute :

À Flore, elle a fait un larcin,
C'est un printemps en miniature ;
Elle a les roses dans la main,
Et les boutons sur la figure.

Alexandre Dumas fils

BUSTE

Bien qu'il n'eût jamais rien écrit de sa vie, l'abbé de Saint-Pierre (1658-1743) fut élu à l'Académie française, en 1695, sur sa seule réputation de bel esprit. Moins de vingt années plus tard, les Académiciens auront du mal à se débarrasser de ce confrère encombrant et gaffeur. C'était un utopiste en avance sur son siècle. Son premier livre (1713), un *Projet de paix perpétuelle*, prévoyait l'installation, à Strasbourg, d'une sorte de Parlement européen chargé, grâce à une force militaire internationale, de régler pacifiquement les différends entre nations (on doit se pincer pour le croire !). Le second ouvrage, *Mémoire pour l'établissement de la taille proportionnelle*, était un traité pour l'instauration d'une fiscalité plus juste. Les idées prémonitoires de l'abbé n'auraient gêné personne s'il n'avait cru bon, en les présentant, d'attaquer avec une extrême violence la politique financière de Louis XIV, peu après que le royal protecteur de l'Académie eut rendu l'âme.

Ce fut un scandale auquel les Immortels durent mettre fin en excluant le maladroit de leur auguste compagnie.

Un sculpteur ayant exécuté un buste particulièrement ressemblant de l'abbé de Saint-Pierre, Voltaire feignit de confondre le modèle avec son buste. Son épigramme n'est pas tendre envers l'abbé qui, pour ses idées généreuses, eût mérité un traitement moins sévère. Il s'était acquis au moins un titre à notre reconnaissance, celui d'avoir inventé le mot de « bienfaisance ».

SUR L'ABBÉ DE SAINT-PIERRE

N'a pas longtemps, de l'abbé de Saint-Pierre,
On me montrait le buste tant parfait
Qu'onc[1] *ne sus voir si c'était chair ou pierre*
Tant le sculpteur l'avait pris trait pour trait.

À donc restai perplexe et stupéfait,
Craignant en moi de tomber en méprise ;
Puis, dis soudain : « Ce n'est là qu'un portrait :
L'original dirait quelque sottise. »

Voltaire

1. Que jamais.

CACOPHONIE

Il suffit de bien peu de choses pour détruire l'harmonie d'une phrase ou d'un vers : le choc inattendu de deux consonnes ou de deux syllabes ennemies, par exemple. Les grammairiens ont baptisé *cacophonie* — de deux mots grecs signifiant « mauvaise voix » — ce genre de hiatus qui écorche la langue avant de blesser l'oreille.

Aucun écrivain, même célèbre, n'est à l'abri d'une tournure vicieuse, d'un accident de style, que la postérité — impitoyable — retiendra contre lui. Voltaire, qui s'est si souvent moqué des œuvres des autres, aurait été bien inspiré d'exercer son esprit critique sur cette phrase tirée de sa comédie *Nanine ou le préjugé vaincu* :

« Non, il n'est rien que Nanine n'honore[1]... »

Ou encore, Edme Boursault, polygraphe du XVIIe siècle, qui s'est laissé aller à composer un alexandrin comportant douze consonnes sifflantes — une par syllabe, on ne saurait faire mieux !

« Ciel, si ceci se sait, ces soins sont sans succès ! »

S'il fallait qu'une palme du ridicule fût décernée, elle reviendrait sans conteste à Antoine Leblanc de Guillet, noble inconnu qui commit une tragédie au titre prometteur, *Manco Capac, premier Inca du Pérou*, dans laquelle se trouve ce vers inoubliable :

« Crois-tu de ce forfait Manco Capac capable ? »

Antoine Marin Lemierre (1723-1793) s'était fait, lui, une spécialité dans les concours de poésies officielles : à ce titre, il fut primé plusieurs fois par l'Académie française avant d'y siéger à son tour. Son style, parfois rugueux et chaotique, lui avait valu de se faire épingler par un anonyme qui n'était peut-être que l'un de ses confrères.

---

1. Mon Dieu, pourquoi tant de « n » ?

CONTRE LEMIERRE
(Pour les gens qui ont la prononciation difficile)

Prenez les vers du dur et rocailleux Lemierre
Dont, en passant, j'imite la manière,
Lisez, relisez-les, le tout assidûment ;
Et si votre langue vous gêne,
Ils vous feront, par son mouvement,
L'office des cailloux que mâchait Démosthène.

Courageux Démosthène, qui rêvait de devenir avocat alors qu'il ne possédait aucune des qualités requises pour cette profession — il avait la voix mal placée, le souffle court et il était affligé d'un incoercible zézaiement !

Pour se corriger, il s'entraîna pendant des années, seul sur la plage, à prononcer des plaidoiries avec des cailloux dans la bouche, jusqu'à ce que sa voix fût assez forte et nette pour couvrir le bruit des vagues. Ainsi devint-il le plus grand orateur de l'Antiquité.

Prodigieux inventeur de mots et manieur de phrases, Victor Hugo, ce géant de notre littérature, aurait écrit — à en croire les statistiques — 153 837 vers, des bons, des sublimes... et des exécrables. À trop vouloir torturer l'alexandrin, à rechercher les inversions, à cultiver l'apostrophe, l'allitération, le paréchème ou le chiasme, il a réussi à enfanter quelques vers imprononçables ou tout bonnement ridicules.

Un académicien du nom de Parseval-Grandmaison s'amusa à composer un pastiche très caricatural dans le plus pur style hugolien. C'est d'ailleurs la seule œuvre qui nous soit restée de cet Immortel — moquez-vous, il en restera toujours quelque chose !

Où, ô Hugo, huchera-t-on ton nom ?
Justice, enfin, que faite ne t'a-t-on ?
Quand donc au corps qu'académique on nomme,
Grimperas-tu, de roc en roc, rare homme ?

Parseval-Grandmaison

CAFÉ

Découvert par des marins hollandais dans les ports de la mer Rouge, le café partit à la conquête du monde. C'est l'ambassadeur de la Très Sainte Porte, Soliman Aga, qui en fit savourer la première tasse à Louis XIV en 1669 au cours d'une réception fastueuse où des esclaves noirs versaient aux courtisans cette infusion couleur d'enfer.

Un Arménien du nom de Pascal ouvrit la première échoppe de café à Paris, mais c'est le Sicilien Francesco Procopio dei Coltelli qui inaugura, en 1686, dans l'actuelle rue de l'Ancienne-Comédie, le Procope, un salon luxueux où se ruèrent les intellectuels afin de goûter à cette drogue d'autant plus prisée que les médecins la disaient dangereuse.

Jean-Baptiste Rousseau (1671-1741) — qu'il ne faut pas confondre avec Jean-Jacques — voulut profiter de la mode du café pour écrire une pièce sur le sujet. La première eut lieu le 18 juin 1694. Hélas ! le spectacle était assommant à souhait.

Un critique l'exécuta :

Le café toujours nous réveille.
Cher Rousseau, par quel triste effort,
Fais-tu donc que chacun sommeille ?
Le café, chez toi seul, endort.

« Le café, prétendit Alphonse Allais, deux siècles plus tard, est un breuvage qui fait dormir quand on n'en prend pas. »

CALVAIRE

Peut-on imaginer l'existence de Voltaire sans une cohorte d'ennemis, tous acharnés à lui nuire, fidèlement ? Il les attirait sans le vouloir, comme la confiture affole les guêpes. Sans leurs piqûres, Voltaire n'aurait peut-être pas été aussi méchant, aussi spirituel, aussi drôle, et la littérature épigrammatique y eût perdu quelques-unes de ses flèches les plus célèbres. C'eût été dommage ! Alors, accordons-nous donc à rendre grâces aux Fréron, Piron, Lefranc de Pompignan, à l'abbé Desfontaines, à Jean-Jacques Rousseau ou... au roi de Prusse qui, en le tourmentant, aiguillonnèrent son talent.

Au sein de cette troupe venimeuse, Laurent Angliviel (1726-1773) — qui se faisait appeler M. de La Beaumelle — était un véritable filou, capable des actions les plus basses pour s'assurer un peu de notoriété et d'argent. Lorsque Voltaire obtint un grand succès avec la publication de son *Siècle de Louis XIV*, La Beaumelle eut le front de faire paraître, en 1753, cette œuvre à Francfort, *augmentée d'un très grand nombre de remarques et de pièces par M. de La B.* — les initiales cachaient mal le coupable. Une telle publication relevait des délits de vol et de falsification. Lorsqu'il découvrit l'œuvre dont il était si fier « défigurée par les mensonges et les crachats[1] », Voltaire « crut en mourir de douleur ».

Une vingtaine d'années plus tard, La Beaumelle récidiva, juste avant de rendre sa vilaine âme au diable, en salissant cette fois *La Henriade*, l'épopée que Voltaire avait voulue immortelle. Le Jay, libraire-éditeur à Paris, rue Saint-Jacques, à l'enseigne du Grand Corneille, ne fit qu'envenimer les choses en publiant cette *Henriade* caricaturée ; accompagnée — circonstance aggravante — d'une méchante biographie de Voltaire par

1. Jean Orieux, *Voltaire*.

Fréron. Pour l'occasion, il avait fait graver un frontispice où l'on voyait le portrait de l'auteur encadré par ceux de ses ennemis mortels. Que pouvait répliquer Voltaire à tant de bassesse ?

Il composa une épigramme assassine qui pût lui tenir lieu de ... baume, elle, sur ses plaies :

Le Jay vient de mettre Voltaire
Entre La Beaumelle et Fréron.
Ce serait vraiment un calvaire
S'il y avait un bon larron.

Voltaire

CALOMNIE

Calomniez — entend-on dire souvent —, calomniez, il en restera toujours quelque chose. Voire ! La médisance est un sport qu'il n'est pas donné à chacun de savoir pratiquer et le pavé qu'il lance avec maladresse revient parfois à l'accusateur, avec la force d'un imprévisible boomerang. Sans doute est-il arrivé à plusieurs d'entre nous de se prendre de sympathie pour un inconnu à force d'en avoir entendu dire du mal par un que nous n'estimions guère.

« Voulez-vous nuire à quelqu'un, disait le sage André Siegfried, n'en dites pas de mal, dites-en trop de bien », car il est aussi des éloges qui tuent. Notamment ceux que les prétentieux s'adressent à eux-mêmes.

Une pensée de Pascal est un complément de la précédente : « Voulez-vous qu'on croie du bien de vous ? N'en dites pas. »

Dans son habile balancement, une épigramme de Bernard de La Monnoye (1641-1728) illustre cette leçon de modestie. Ne vous fiez surtout pas au nom de cet homme : il parle d'or !

Tu dis partout du mal de moi
Je dis partout du bien de toi ;
Mais, vois quel malheur est le nôtre :
On ne nous croit ni l'un ni l'autre !

Bernard de La Monnoye

CHAISE

La vertu, qui a le pouvoir d'attirer d'irrésistible façon les flatteurs, les obséquieux, les hagiographes et autres lèche-culs patentés, n'est pas à démontrer. « La flatterie est une fausse monnaie, disait La Rochefoucauld, qui n'a de cours que par notre vanité » ; et l'on sait que l'encens n'a jamais été un gaz rare. Pourtant, il semble que le comble de la flagornerie fut atteint, en 1803, par un certain La Chaise, général en retraite, devenu préfet du Pas-de-Calais.

Recevant dans son département Napoléon Bonaparte, consul à vie, il lui souhaita la bienvenue en un discours emphatique dont voici la péroraison :

« ... Pour assurer le bonheur et la gloire de la France, pour rendre à tous les peuples la liberté du commerce et des mers et fixer la paix sur la Terre, Dieu créa Bonaparte et se reposa. »

Une telle servilité valut au préfet d'être élevé à la dignité de baron, mais lui rapporta aussi cette épigramme que nous versons à son... dossier :

Dieu n'en resta pas là :
Il fit encore La Chaise,
Puis il se reposa
Beaucoup plus à son aise.

CLOPIN-CLOPANT

Le hasard est un malicieux petit régisseur de théâtre se plaisant à multiplier les clins d'œil en direction de tous les spectateurs qui savent que notre monde n'est qu'une comédie où les choses, même les plus graves, ne doivent jamais être prises tout à fait au sérieux. Le sourire est partout, il suffit simplement d'aller le débusquer là où il se cache.

C'est ainsi qu'au mois d'août 1703 on procédait en la bonne ville de Dijon au remplacement du maire sortant, épisode crucial s'il en est de l'actualité régionale.

Le croirait-on ? À la place de Baudot qui boitait, c'est un certain Clopin qui fut nommé.

L'occasion était belle : un épigrammatiste anonyme se garda bien de la laisser passer et se hâta de composer sur cette coïncidence un quatrain aux vers piquants... comme moutarde, qu'il dédia...

... À UN QUI BOITAIT

Peut-on, lorsque Clopin en maire est érigé,
Et qu'en boiteux Baudot chemine,
Ne pas dire : Clopin en Baudot est changé
Et voilà que Baudot Clopine.

COCU

Pourquoi a-t-on fait aux bossus une si joyeuse réputation ? Pourquoi dit-on de celui qui s'esclaffe qu'il est plié en deux, à force de rire... à moins que ce ne soit en quatre ?

Si le langage dit vrai, il n'est pas étonnant que Paul Scarron (1610-1660) ait été l'écrivain le plus drôle de son époque puisqu'il en était le plus contrefait.

Cet homme de lettres n'avait pas toujours ressemblé au « Z » auquel il se comparait. Dans sa jeunesse, droit comme un « I », il fréquentait la société galante et courait les divertissements. C'est même lors d'un bal costumé du carnaval de 1638, où il avait dansé trois jours durant, qu'il avait contracté une affection — sans doute un rhumatisme tuberculeux ou la poliomyélite —, qu'un médecin charlatan prit pour une manifestation de la vérole et qu'il soigna de si belle façon que le malade en resta le bas du corps paralysé. Il ne fut plus dès lors qu'un pauvre être difforme, condamné à vie au fauteuil roulant. Seul lui restait le rire. Alors, malgré des douleurs affreuses, il prit le parti de rire de son infirmité et d'en faire rire les autres.

Sa chambre devint le salon à la mode où il fallait être vu : tous les beaux esprits de la cour s'y bousculaient. L'appartement de la rue Neuve-Saint-Louis était un lieu très parisien où l'on rencontrait Ninon de Lenclos, Mme de Sévigné, Mme de La Fayette, Gilles Ménage ou le cardinal de Retz, et tant d'autres venus s'amuser aux bons mots et saillies cruelles dont le maître de maison était prodigue.

À quarante-deux ans, Scarron épousa par charité une belle orpheline pauvre, âgée de dix-sept ans à peine, Françoise d'Aubigné, petite-fille du grand poète protestant Agrippa d'Aubigné. Par contrat de mariage, l'époux reconnaissait que la fiancée apportait dans la corbeille

« deux grands yeux fort mutins, un très beau corsage, une paire de belles mains et beaucoup d'esprit ».

Le notaire s'étant enquis du douaire que recevait l'épousée, il lui fut répondu : « L'immortalité ! Le nom des femmes de rois meurt avec elles, celui de la femme de Scarron vivra éternellement ! »

Phrase étonnante qui n'est pourtant qu'à demi prémonitoire, puisque la veuve Scarron sera l'épouse de Louis XIV, mais que c'est sous un autre nom, celui de Mme de Maintenon, qu'elle entrera dans l'Histoire.

Un mariage aussi mal assorti ne pouvait que susciter la réprobation des méchantes langues. Les amis du poète bancroche n'en avaient cure, qui trouvaient maintenant, réunis en un même lieu, l'esprit et la beauté : jamais la célèbre chambre jaune ne fut autant fréquentée.

On entend d'ici Boileau grogner et médire :

CONTRE SCARRON

Vois sur quoi ton erreur se fonde,
Scarron, de croire que le monde
Te va voir pour ton entretien.
Quoi ! ne vois-tu pas, grosse bête,
Si tu grattais un peu ta tête,
Que tu le devinerais bien.

Boileau

Il appartenait à Victor Hugo, grand redresseur de torts devant l'Éternel, de réhabiliter la mémoire de Scarron.

Mais en était-il besoin ?

Scarron, d'avance, étrange chose,
Faisait Louis Quatorze cocu.
Donc, les culs-de-jatte ont la rose
Et les grands rois le gratte-cul.

Victor Hugo

Voir ÉPIGRAMMES : VIEILLE.

COMÉDIENNE

Le pouvoir et la richesse ont toujours compté au nombre des plus puissants aphrodisiaques connus. À la Belle Époque, la Comédie-Française était considérée comme une antichambre commode à la disposition des hauts personnages de la République : dans ses coulisses frétillaient de gracieuses silhouettes à qui la pratique de la scène avait donné un maintien qui pouvait passer — aux yeux de qui n'y regardait pas de trop près — pour le résultat d'une éducation de princesse. Quelques-unes, plus douées pour ce genre de prostitution de luxe que riches de talent, espéraient ainsi se faire une place dans le monde. Certaines parvinrent même à y acquérir un parfum de respectabilité.

Dans les années 1900, certaine sociétaire reçut la Légion d'honneur. On s'en étonna, avant d'apprendre que les services du Protocole avaient ainsi voulu récompenser une vertu peu farouche qui se tenait à la disposition des souverains de passage dans la Ville lumière. Était-il possible d'œuvrer de plus efficace manière au rapprochement des peuples et des cultures ? Mais, dans ce cas, le ruban était-il suffisant ? se demandait un méchant satiriste.

Bélise étant façonnière
S'offrit en chemise à maints rois.
Pour son amour de la bannière
Il faudrait lui donner la Croix.

Lorsque Cécile Sorel, une autre coquette de la scène, spécialiste du rôle de Célimène, crut pouvoir effacer les secrets mal gardés d'une vie privée scandaleuse en s'offrant, l'âge de raison venu, un grand nom de l'armorial, une épigramme lui rafraîchit la mémoire :

Célimène au salon, à peine incommodée,
Tient sa place parmi les dames haut gradées
Qui possédaient jadis en fiefs toute la France,
Mon Dieu, la seule différence
C'est que toute la France, elle, l'a possédée.

COMÈTE

Venues des confins de l'espace sans limites où tourne, à des milliards de kilomètres de nous, la ronde de soleils inconnus, les comètes sont d'énigmatiques visiteuses échappées à leur galaxie d'origine et qui frôlent notre Terre au cours de leur fuite vertigineuse. Les télescopes d'aujourd'hui les ont démystifiées, et nous savons maintenant qu'elles ne sont que de simples « boules de neige sale » à l'échelle de l'univers. Lorsqu'elles s'approchent du Soleil, la glace chauffée se sublime ; des gaz s'échappent du noyau, entraînant avec eux des poussières solides. C'est là l'explication scientifique de la belle chevelure dorée ou bleutée qui leur a donné leur nom (en grec *kométès*, « chevelu »).

Longtemps les mages, les devins et autres astrologues, qui, depuis la nuit des temps, ont fait métier d'observer les phénomènes célestes, leur ont attribué une influence néfaste. Pour eux, ces messagères de la colère divine étaient annonciatrices d'épidémies, de catastrophes ou d'apocalypse.

« Les vieillards et les comètes, disait Jonathan Swift, ont été de tout temps vénérés et redoutés pour la même raison : leurs longues barbes et leur prétention à prédire les événements. »

Lorsque, le 28 décembre 1680, apparut dans le ciel une comète gigantesque, on voulut y voir le signe précurseur d'un malheur ou la mort d'un grand personnage. Heureusement, la catastrophe annoncée ne se produisit pas, et un poète iconoclaste rima... pour se rassurer :

Soyez bien sûrs que la Comète,
Du ciel la funeste interprète,
Prédit toujours la mort d'un Grand.
Ne voilà-t-il pas qu'à Versailles,
Étendu, couché sur la paille,
Vient de mourir un éléphant !

C'est environ à la même époque que l'astronome Edmond Halley (1656-1742) parvint, à la suite de savants calculs, à mettre un peu d'ordre et de méthode dans un ciel jusque-là imprévisible. En 1682, il avait observé le passage d'une belle comète — à laquelle, depuis, on a donné son nom — et il prédit qu'on assisterait à son retour régulier tous les soixante-seize ans, c'est-à-dire en 1758, puis en 1834, et ainsi de suite jusqu'à la fin des temps. Impressionnée, l'opinion publique commença à regarder d'un autre œil un univers qui obéissait à des lois offrant quelques ressemblances avec les mécanismes d'horlogerie.

Lorsqu'en 1843 *Les Burgraves*, la nouvelle pièce dramatique de Victor Hugo — poète cosmique s'il en fut ! —, connut l'échec et se joua devant des salles à demi désertées, un caricaturiste représenta l'auteur dans la rue, devant les guichets vides de son théâtre et sous un ciel traversé d'étoiles filantes.

Le dessin était accompagné de cette légende en vers :

Hugo, lorgnant les voûtes bleues,
Au Seigneur demande tout bas
Pourquoi les astres ont des queues
Quand les Burgraves n'en ont pas.

(La Caricature du jour)

COQUETTE

La coquette — à en croire l'étymologie — ne serait rien d'autre qu'un petit coq femelle, sorte de don Juan en jupons, comme qui dirait « une femme à hommes ». À l'instar de son frère en séduction, elle se plaît à passer d'une conquête à l'autre et à s'enorgueillir de son riche tableau de chasse. Mais, comme elle est femme, son jeu se doit d'être plus subtil et sa stratégie plus ambiguë. Alors que le mâle part à l'assaut de ses proies sans états d'âme superflus, la coquette, elle, doit rechercher dans sa faiblesse même les armes de sa victoire. Il lui appartient de faire naître chez l'homme le désir de la séduire, tout en lui laissant l'illusion de son triomphe, et feindre de succomber à l'attaque qu'elle avait elle-même provoquée.

On sait que, pour la coquette, le cœur n'est qu'un accessoire encombrant. La vanité lui en tient lieu, ainsi que l'indifférence qui lui permet de faire front aux attaques de la troupe de tous ceux qui avaient cru la séduire et s'étaient retrouvés... gros dons Juans comme devant !

À UNE COQUETTE[1]

Le changement vous est si doux,
Que, quand on est bien avec vous,
On n'ose s'en donner la gloire.
Celui qui vous peut arrêter

1. On avait aussi donné le nom de « coquette » à une fine mouche... de taffetas noir que les élégantes se posaient sur la lèvre au-dessus de la bouche. On la nommait aussi « la friponne » et, si elle était placée au coin de la bouche, « la baiseuse ».

A si peu de temps pour le croire
Qu'il n'en a pas pour s'en vanter.

Saint-Pavin

Denis Sanguin de Saint-Pavin (1595-1670), auteur de cette épigramme, rejoint dans une même inspiration son presque contemporain Claude de Lestoille (1597-1652), ce qui autorise à croire que la coquetterie se portait bien au XVIIe siècle.

À ANGÉLIQUE

Angélique, tâchez d'apprendre
Comment on peut longtemps un amant posséder,
Car vous avez l'art de tout prendre,
Mais vous ne savez rien garder.

Claude de Lestoille

Sous cette double leçon de morale se cache à peine le dépit jaloux de deux poètes qui semblent avoir trouvé trop courts les instants qu'une coquette leur avait consacrés. Sans doute en auraient-ils volontiers redemandé !

Marivaux, spécialiste ès inconstances amoureuses et intermittences du cœur, hasardera plus tard ce paradoxe en guise d'explication : « La coquette ne sait que plaire et ne sait pas aimer : voilà pourquoi on l'aime tant ! »

COQUIN

La jeune mère, éperdue de tendresse envers son nouveau-né qu'elle traite amoureusement de « coquin », ne peut imaginer le long et tortueux chemin qu'a parcouru ce mot avant de lui venir spontanément aux lèvres. Sans doute serait-elle étonnée d'apprendre qu'il fut, à l'origine, un terme injurieux et bas tiré du latin *coquus* (« cuisinier ») qui désignait ceux qui mendiaient aux portes des cuisines les restes de repas des riches. En se généralisant par la suite, le mot qualifiera les vagabonds, ainsi que tous ceux qui exerçaient un métier malhonnête. Le *coquin*, c'est le fripon, le gueux, l'individu le plus vil et le plus méprisable de la société, le moins que rien, *celui qui n'a ni bien ni naissance*, comme le prétendaient à la légère, avec les marques du profond dédain, tous ceux, riches et nobles, qui ne s'étaient donné que la peine de naître au sein d'un palais ou d'un château.

On peut toujours compter sur les proverbes pour faire souffler un vent de raison sur notre monde injuste. « Pauvreté n'est pas vice », rappelle l'un d'eux à tous ceux qui l'auraient oublié que, s'il est vrai que les misérables ignorent les règles de la bienséance et des bonnes manières, ils possèdent souvent les qualités de cœur qui font défaut aux puissants de la terre.

Dans le *Recueil des plus belles pièces des poètes français* publié en 1692, on trouve ce poème d'un gentil poète du nom de Pierre Patrix (1583-1671). Au royaume des morts, le riche et le pauvre sont égaux, affirme-t-il. Ce qu'il ne dit pas, c'est que, pour qu'une telle égalité s'instaure chez les vivants, il faudra patienter longtemps encore.

D'ailleurs, n'attendons-nous pas toujours ?

LE SONGE

Je rêvais cette nuit que, de mal consumé,
Côte à côte d'un pauvre on m'avait inhumé.
Mais, ne pouvant souffrir ce fâcheux voisinage,
En mort de qualité, je lui tins ce langage :
« Retire-toi, coquin, va pourrir loin d'ici !
Il ne t'appartient pas de m'approcher ainsi.
— Coquin ? ce me dit-il d'une arrogance extrême.
Va chercher tes coquins ailleurs, coquin toi-même.
Ici, tous sont égaux, je ne te dois plus rien,
Je suis sur mon fumier comme toi sur le tien ! »

Pierre Patrix

CRASSE

En l'an de grâce 1348, la grande peste bubonique détruisit le quart de la population européenne. Depuis lors, on se méfiait de l'eau, accusée de dilater la peau et de favoriser l'entrée du bacille dans le corps. Le Grand Siècle, le XVIIe, brillait de tous ses ors, de tout son faste, il resplendissait par son esprit et son raffinement, mais il fut le plus sale de toute notre histoire. Les Ursulines, chargées de l'éducation des jeunes filles nobles, omettaient de leur enseigner les plus élémentaires règles d'hygiène, et on cachait les odeurs animales sous le parfum.

À une coquette dont les vêtements étaient gris de crasse, le délicat Voiture, le poète des Précieuses (1597-1648), adressa cette épigramme... qu'en termes d'aujourd'hui nous appellerions un « savon » !

Vous qui tenez incessamment
Cent amants dedans votre manche,
Tenez-les au moins proprement
Et faites qu'elle soit plus blanche.

Voiture

CUISTRE

Le XVIIe siècle avait été le siècle de Louis XIV. Le XIXe fut celui de Victor Hugo : un siècle dont il fut tout à la fois le roi, l'empereur, le pape et même Dieu le Père dont, sur ses vieux jours, il s'était fait la tête. Pour lui, sans doute aucun, son destin était écrit dans son nom : Victor, le victorieux, et Hugo, qui sonne comme *Ego* (moi). Il n'hésite pas non plus à prétendre que la façade de Notre-Dame de Paris a la forme du « H » de son nom. Pas un jour de sa vie il ne cesse d'écrire : prose, vers, théâtre, romans, essais, chroniques, correspondance... Il écrit même sous la dictée de l'au-delà !

Tous les honneurs lui échoient, qu'il accepte avec naturel tant ils lui semblent aller de soi. Il *est* la France et même l'Europe, dont il pressent la venue. Poète de droit divin, il s'oppose à un empereur et défie son régime.

Hugo, partout le premier et souvent le seul. Ses ailes de géant ne l'empêchent ni de marcher ni d'écraser quelques pieds au passage. Il encombre l'horizon comme la montagne dont l'ombre obscurcit la vallée.

Comment s'étonner, dès lors, qu'il agace, qu'il irrite, qu'il exaspère ?

• Barbey d'Aurevilly (1808-1889), le pamphlétaire, s'attaque à la statue. Lorsque paraissent *Les Contemplations*, il écrit à coups de pioche :

« C'est un livre accablant pour la mémoire de M. Victor Hugo et c'est à dessein que nous écrivons *la mémoire*. À dater des *Contemplations*, M. V.H. n'existe plus. On doit parler de lui comme d'un mort » (*Le Pays*, 19 juin 1856).

Sans doute Barbey d'Aurevilly avait-il oublié qu'il avait déjà enterré Victor Hugo lorsque, seize ans plus tard, lors de la parution des *Misérables*, il récidiva :

« Vous pouvez renoncer à la langue française qui ne s'en plaindra pas, car, depuis longtemps, vous l'avez assez éreintée. Écrivez votre prochain livre en allemand » (*Le Figaro,* avril 1872).

Comme d'un geste désinvolte on chasse un moustique importun, Hugo exécute l'iconoclaste en un distique :

Barbey d'Aurevilly, cuistre impur, fat vieilli,
Et beaucoup plus barbet qu'il n'est d'Aurevilly.

Victor Hugo

• Autre ennemi déclaré : Louis Veuillot (1813-1883), auteur de bien médiocres romans religieux, était plus doué pour la satire. Dans deux pamphlets féroces, il attaqua tour à tour la Révolution française et la vie intellectuelle parisienne. Victor Hugo n'y était pas ménagé.

La vengeance ne se fit pas attendre — elle prit la forme d'un quatrain, sans doute moins spirituel qu'efficace :

Ô Veuillot, face immonde encore plus que sinistre
Laid à faire accoucher une ogresse vraiment,
Lorsqu'on parle de toi et qu'on t'appelle cuistre,
Istre *est un ornement.*

Victor Hugo

CUIVRES

S'il y eut jamais un nom prédestiné, c'est bien celui de Giuseppe Verdi (1813-1901), car il incarna la naissance de la patrie italienne. Dans les années 1840, l'Italie supportait de moins en moins la présence sur son sol de l'Autrichien honni et espérait avec ferveur l'arrivée du roi qui réaliserait l'unité nationale. Sur tous les murs se lisait le nom de VERDI. L'ennemi pouvait croire ces graffitis dus à l'enthousiasme de quelques mélomanes, alors qu'ils exprimaient l'espérance du peuple italien : sans doute Verdi était-il un immense compositeur, mais la coïncidence voulait que les lettres de son nom eussent aussi la signification de **V**ittorio **E**manuele **R**oi **D'I**talie.

Giuseppe Verdi n'avait pas encore trente ans lorsque triompha sur la scène de la Scala de Milan l'un de ses premiers opéras, *Nabucco.* Le livret contait l'histoire de Nabuchodonosor, roi de Babylone, qui, après avoir conquis Jérusalem, maintenait son peuple dans une cruelle servitude. Le chœur des Juifs enchaînés, *Va pensiero sull'ali dorate,* enflamma une assistance qui reconnut ses propres souffrances dans celles des Hébreux.

Trois ans plus tard, lorsque, le 16 octobre 1845, *Nabucco* fut créé à l'Opéra de Paris, l'accueil fut bien différent. D'abord, les Parisiens n'avaient pas les mêmes raisons patriotiques de plébisciter cet opéra, et puis les oreilles délicates des amateurs de lyrique se trouvaient heurtées par les puissantes sonorités d'un orchestre qui couvrait parfois la voix des chanteurs. Eux, qui étaient venus se pâmer à des voix, voici qu'on leur servait une débauche de trompettes, de cornets à piston, de trombones et d'ophicléides. Que de cuivres, *mamma mia* ! Que de cuivres !

Dans la presse parut un méchant quatrain, prétexte à un détestable calembour, mais qui fit beaucoup rire, car il exprimait l'opinion générale :

Vraiment, l'affiche est dans son tort ;
En faux, on devrait la poursuivre :
Pourquoi nous annoncer Nabuchodonos-or
Quand c'est Nabuchodonos-cuivre ?

CULOTTE

Pour avoir traduit en vers français les *Géorgiques* de Virgile, l'abbé Jacques Delille (1738-1813) passait aux yeux de ses contemporains pour un géant de la poésie. Aucun honneur ne sembla trop grand pour lui : une chaire de poésie latine au Collège de France, un fauteuil à l'Académie française et, à sa mort, des obsèques quasi nationales, dont Paul Guth (*Histoire de la littérature*) s'indignait : « À cet enfileur de vers de mirliton, la France consacre l'apothéose la plus grandiose, avec celles de Ronsard et de Victor Hugo, qu'elle ait jamais vouée à un poète. Elle croit enterrer Homère ! »

La vie privée de l'abbé Delille, elle, était moins prestigieuse. Après avoir vécu longtemps en concubinage avec Mlle Vauchamp, une gouvernante qu'il faisait passer pour sa nièce, l'idée lui vint de l'épouser. Ce fut, pour le malheureux, comme une condamnation au bagne littéraire. Acariâtre autant qu'intéressée, la mégère ne lui tolérait ni retard ni distraction dans la livraison de ses travaux. À la moindre incartade, elle lui lançait à la figure les plus solides in-quarto de sa bibliothèque. Pendant qu'elle le surveillait en cousant, lui se soutenait en buvant café sur café. Dans un recueil de « poésies fugitives » qu'il a laissé, on trouve ce quatrain à un ami, qui l'avait félicité pour la qualité de son habit :

De ma douce compagne, ouvrière assez forte,
Ces culottes sont un bienfait.
Oui, mon ami, c'est elle qui les fait,
Mais c'est elle, aussi, qui les porte.

Jacques Delille

Les femmes, même les plus brillantes, étant interdites d'Immortalité, elles se rattrapaient en tenant des salons qui devenaient autant de passages obligés pour la gloire littéraire, des antichambres de l'Académie. Voici comment d'Argenson parle de Mme de Lambert, dont le salon fut le plus célèbre du XVIIIe siècle : « On n'était guère reçu à l'Académie que l'on ne fût présenté chez elle et par elle. Il est certain qu'elle a bien fait la moitié de nos Académiciens actuels. »

On comptait aussi les salons de Mme de Lamotte, de Mme du Deffand, de Julie Lespinasse et celui de Mme de Tencin.

Claudine, marquise de Tencin (1682-1749), avait commencé sa carrière en étant religieuse par force. Puis elle avait mené une existence agitée : avec le chevalier Destouches, elle avait eu un enfant naturel qui, abandonné sur les marches de la chapelle Saint-Jean-le-Rond, avait été élevé par la femme d'un vitrier avant de devenir, sous le nom de d'Alembert, l'un des plus grands savants du siècle. Dans le salon de la marquise de Tencin, on croisait des écrivains ou des philosophes comme l'abbé Prévost, Marmontel, Helvétius, Pion, etc.

L'hôtesse faisait preuve d'un zèle admirable dans le soin de ceux qu'elle appelait ses « bêtes ». Soucieuse de l'élégance de « ses » Académiciens, elle offrait à chacun, une fois l'an, deux aunes de velours.

À sa mort, Piron composa ce quatrain :

ÉPIGRAMME EN FORME D'ÉPITAPHE COMPOSÉE À LA MORT DE MADAME DE TENCIN

J'ai donné tant que j'ai vécu
Une culotte à chacun des Quarante.
Respectable sénat dont j'étais présidente,
Vous allez donc montrer le cul.

Alexis Piron

Voir ÉPIGRAMMES : PARADIS.

DÉCADENCE

Racine et le XVIIe siècle ne sont pas tout à fait morts que, déjà, de petits auteurs se sont précipités pour relever le flambeau de la tragédie classique. Mais la tâche est trop lourde pour leurs maigres talents. Leurs noms sont d'autant plus faciles à oublier qu'on ne les a jamais entendus prononcer. Lagrange-Chancel, Longepierre, les abbés Genest et Pellegrin...

Paul Guth, qui connaît l'art du mot qui blesse, les a baptisés « les Tragicules ». « Ils ont le malheur, écrit-il, d'être abreuvés, dès le berceau, du lait de Corneille et de Racine. Mauvaises nourrices ! Dès leurs premières dents, les tragicules croquent de l'alexandrin, de la mythologie, des trois unités [...]. Ils ne sortent jamais de leur puberté. Criblés des boutons d'acné des réminiscences, ils copient, plagient, pastichent, volontairement ou involontairement. »

Le moins mauvais de tous se nomme Jean Galbert de Campistron (1656-1723), et c'est lui, pourtant, qui va trinquer pour les autres. Ça lui apprendra à porter un nom pareil !

Victor Hugo l'exécute un siècle plus tard en un alexandrin terrible :

« Sur le Racine mort, le Campistron pullule[1]. »

On avait eu, à douze reprises, l'occasion d'admirer Hercule et ses travaux légendaires. Campistron désirait-il se mesurer au demi-dieu pour qu'il lui consacrât, coup sur coup, deux tragédies[2] qui, en sombrant pareillement, lui ôtèrent toute possibilité d'aller plus loin.

Une épigramme anonyme le lui avait d'ailleurs sagement conseillé.

1. *Les Contemplations*, « Réponse à un acte d'accusation ».
2. *Alcide ou Hercule* (1693), *La Mort d'Hercule* (1693).

CONTRE CAMPISTRON

À force de forger, on devient forgeron.
Il n'en est pas ainsi du pauvre Campistron,
Au lieu d'avancer il recule :
Voyez Hercule !

DÉCALOGUE

C'est Dieu en personne qui donna l'exemple lorsqu'Il ordonna à Moïse de grimper à Sa rencontre sur le mont Sinaï, afin d'y écrire sous Sa céleste dictée les dix commandements sacrés qu'Il destinait aux hommes.

La mode du décalogue étant ainsi lancée — et elle venait de haut[1] ! —, n'importe qui, par la suite, se crut autorisé à imposer sa loi à propos de n'importe quoi. L'essentiel était que fût respectée une certaine forme ; à savoir que les commandements fussent au nombre de dix — c'est bien le moins — et qu'ils rimassent deux par deux, en alternant un verbe au futur, deuxième personne du singulier, et un adverbe comportant la désinence « ment ».

Rien ne s'opposait dès lors à ce que soient publiés, au hasard, les dix commandements du vigneron, du laboureur, du cuisinier, du fonctionnaire ; en 1789, ce furent les « Dix Commandements de la Patrie » dont l'auteur était un certain Jean-Paul Marat, et, en 1914, les « Dix Commandements du Poilu ». Il est un décalogue pourtant qui mérite le détour — et même une petite halte —, c'est celui que rédigea, au nom d'un soi-disant « dieu du goût », un certain Bachaumont.

Louis Petit de Bachaumont (1690-1771) était publiciste, ce qui pourrait se traduire aujourd'hui par journaliste politique. Il était le pivot d'un cercle fréquenté par des intellectuels à la mode où s'échangeaient des informations secrètes, des propos scandaleux et des anecdotes croustillantes... Ce que le journal *France-Soir*, en 1960, appellera « le boulevard à ragots » !

En 1777, six ans après sa mort, parurent les *Mémoires secrets de feu M. de Bachaumont*, qui obtinrent un vif succès. Parmi des renseignements précieux sur la société du

1. Deux mille deux cent vingt-huit mètres.

XVIIIe, il est regrettable parfois d'y découvrir de piètres règlements de comptes personnels, comme le décalogue ci-dessous, sorte d'épigramme pesante dans laquelle les évidences côtoient l'injustice et la méchanceté. En vertu de quelle mission divine Bachaumont se croyait-il autorisé à jouer les ayatollahs du monde littéraire ? N'était-ce pas, de sa part, faire preuve de prétention, de bêtise et d'intolérance dans une société qui savait cultiver la grâce et appelait de ses vœux toutes les tolérances ?

Il convient de se méfier de ceux qui prétendent parler au nom d'un dieu, fût-il fugace et changeant, comme celui du goût.

DÉCALOGUE DU DIEU DU GOÛT

I — Au dieu du goût immoleras
Tous les écrits de POMPIGNAN.
II — Chaque jour, tu déchireras
Trois feuilles de l'abbé LE BLANC.
III — De MONTESQUIEU *ne médiras,*
Ni de VOLTAIRE *aucunement.*
IV — L'ami des sots point ne seras,
De fait, ni de consentement.
V — La DUNCIADE [1] *tu liras*
Tous les matins dévotement.
VI — MARMONTEL, *le soir, tu prendras*
Afin de dormir longuement.
VII — DIDEROT *tu n'achèteras*
Si ne veux perdre ton argent.
VIII — DORAT *en tous lieux honniras*
Et COLLARDEAU *pareillement.*

1. Voir, dans Fantaisies, le bout-rimé de Palissot page 498.

IX — LEMIERRE *aussi tu siffleras*
À tout le moins une fois l'an.
X — *L'ami* FRÉRON *n'applaudiras*
Qu'à L'Écossaise *seulement.*

Bachaumont

« Je ne réponds pas d'avoir du goût, avouait Jules Renard, mais j'ai le dégoût très sûr ! » Et sans doute aurait-il éprouvé un tel sentiment à la lecture de ce réquisitoire.

Pourquoi consacrer deux vers à l'abbé Le Blanc, aussi inconnu de nos jours qu'il le fut de son vivant ? Pourquoi s'acharner sur Pompignan, à qui Voltaire avait déjà réglé son compte et de plus drôle manière ? Qui autorise Bachaumont à recommander, avec condescendance, de ne pas médire de Montesquieu ou de Voltaire ? Qui lui permet de jeter l'anathème contre Diderot, le plus grand cœur du XVIIIe siècle, qui se trouve ici confondu avec le fade Dorat, l'ampoulé Collardeau et l'insignifiant Lemierre ?

Le dernier commandement est révélateur de la guerre sans merci que se livraient Voltaire et Fréron et qui prenait parfois l'allure d'un véritable coup de force.

Afin de mieux confondre son ennemi mortel, Voltaire avait écrit une pièce, *L'Écossaise*, qu'il avait fait jouer à la Comédie-Française. Le personnage de Fréron — devenu « Frelon », puis, la scène se passant à Londres, « Wasp » (la guêpe) — y était traité comme un véritable délateur. Cette méchante satire n'ajoute rien au génie de Voltaire.

Tout est donc à jeter dans cette sotte épigramme, sauf, peut-être, le sixième commandement qui recommande le bon usage de Marmontel dans le traitement de l'insomnie. Tous ceux qui l'essayèrent se sont portés garants du résultat.

DENT

Jusqu'à la fin du XVIIIe siècle, les dentistes étaient, ni plus ni moins, de simples arracheurs de dents, et les coquettes de l'Ancien Régime n'avaient guère d'autre ressource que de dissimuler derrière leur éventail un sourire ravagé évoquant un clavier de piano où les dents gâtées ou absentes jouaient le rôle de touches noires.

Pierre Capelle, petit poète du XVIIIe siècle, prouva dans un quatrain qu'il pouvait, lui, avoir la dent dure :

Chloé, vieille sempiternelle,
Me garde, dit-on, une dent ;
Ce trait est beau, mais imprudent :
Elle n'en aura plus pour elle.

Pierre Capelle

DÉROUTE

Bien peu de gens ont entendu parler de la bataille de Rossbach, si ce n'est, bien sûr, les historiens. Il est vrai que nous autres Français — qui pourrait nous le reprocher ? — préférons célébrer nos victoires que nous souvenir de nos défaites. Et Rossbach fut l'une des plus belles déculottées de notre histoire, une humiliation comme on en compte peu. Elle eut lieu au cours de la guerre de Sept Ans, sous le règne de Louis XV.

Le 5 novembre 1757, soixante-quatre mille soldats d'une coalition franco-saxonne furent mis en déroute par seulement vingt mille Prussiens sous les ordres de Frédéric II. Les armées du duc de Saxe-Hildburghausen, commandant en chef de la coalition, s'enfuirent à toutes jambes à la vue de l'ennemi, cependant que le malheureux maréchal Charles de Soubise tentait courageusement, mais en vain, de rallier ses escadrons français. En une heure à peine, le sort de la bataille venait de se jouer.

En apprenant la terrible nouvelle, que croyez-vous que fit la France ? Elle chanta :

Soubise dit, la lanterne à la main :
« J'ai beau chercher ! Où diable est mon armée ?
Elle était pourtant là hier matin.
Me l'a-t-on prise ou l'aurais-je égarée ?
Ah ! je perds tout, je suis un étourdi.
Que vois-je, ô ciel ? Que mon âme est ravie !
Prodige heureux ! La voilà, la voilà !
Eh, ventrebleu ! Qu'est-ce donc que cela ?
Je me trompais : c'est l'armée ennemie. »

Pour l'opinion publique, Soubise était le bouc émissaire idéal, car il avait cet avantage qu'à travers lui on pouvait atteindre sa protectrice officielle : la très détestée Mme de Pompadour, laquelle, n'étant plus qu'en titre la maîtresse de Louis XV, s'était découvert des ambitions politiques et se mêlait de diriger les affaires de la France.

Au début, la marquise tenta de trouver des excuses au général vaincu, ce qui du même coup justifiait sa propre conduite. Mais une autre épigramme anonyme lui fit comprendre qu'on ne la tenait pas quitte pour autant :

En vain vous vous flattez, obligeante marquise,
De mettre en beaux draps blancs le maréchal Soubise ;
Vous ne pouvez laver, à force de crédit,
La tache qu'à son front imprime sa disgrâce.
Et quoi que votre faveur fasse,
En tous temps on dira ce qu'à présent l'on dit :
Que si Pompadour le blanchit,
Le roi de Prusse le repasse.

Infortuné maréchal de Soubise : non content d'avoir perdu une bataille, il finit par être abandonné de sa protectrice. Il ne lui restait plus que sa maîtresse, Mme de L'Hôpital, dont le nom autorisait les pires jeux de mots :

Il est mal, ce pauvre Soubise
Sa tente à Rossbach il perdit.
À Versailles, il perd sa marquise
À l'Hôpital il est réduit !

S'il arrive qu'on prononce aujourd'hui le nom de Soubise, et avec des larmes dans les yeux, c'est moins pour s'apitoyer sur sa défaite que pour évoquer la préparation culinaire qui perpétue ses talents de gastronome... une purée d'oignons !

De cette mésaventure, un mot pourtant nous est resté : la marquise de Pompadour, pour réconforter le roi fort affecté par la défaite de son armée, lui glissa ce conseil plein de philosophie : « Il ne faut point vous affliger, vous tomberiez malade : après nous, le déluge ! »

DERRIÈRE

Comment se faire une réputation d'écrivain sérieux lorsqu'on a reçu comme nom de baptême un patronyme qui fleure bon les herbes de Provence : Louis Farigoule ? On adopte alors, pour être reconnu, le pseudonyme de Jules Romains (1885-1972), à l'abri duquel on écrira, masqué, les vingt-sept tomes de la série *Les Hommes de bonne volonté.*

Le problème n'est pas résolu pour autant : auquel des deux hommes doit-on d'avoir imaginé des farces comme *Knock* ou *Les Copains* ? Est-ce au Dr Farigoule ou à M. Romains ? Et, lorsque, âgé de trente-cinq ans, on écrit sous son véritable nom de Louis Farigoule un essai intitulé *La Vision extra-rétinienne et le sens paroptique,* qui rend compte des recherches sur l'extension des possibilités sensorielles de l'homme, s'agit-il d'un pied de nez du Dr Knock ? Ou d'une étude scientifique démontrant, preuves à l'appui, que l'homme peut appréhender le monde extérieur en utilisant d'autres sens que celui de la vue ?

Il ne semble pas que cet ouvrage ait révolutionné le monde scientifique. Il a seulement inspiré — et ça n'est pas si mal — un quatrain désinvolte :

Farigoule, les yeux bandés,
Y voit. Cela ne surprend guère :
Quand on écrit avec ses pieds,
On peut lire avec son derrière.

Henri Jeanson ne cherchait pas à apporter une preuve à l'appui de la vision extra-rétinienne de Farigoule lorsqu'il écrivit à un critique, auteur d'un article venimeux : « Votre papier ? je l'ai lu d'un derrière distrait ! »

DICTIONNAIRE

Il n'est pas de grand homme au monde qui n'éprouve le besoin d'avoir à ses côtés un bouffon qui l'amuse, le conseille, le rassure ou lui sert de souffre-douleur. Même le très sévère cardinal de Richelieu avait le sien : c'était un abbé du nom de François Le Métel de Boisrobert (1589-1662). Drôle d'abbé, en vérité, qui vivait « en goinfre, fort déréglé et fort dissolu ». Non seulement ce prêtre aimait le théâtre et servait de nègre au cardinal lorsqu'il lui prenait envie de faire jouer une pièce, mais, plus que pour la comédie, il entretenait une passion pour Mondory, un comédien de l'Hôtel de Bourgogne. Boisrobert était le seul à savoir dérider Richelieu par ses plaisanteries et ses potins douteux. C'est lui, par exemple, qui, pour désarmer l'ire du cardinal envers Corneille, avait improvisé cette parodie du *Cid* :

« Rodrigue, as-tu du cœur ?
— Je n'ai que du carreau. »

La fâcheuse réputation de cet histrion inquiétait le cardinal, qui résolut de s'en séparer... mais à peine se retrouva-t-il seul qu'il tomba dans une mélancolie si profonde que ses médecins lui conseillèrent de faire revenir ce bouffon, ne serait-ce qu'au titre de remède.

Boisrobert n'avait pourtant pas que des mauvais côtés ! C'est sûrement à lui que l'on doit la fondation de l'Académie française, dont il fut l'un des premiers membres. Il avait écrit plusieurs pièces dont on a perdu jusqu'au souvenir. Seul, de lui, nous est resté un quatrain dans lequel il se moque des lenteurs proverbiales des Académiciens dans l'élaboration de leur dictionnaire.

À PROPOS DU DICTIONNAIRE DE L'ACADÉMIE

Tous ensemble, ils ne font rien qui vaille.
Depuis six ans, dessus l'« F » on travaille,
Et le destin m'aurait fort obligé
S'il m'avait dit : « Tu vivras jusqu'au "G" ! »

Boisrobert

DISTIQUE

Pour l'homme de lettres qui se respecte, la concision devrait appartenir au nombre des vertus cardinales. Les œuvres courtes n'ont que des avantages : sont-elles bonnes, et le lecteur, mis en appétit, en voudra connaître d'autres ; sont-elles détestables, et il regrettera d'autant moins le temps perdu. Que grâces soient donc rendues au sieur de La Giraudière, homme sage, qui sut, en deux vers seulement, faire l'éloge de la brièveté :

Ce livre n'est pas long, on le voit en une heure,
La plus courte folie est toujours la meilleure.

La Giraudière

En fait de poésie, le distique représente la forme la plus courte qui se puisse trouver en magasin, le minimum poétique vital en quelque sorte ! Ne faut-il pas deux vers au moins pour pouvoir entendre l'écho de la rime ? On conviendra donc que l'audition d'un distique, même laborieux, ne devrait pas être, en principe, une épreuve redoutable. Tel n'était pas pourtant l'avis de Rivarol.

Un triste rimailleur ayant sollicité un jour son avis sur un distique de sa composition, il laissa tomber ce jugement remarquable de concision : « Il y a des longueurs ! »

Un autre poétaillon, obscur et jaloux, du nom de Fayolle, s'était taillé une petite spécialité à la mesure de son court talent dans l'épigramme en deux vers. L'un de ses ennemis, le prenant à ses propres armes, lui cloua le bec d'un distique assassin :

Fayolle doit un jour agrandir son destin,
La gloire du distique est l'espoir du quatrain.

Le problème n'est pas nouveau : au Iᵉʳ siècle de notre ère, le poète Martial — lui-même auteur de quinze livres d'épigrammes — en avait déjà clairement posé les termes :

Qui compose un distique espère que sa plume
Plaira par sa brièveté.
Mais quid *de cette qualité*
Quand on en publie un volume ?

Martial

DUEL

À quelqu'un qui lui demandait : « Vous êtes-vous déjà battu en duel ? », Jules Renard avait répondu : « Non ! Mais j'ai déjà reçu des gifles ! »

Tout au long de notre histoire, le duel — cette poursuite de la conversation par des moyens plus piquants — contribua à l'enrichissement des rubriques mondanités et nécrologie.

Du XVe au XVIIe siècle, il était du meilleur ton, entre nobles ou soldats, de se provoquer l'arme à la main sous prétexte de défendre son honneur ou celui d'une dame. À tout bout de pré, on s'embrochait, on s'étripaillait à l'envi.

Au XIXe siècle, les duellistes appartenaient plus volontiers au monde de la politique ou du journalisme. C'était déjà moins dangereux ! Certaines rencontres connurent un retentissement considérable, comme par exemple celle qui, en octobre 1849, opposa Adolphe Thiers (1797-1877) à Jacques Alexandre Bixio (1809-1865), député de la Drôme et chef du parti libéral, qui n'avait pas apprécié les termes d'un de ses discours en séance publique à la Chambre.

Que se rassurent les âmes sensibles : tout se termina le mieux du monde, ainsi qu'en témoigne cette épigramme anonyme :

Thiers et Bixio, que Dieu protège,
Ne se sont pas tués, grand merci.
Les pistolets venaient de Liège ;
Les balles en étaient aussi !

Un journal d'opposition relatant le duel avait conclu : « M. Bixio avait fait l'erreur de tirer à hauteur d'homme ! » Fine allusion — parmi tant d'autres — à la taille minuscule d'Adolphe Thiers qui dépassait à peine un mètre cinquante sur la pointe des pieds.

Voici un autre exemple assez drôle de ce qui s'imprimait à l'époque :

Thiers, ce nom, Messieurs, est encore trop grand
Pour un homme qui fait quatre pieds et un quart.
Il est si petit qu'il devrait, bonnes gens,
Échanger son nom avec Alphonse Karr[1]

Ne pas profiter des infinies possibilités de plaisanterie offertes par ces deux noms célèbres eût constitué pour un journaliste une faute professionnelle, la preuve qu'il se foutait du Thiers comme du Karr !

1. Alphonse Karr (1808-1890), écrivain et journaliste qui fut, à partir de 1839, directeur du *Figaro.* À la même période, il avait créé également une revue satirique, *Les Guêpes,* qui s'attaquait au monde de la politique et des lettres, et qui dura jusqu'au coup d'État de Louis Napoléon Bonaparte.

ÉCUYÈRE

Alexandre Dumas (1802-1870) est l'athlète complet de notre littérature : son appétit de vivre, sa boulimie d'écriture, le catalogue de ses voyages, de ses amitiés et de ses amours sont autant de défis au biographe.

Le statisticien, avec lui, se sent plus à l'aise : 90 pièces de théâtre, environ 200 romans ou nouvelles, 29 volumes de Mémoires ou d'impressions de voyages, des recettes de cuisine, une collaboration à 7 journaux, 34 maîtresses référencées et au moins autant d'enfants témoignent, mieux que des mots, du perpétuel tourbillon que fut sa vie.

Comme il était impensable pour un homme normal d'imaginer écrire une œuvre d'une telle abondance, il avait recours à une armée de collaborateurs chargés des recherches et de la préparation du travail. On s'amusait d'autant plus des *nègres* d'Alexandre Dumas que lui-même descendait par sa mère d'esclaves noirs. Il était le fils du marquis Davy de La Pailletterie et d'une mulâtresse de Saint-Domingue.

Un jour, un malotru, à bout d'arguments, s'était laissé aller à traiter Dumas de « nègre ». Dumas lui répliqua très simplement :

« Mais oui, mon grand-père était nègre, mon arrière-grand-père était singe. Vous voyez : ma génération commence où la vôtre finit ! »

Il est impossible de décrire la bonté, la générosité, la naïveté aussi de ce géant qui dépensait des fortunes à pleins bras. Son fils Alexandre disait de lui : « Mon père est un grand enfant que j'ai eu quand j'étais tout petit. »

L'une des dernières passions du vieux Dumas, alors âgé de soixante-cinq ans, fut pour une écuyère américaine qui triomphait à Paris. En se montrant à côté de l'un des hommes les plus célèbres du siècle, elle s'était assuré une publicité gratuite. Un photographe vendit par milliers un cliché sur lequel on voyait Alexandre, en bras de chemise, tenant sur ses genoux, comme un bon grand-père, la jeune Ada Menken en maillot collant.

Le bon public s'esclaffait de cette nouvelle folie de l'écrivain, qui inspira à Verlaine un petit poème fugitif.

L'oncle Tom avec Miss Ada ,
C'est un spectacle dont on rêve.
Quel photographe fou souda
L'oncle Tom avec Miss Ada ?

Ada peut rester à dada
Mais Tom chevauche-t-il sans trêve ?
L'oncle Tom avec Miss Ada,
C'est un spectacle dont on rêve.

Verlaine

À une autre jeune comédienne, le père Dumas, incorrigible, s'était contenté d'écrire, avec une pointe de regret : « Je vous baise la main, tout en enviant celui qui baise tout ce que je ne baise pas. »

ÉNIGME

C'est au Sphinx en personne qu'est attribuée l'invention de l'énigme[1], cet ancêtre des jeux d'esprit.

Aux portes de Thèbes, dit la légende, un monstre moitié femme et moitié lion dévorait les voyageurs incapables de répondre à la question, toujours la même, qu'il leur posait. Tous donnaient leur langue à ce gros chat... qui s'empressait de manger le reste !

À mille lieues de cette boucherie, transportons-nous au XVIIe siècle en l'Hôtel de la marquise de Rambouillet, rendez-vous de la société précieuse. Dans le Salon bleu, toute une faune de poètes, d'abbés mondains, de grandes dames et de petits marquis s'enivre de mots et de rimes. C'est ici que se lance la mode et qu'on invente l'air du temps. On donne la comédie, on pétille, on virevolte, on s'amuse à des jeux innocents, on dessine la Carte du Tendre et on se pare de surnoms exquis : Arthénice, Barthénoïde, Philoxène, Cassandace, Bélisandre ou Ménalide.

L'abbé Charles Cotin (1604-1682) fait partie de la... coterie. C'est lui qui va mettre l'énigme à la mode : dans de petits poèmes, il cache une chose ou un nom, qu'il décrit en termes voilés ou ambigus et que l'assistance devra découvrir.

On se pâme et l'on pousse de petits cris d'extase en écoutant celle-ci :

Je suis une nymphe invisible
Qui fais de l'Air mon élément
Et qui ne serais plus sensible
Si je n'avais point eu d'amant ;

1. Énigme, du grec *ainigma* : « parole obscure ».

Encor ce bel objet me touche,
J'en parle et je n'ai point de bouche.
Cent fois je meurs et revis en un jour.
Et ceux qui, comme moi, sont martyrs de l'Amour
Me viennent consulter au fort de leur martyre.
Mais je leur donne un conseil décevant,
Autant en emporte le vent,
Et je ne leur dis rien que ce qu'ils me font dire.

Charles Cotin (1659)

Qui donc, dans l'assistance, va deviner le secret que recèle cette énigme ? On avait beau, à cette époque, être nourri de mythologie, il n'était pas facile de reconnaître *Écho,* la nymphe trop bavarde, dans ce fatras poétique.

C'est sans doute un rimailleur, vexé de ne trouver jamais la réponse aux énigmes qu'on lui posait, qui se vengea en composant l'épigramme suivante, qu'il dédia à l'abbé Cotin, l'« inventeur » du genre :

Que vos énigmes sont bien faites !
Que le fond en est neuf ! Que leur tour en est fin !
Dans ce genre sublime où s'exerça Cotin
Vous êtes, à mon gré, le premier des poètes,
Enfin, vous agencez une énigme si bien,
Qu'on n'y saurait deviner rien !

ENNUI

Qu'on veuille bien ne pas se méprendre sur le sens de l'expression : « avoir l'esprit de famille » n'a jamais signifié que tous les membres d'une tribu dussent être dotés, en vertu de l'hérédité, d'une même disposition pour les choses de l'intelligence et de l'humour. Ainsi Fontenelle (1657-1757), qui passait pour l'un des hommes les plus fins de son siècle, était-il affligé d'un neveu réputé pour distiller dans sa conversation un ennui mortel.

Personne, on s'en doute, ne se précipitait pour venir à la rencontre de cet insipide personnage qui répondait au joli nom de M. d'Aube.

Lorsque le fâcheux quitta ce monde — peut-être victime d'un ennui communicatif —, Voltaire lui consacra quelques vers en guise d'oraison funèbre. Dauber sur M. d'Aube, était-ce une épigramme ou un pléonasme ?

SUR LA MORT DE MONSIEUR D'AUBE

« Qui frappe là ? dit Lucifer.
— Ouvrez, c'est d'Aube ! » Tout l'enfer
À ce nom fuit et l'abandonne.
« Oh, oh ! dit d'Aube en ce pays,
On me reçoit comme à Paris :
Quand j'allais voir quelqu'un, je ne trouvais personne ! »

Voltaire

ENVERS

Pour goûter le sel — et le poivre — de cette épigramme due à la plume aussi savante que coquine de Pierre Louÿs (1870-1925), un petit rappel mythologique ne messied pas.

Persée est un héros grec né des amours compliquées de Zeus avec la belle Danaé, que son père avait enfermée dans une tour inaccessible. Jamais à court d'expédients, le roi des dieux se métamorphosa, pour la féconder, en une pluie d'or.

Andromède est une princesse dont on a fait le symbole de la faiblesse féminine. Pour venir à bout d'un monstre marin envoyé par Poséidon et qui ravageait la contrée, on décida, sur les conseils d'un oracle, de sacrifier la malheureuse, qui fut attachée à un rocher sur le rivage. Heureusement, Persée passait par là, qui tua le monstre et épousa la princesse. La légende des amants ayant inspiré quelque dramaturge, on choisit pour interpréter le rôle d'Andromède une jeune actrice qui passait pour si accueillante aux hommages masculins qu'elle leur tournait volontiers le dos.

L'actrice qu'on vint à choisir
Pour le beau rôle d'Andromède
Passait pour prendre son plaisir
Par où l'on prend plutôt remède
C'est pourquoi l'on dit que, rêvant
De nous fournir double carrière,
Elle est Andromède en avant
Et Persée aussi par-derrière.

Pierre Louÿs

ÉPHÉMÈRE

Tout au long de son existence, Claude Joseph Dorat (1734-1780) s'époumona à courir après le succès, après la mode, cherchant à saisir l'air du temps ou à devancer le goût du jour. Il s'essaya à tous les genres, tâta du conte libertin et de la tragédie, pratiqua l'épigramme ou la comédie ; il se lança dans toutes les polémiques, fut de toutes les coteries, il dépensa même des fortunes à vouloir faire illustrer ses poèmes ou à rétribuer des claques qui applaudiraient à ses pièces. Rien n'y fit : ce versificateur habile ne parvint jamais à être autre chose qu'un fabricant à la chaîne d'agréables bagatelles ou de riens spirituels, aussitôt oubliés que nés.

Une épigramme anonyme résumait en six vers ce triste destin littéraire :

Dorat fait en une minute
Un ouvrage toujours fêté
Par l'ingrate frivolité
Qui l'instant d'après le rebute.
Dorat s'étonne de sa chute !
Il vit le temps qu'il a coûté.

Il avait réuni en un recueil intitulé *Les Baisers* une vingtaine de poèmes légers sur ce thème. Cet opuscule se vendait — ou plutôt ne se vendait guère ! — au prix exorbitant de un louis (soit une pièce en or de vingt francs). Le méchant La Harpe, en une épigramme cruelle, proposa au prétentieux un prix de vente revu à la baisse et indexé... sur l'écu (c'est-à-dire une pièce de cinq francs en argent).

Quoi ? Pour vingt baisers sans tendresse,
Prendre un louis ? À quoi penses-tu ?
Eh ! mon ami, pour un écu,
J'en aurais cent de ta maîtresse !

La Harpe

On peut s'étonner qu'un tel personnage, omniprésent et habile en intrigues, n'ait pas réussi, à coups de flatteries et de bassesses, à franchir les portes de l'Académie. Ce danseur s'était révélé piètre calculateur lorsqu'il avait pris parti pour Fréron contre Voltaire dans l'interminable querelle qui opposait les deux hommes.

De nos papillons enchanteurs
Émule trop fidèle
Il caressa toutes les fleurs,
Excepté l'immortelle.

Ce papillon qui jetait à tous les yeux la poudre de ses ailes n'était en fait qu'un éphémère. Il est du destin de ceux qui se veulent toujours à la mode de se démoder les premiers, car, comme le dit Saint-Évremond :

De nos désirs errants, rien n'arrête le cours ;
Ce qui plaît aujourd'hui déplaît en peu de jours.

Dorat, qui veut tout essayer, tout feindre,
Trompe à la fois et la gloire et l'amour.
Il est si bien le poète du jour
Qu'au lendemain il ne saurait atteindre.

Écouchard Lebrun

Dans son désir passionné d'être aimé, Dorat n'acceptait pas la critique. Il finit par se fâcher tout rouge devant l'armée des critiques et des épigrammatistes, et il déclara, furieux, qu'il tuerait quiconque oserait médire de ses vers.

La réponse ne se fit pas attendre :

Dorat voudrait tuer, du moins on le raconte,
Tous ceux pour qui ses vers sont moins beaux que pour lui.
Fais-nous grâce du glaive, ô spadassin poète,
N'est-ce pas assez de l'ennui ?

La Harpe

Dorat consacra les dernières années de sa vie à réunir ses œuvres complètes qui représentaient vingt forts volumes de contes, de fables, de théâtre ou de poèmes. Vingt volumes ! Et rien n'est resté de tant d'encre et de papier. Tant de fleurs de salon et pas une immortelle !

FÂCHEUX

Qu'on le nomme « fâcheux » à la mode de Molière, qui dédia une comédie à ce genre d'individus dotés par la nature d'un pouvoir de nuisance plus élevé que la moyenne, ou qu'on l'appelle « casse-pieds », comme le chansonnier Noël-Noël qui épingla dans un film célèbre cette triste engeance, l'« emmerdeur » est de tous les pays et de tous les temps. Chacun de nous possède le sien, attitré, qu'il pourrait croire venu au monde dans l'unique but d'éprouver sa patience... et nous ne pourrions jurer de n'être pas, sans le savoir, celui d'un autre.

Le ciel veut qu'ici-bas chacun ait ses Fâcheux
Et les hommes seraient sans cela trop heureux

Molière dit en deux vers ce qu'Écouchard Lebrun rima en quatre. Écrire plus long sur un sujet pareil serait courir le risque de lasser le lecteur. Ce qu'à Dieu ne plaise !

Ô la maudite compagnie
Que celle de certains fâcheux
Dont la nullité vous ennuie !
On n'est pas seul, on n'est pas deux !

Écouchard Lebrun

FAMILLE

Personne ne connaît aujourd'hui le nom du marquis de Nesle, et c'est là une bien grande injustice, car ce père et sa famille auraient mérité, pour leur exceptionnel dévouement à la cause royale, de laisser un nom dans l'Histoire.

Louis III, marquis de Nesle-Mailly, fut guillotiné sous la Révolution. Il avait eu cinq filles dont quatre étaient devenues, l'une après l'autre, les maîtresses de Louis XV.

D'abord, la comtesse Louise Julie de Mailly ouvrit le bal. Elle fut remplacée par sa sœur, Pauline de Vintimille, surnommée « la grand'jument » pour son cou de girafe et sa démarche masculine. Elle mourut en couches en donnant au roi un bâtard, qu'on surnomma « le demi-Louis ». La duchesse Diane de Lauraguais prit la relève, avant de passer le flambeau (!) à sa sœur Marie-Ange de Châteauroux.

Cette épigramme alors courut tout Paris :

L'une est presque en oubli
L'autre, presque en poussière ;
La troisième est en pied,
La quatrième attend
Pour faire place à la dernière.
Choisir une famille entière,
Est-ce être infidèle ou constant ?

Louis XV, on le voit, avait l'esprit de famille... pourvu que ce fût la famille des autres ! Quelques années auparavant, une autre épigramme avait, elle aussi, raillé cette mentalité de « collectionneur » du Bien-Aimé. Et, pourtant, il n'en était alors qu'à la troisième !

C'est sous l'angle de la mythologie qu'on s'y amusait aux dépens de Sa Majesté :

CONTRE LOUIS XV

De sœur en sœur, le fils d'Alcmène[1]
Courant jadis la prétentaine,
Toutes lui livraient leurs appas.
Il exploita la cinquantaine.
Louis le suit à petits pas...
Il n'est encore qu'à la troisième.

Les sœurs de Nesle ?... À qui la tour ?

1. Le fils d'Alcmène, c'est Hercule, qui commença la série de ses exploits en tuant le lion de Cithéron qui ravageait le royaume de son père et celui du roi Thespios. En récompense, le roi accorda au jeune héros les faveurs de ses cinquante filles.

FARD

À peine y avait-il deux femmes sur la terre que, chacune se voulant plus belle et désirable que l'autre, le maquillage fit son apparition. Depuis, de replâtrage en ravalement, il ne cessa jamais d'étendre ses ravages. Toutes les femmes se fardent : les laides, dans le secret espoir de devenir belles... et les belles, pour paraître plus belles encore. Les jeunes à l'éclatante santé désirent avoir le teint pâle de l'aristocrate et les vieilles se veulent aux joues le rose insolent de la jeunesse.

Du temps des Grecs et des Romains, on utilisait, pour donner à la peau une blancheur éclatante, de la terre de Chio ou de Samos délayée dans du vinaigre. Les plus fortunées se fournissaient en excréments de crocodile.

Au contraire, pour colorer le teint, on employait le *fucus*, tiré d'un lichen qui pousse sur les rochers de la Méditerranée, connu de nos jours sous le nom d'orseille. Ou bien du *purpurissus*, l'écume chaude de la pourpre.

Marcus Valerius Martial (40-140), le célèbre épigrammatiste, détestait les fards et, plus encore, les coquettes qui se dissimulaient sous leur couche. Il ne l'envoya pas dire à la vieille Polla.

Renonce aux parfums, au fard,
Comme toi, quand on est laide,
On l'est encore moins sans l'aide
De ces prestiges de l'art.

Martial

Dans les fouilles d'Herculanum, cette ville que le Vésuve engloutit en l'an 79, sous une irrésistible coulée de lave, on a découvert un pot de fard rouge en parfait état de conservation. Ce qui prouve que le fard, s'il peut dissimuler les imperfections de la peau, se révèle incapable de protéger les coquettes... des éruptions !

Et voici que Martial, toujours aussi mufle, se plaît à récidiver :

Avec ce teint fardé, du temps crains les caprices,
Il pourrait démasquer soudain tes artifices.
Ne va pas au soleil, car il fondrait ton blanc,
Et par la pluie, en pleurs, tu le verras coulant.

Martial

Guillaume de Brébeuf (1618-1661) est un poète qu'à défaut de bien connaître on se devrait d'estimer. De vieille noblesse normande, mais sans le sou, le seul moyen qu'il avait de faire une carrière brillante eût été pour lui de devenir courtisan, mais comment le devenir alors qu'il savait si mal mentir !

Entre l'amitié de Corneille, comme lui normand, et celle de Mme de Scudéry dont il lui arriva, parfois, de fréquenter le salon, il préféra toujours sa province.

Au milieu d'une œuvre baroque, burlesque, mystique, il a laissé une curiosité, comme lui méconnue. Sous le titre de *La Gageure* — car c'en est une — sont réunis « *cent cinquante épîtres et madrigaux contre des femmes fardées* », qui sont, en fait, de très méchantes épigrammes (1658).

Comment justifier ce qu'il faut bien appeler un acharnement poétique ? Avait-il été abusé par le fard d'une ou de plusieurs coquettes ? Ou bien, pour des raisons morales, assimilait-il ce maquillage du visage à celui de la vérité ?

Quel âge a cette Iris dont on fait tant de bruit ?
Me demandait Cliton naguère.
Il faut, dis-je, vous satisfaire.
Elle a vingt ans le jour et cinquante la nuit.

Brébeuf

À cette époque sévissaient les Précieuses, qui avaient banni de leur visage comme de leur langage toute forme de naturel. À coups d'emplâtres, de graisses, d'onguents, la personnalité de chacune disparaissait derrière un masque uniforme. Le vermillon, le safran, la céruse (cette dangereuse poudre blanche à base de plomb qui faisait les dents noires) effaçaient aussi bien la fatigue des lendemains de fête que les atteintes de l'âge.

Chloris quitte et reprend par un rare mystère
Jeune et vieille peau tour à tour,
Et la Chloris de nuit serait bien la grand'mère
De la Chloris de jour.

Brébeuf

Lisons Paul Guth : « La précieuse dégoûte l'homme dans l'idéal de charme, de douceur, d'harmonie qu'il s'était fait de la femme. La précieuse est grotesque [...]. Elle se graisse le museau de blanc d'œufs, de pommades, de lait virginal, au point de repousser le baiser qui ne sait où se poser sur ces surfaces gluantes. »

À MADAME DE M... B...

Bélise, ne vous fâchez pas
Si je raille sur ces appas
Qui de votre main sont l'ouvrage :
N'en éclatez point de courroux ;
Quand j'offense votre visage,
Le coup ne va pas jusqu'à vous.

Brébeuf

Guillaume de Brébeuf renonça, sur la fin de sa vie, au peu d'obligations mondaines qu'il s'était imposées, pour se retirer auprès de son frère, curé de campagne, afin d'y achever quelques œuvres d'une belle tenue morale et religieuse.

L'épigramme que voici ne laissait-elle pas pressentir cet adieu au monde ?

S'il faut croire, Philis, à votre doux langage,
À moi seul, en tout temps, vous faites bon visage :
Mais puisqu'à découvert on ne le voit jamais,
Comment peut-on savoir s'il est bon ou mauvais ?

Brébeuf

Un contemporain de Brébeuf : Charles Louis Faucon de Ry, seigneur de Charleval (1613-1693), avait, comme tant d'autres, consacré une épigramme aux coquettes, ces « féministes » du XVIIe siècle. Elle se terminait ainsi, de façon peu nuancée :

Ôtez-leur le fard et le vice,
Vous leur ôtez l'âme et le corps.

FAUTEUIL

Au XVIIIe siècle, cette époque où l'esprit régnait sur la France, Alexis Piron (1689-1773) était réputé pour le mordant de ses épigrammes, la cruauté de ses mots et la vivacité de ses reparties qui le faisaient redouter de ses adversaires, y compris du premier d'entre eux, ce monsieur de Voltaire qui, face à lui, n'avait jamais le dernier mot.

Après une jeunesse turbulente et désargentée passée à Dijon, sa ville natale, Piron ne tarda pas à faire la conquête de Paris, où ses phrases assassines circulaient de bouche à oreille et faisaient la joie des salons. Un jour qu'il passait devant l'Institut, il dit aux amis qui l'accompagnaient : « Ils sont là quarante qui ont de l'esprit comme quatre ! »

Le mot, peu aimable, connut une fortune immédiate. Piqués au vif, les Académiciens se divisèrent sur la conduite à tenir envers l'insolent. Certains penchaient pour une vengeance éclatante ; d'autres, plus sages, pensaient qu'une fois le trublion admis au sein de leur assemblée il serait plus facile de contrôler ses ardeurs. Piron fut donc élu (1753), malgré l'opposition du clan des bien-pensants. Ceux-ci, ne se tenant pas pour battus, dépêchèrent Mgr Boyer, l'un des leurs, auprès du roi afin de lui mettre sous les yeux une œuvre de jeunesse du nouvel élu qu'ils jugeaient attentatoire aux bonnes mœurs. C'était à la suite d'un pari, au cours d'un banquet bien arrosé, que Piron avait improvisé une *Ode à Priape* dont les stances, fort osées, avaient enthousiasmé les participants et scandalisé les autorités locales.

« Lisez-moi donc cela », demanda Louis XV au monseigneur dont les joues s'empourprèrent.

Comme il se voilait la face, se refusant à toute réponse, le roi commença sa lecture :

Le foutre est la base du monde,
Le foutre est la source féconde
Qui rend l'Univers éternel,
Et ce grand Tout ce que l'on admire,
Ce bel Univers à vrai dire,
N'est qu'un vaste et noble bordel...

Sur le point de s'étrangler, le roi ordonna à Montesquieu, alors directeur en exercice, de trouver un autre candidat plus convenable. Piron apprit avec philosophie l'annonce de son éviction.

Pour tout commentaire, il improvisa ce distique :

Ci-gît Piron qui ne fut rien
Pas même un académicien.

Ayant ainsi rédigé son épitaphe, il prit alors le temps de composer cette épigramme, ce qui est aller, on en conviendra, à l'envers du cours naturel des choses :

CONTRE L'ACADÉMIE FRANÇAISE

En France, on fait, par un plaisant moyen,
Taire un auteur quand d'écrits il assomme ;
Dans un fauteuil d'Académicien,
Lui, quarantième, on fait asseoir notre homme.
Lors, il s'endort et ne fait plus qu'un somme,
Plus n'en avez prose ni madrigal.
Au bel esprit, le fauteuil est, en somme,
Ce qu'à l'amour est le lit conjugal.

Alexis Piron

Mme de Pompadour prit la défense du malheureux auteur, à qui fut accordée, en compensation, une pension de mille livres, somme qui mettait l'immortalité à un prix raisonnable. Piron vécut alors, peu à peu oublié, vingt ans d'une pieuse retraite. Dans son grand âge, il avait perdu la vue mais conservé tout son esprit.

Un jour que sa jeune nièce le promenait aux Tuileries, elle s'aperçut qu'il avait oublié de boutonner sa culotte.

« Mon oncle, dit-elle en rougissant, tout le monde nous regarde. Cachez donc votre... votre histoire !

— Ah ! mon enfant ! il y a bien longtemps que cette histoire-là n'est qu'une fable ! »

FAVORITE

Être la favorite d'un souverain ne fut jamais un emploi stable — à la cour de Versailles moins qu'ailleurs où les maîtresses en titre se succédaient dans le cœur changeant de Louis XIV.

Louise Françoise de La Baume Le Blanc, duchesse de La Vallière (1644-1710), n'avait que dix-sept ans lorsqu'elle devint en secret la maîtresse du roi. Timide et discrète, elle n'était pas de celles dont la beauté s'impose. Son charme pourtant était réel, et, si elle boitait un peu, c'était avec infiniment de grâce. Louis était le premier amour de Louise, un amour qu'elle aurait voulu garder à l'écart de la meute jalouse des courtisans.

Quelques années plus tard, Louis XIV succomba aux charmes de Françoise Athénaïs de Rochechouart de Mortemart, épouse du marquis de Montespan (1641-1701). D'une beauté triomphante, sûre de son pouvoir, elle entendait bien régner sans partage sur le cœur du roi. Lorsque La Vallière connut son infortune, elle courut s'enfermer au couvent de Chaillot où Colbert reçut l'ordre d'aller la rechercher. La mort dans l'âme, Louise dut revenir à la cour où les humiliations et les sarcasmes ne lui furent pas épargnés.

Les plus méchantes épigrammes étaient l'œuvre de sa rivale, telle celle-ci qu'on lui attribue :

Soyez boiteuse, ayez quinze ans
Pas de gorge et fort peu de sens.
Des parents ? Dieu le sait ! Faites-en fille neuve.
Dans l'antichambre, vos enfants.
Sur ma foi, vous aurez le premier des amants
Et La Vallière en est la preuve.

Marquise de Montespan

Les Parisiens, que les scandales de la cour amusaient et qui suivaient de loin les frasques amoureuses de leur roi, chantaient en écho :

On dit que La Vallière
S'en va sur son déclin.
Ce n'est que par manière
Que le roi suit son train.
Montespan prend sa place...
Faut-il pas que tout passe,
Ainsi de main en main.

À son tour, la Montespan perdra sa place et connaîtra la défaveur. Mais, alors que La Vallière en de pareilles circonstances s'était tournée vers Dieu pour implorer Son pardon, la Montespan, elle, aura recours aux sortilèges sataniques et aux messes noires. Il fallut que Louis XIV eût une belle santé pour résister aux philtres qu'elle lui faisait absorber dans l'espoir de conserver son amour.

FOUTRE !

En dépit d'une éducation très stricte et d'une distinction naturelle, il arrivait à la marquise de Sévigné de lâcher un mot leste dans le feu de la conversation.

« On m'a rapporté, lui reprochait un jour sa fille, Mme de Grignan, qu'au cours d'un dîner vous vous seriez laissée aller à prononcer le mot "foutre" !

— Ça n'est pas tout à fait exact, expliqua la marquise. J'ai dit "f" ... et puis j'ai passé "outre" ! »

Que ce soit au XVIe ou au XVIIe siècle, les jurons étaient interdits en société, à plus forte raison dans les salons où fréquentaient des personnes du beau sexe.

Le poète et satiriste Mathurin Régnier (1573-1613) s'étant un jour oublié jusqu'à jurer en présence de sa belle eut à subir ses foudres.

Dans une épigramme, il reconnut le forfait, mais ne put s'empêcher de retourner la situation à son profit.

Hier, la langue me fourcha.
Devisant avec Antoinette,
Je dis « foutre ! » et cette finette
Me fit la mine et se fâcha.

Je déchus de tout mon crédit
Et vis, à sa couleur vermeille,
Qu'elle aimait ce que j'avais dit,
Mais en autre part qu'en l'oreille.

Mathurin Régnier

GALE

On a dit — et le *Dictionnaire national* de Bescherelle (1863) confirme l'anecdote — que « Bonaparte, alors commandant d'artillerie, gagna la gale en saisissant le refouloir d'un brave cantonnier tué devant lui au siège de Toulon ». Cette sale bestiole, au nom barbare de sarcopte, qui résiste au canon et n'hésite pas à s'attaquer à un futur empereur, n'a pas volé la réputation de férocité qu'on lui a faite.

Existe-t-il chose au monde plus méchante qu'elle et provoquant une furie de démangeaison d'une pire intensité ? Il n'est guère que l'épigramme et les piqûres qu'elle provoque qui pussent lui être comparées.

En voici la preuve :

Un jour, Napoléon me prenant par la main
— Cette faveur est sans égale —
Dit : « De moi vous aurez quelque chose demain. »
Et le lendemain, j'eus la gale.

Rassurons les âmes sensibles. Le grand médecin Corvisart s'assura les bonnes grâces et la fidélité de Napoléon en le débarrassant de la gale. Ce fut alors au tour de l'Europe de connaître de furieuses démangeaisons.

GAZON

Avant de trouver sur les bords de la Seine un refuge définitif, les Académiciens français avaient promené leur immortalité en de provisoires demeures. Leur reconnaissance fut grande lorsque le Roi-Soleil, dans un élan de générosité, leur offrit, en 1674, de s'installer au rez-de-chaussée du Louvre, dans les anciens appartements de la reine mère. Le surintendant des Bâtiments royaux, M. d'Angevillier, venait fort à propos de faire semer dans la cour un gazon qui verdoyait devant la porte des Quarante.

Frappé par la coïncidence, un versificateur anonyme s'empressa de ricaner :

À PROPOS DU GAZON

Des favoris de la Muse française
D'Angevillier rend le sort assuré :
Devant leur porte, il a fait mettre un pré
Où, désormais, ils peuvent paître à l'aise.

GRAVURE

Sous leur perruque démesurée, les personnages du Grand Siècle ont tous, à nos yeux, la même tête, et nous serions bien en peine de nous prononcer, au seul vu de leur portrait gravé, sur leur charme ou leur laideur. Nicolas Boileau-Despréaux (1636-1711) appartenait à la seconde catégorie. D'une enfance délicate et maladive, il avait gardé le teint bilieux et un corps déjeté. La malchance qui l'accompagnait, fidèle, voulut même qu'on le privât très jeune de toute possibilité de se reproduire.

Comment s'étonner, dès lors, que sa biographie soit si discrète sur le chapitre de ses amours ? À peine connaît-on le nom d'une Marie Ponchet qui aurait — en coup de vent — traversé son existence avant de se retirer au couvent. Boileau est triste et, comme beaucoup de gens malheureux, il lui arrive d'être méchant. Il s'est institué le gardien sourcilleux de l'art d'écrire et il exerce ce sacerdoce avec la hargne d'un roquet mordant aux talons les faux poètes, les écrivains à la mode et les courtisans prétentieux. Il se veut la conscience et la probité de la littérature de son époque.

Sur la page de garde d'un recueil de ses œuvres, le libraire-éditeur avait reproduit un méchant portrait de l'auteur, gravure peu flatteuse qui le représentait encore plus triste qu'à l'ordinaire. Était-ce bien la peine d'en rajouter ?

La réaction de l'intéressé ne se fit pas attendre :

Du célèbre Boileau, tu vois ici l'image ;
Quoi ? c'est là, diras-tu, ce critique achevé ?
D'où vient ce noir chagrin qu'on lit sur son visage ?
C'est de se voir si mal gravé.

Boileau

Voir MADRIGAUX : TESTICULES.

HALEINE

À propos d'un journaliste à l'haleine forte, Aurélien Scholl avait dit : « C'est merveilleux d'être placé à côté de lui dans un déjeuner. Quand on mange du poulet, on croit que c'est du faisan ! »

Les médecins appellent *cacostomie* ce désagréable symptôme. Quant à l'homme de la rue, il emploie des expressions peu délicates, qui ont cependant le mérite de faire image : puer du bec, refouler du goulot, flinguer les mouches au vol...

Au XVIIIe siècle, on savait dire ces choses avec plus d'élégance mais tout autant de méchanceté.

Écouchard Lebrun avait dédié à une Chloris de sa connaissance, « dont l'haleine était fâcheuse », le quatrain suivant :

Oui, vous avez, Chloris, les traits de Vénus même
Oui, de vos yeux, Chloris, le charme est triomphant
Vos yeux ordonnent qu'on vous aime
Mais votre bouche le défend.

Écouchard Lebrun

HYDROPISIE

Fiancée à douze ans au baron de Staël-Holstein, Germaine Necker ne devint que huit ans plus tard Mme de Staël (1766-1817). Au cours d'une union sans passion (son mari avait dix-sept ans de plus qu'elle), elle lui donna quatre enfants avant de se séparer de lui. Exilée par Napoléon, elle vivait en Suisse, dans son château de Coppet, où on lui connut quelques liaisons. En 1810, elle rencontra, à Genève, un grand blessé de la guerre d'Espagne, John Rocca, qui s'éprit follement d'elle. Un peu plus tard, les familiers de Coppet s'inquiétèrent de la santé de Mme de Staël. On parlait d'hydropisie et on constatait que son ventre ne cessait d'enfler... Jusqu'au jour où la maladie prit fin de façon spectaculaire. On sut plus tard que la baronne avait accouché dans le plus grand secret — à quarante-six ans — d'un garçon né le 7 avril 1812 et prénommé Louis Alphonse Rocca.

Un épigrammatiste inconnu, vexé d'avoir été berné, se moqua de cette singulière hydropisie :

Quelle femme étonnante et quel fécond génie !
En elle, tout produit, tout est célébrité ;
Et, jusqu'à son hydropisie,
Rien n'est perdu pour la postérité !

IMPUISSANT

Le *Cyrano de Bergerac*, d'Edmond Rostand, est l'une des pièces le plus jouées au monde. Chaque soir, lorsque « s'allument les chandelles » du premier acte dans le décor de l'Hôtel de Bourgogne, un poète oublié revient sur scène.

Ce rimailleur de cabaret, auteur de madrigaux et d'épigrammes, se nommait François Payot, sieur de Linières (1626-1704), et s'honorait de l'amitié de Scarron ou de Cyrano de Bergerac, le vrai. Comme il avait eu le front de s'attaquer à Boileau, le pape des lettres, il s'était vu gratifier, en retour, du surnom peu glorieux de « poète idiot de Senlis ». Voulant achever de le ridiculiser, Boileau révéla que Linières avait un jour, par amour, bu l'eau du bénitier dans lequel sa bien-aimée venait de tremper le bout des doigts.

C'est précisément ce trait qui enchanta Rostand au point que, deux siècles plus tard, il voulut mettre en scène ce poète ivrogne à qui Cyrano offre son épée contre les spadassins du duc de Guiche chargés de l'assassiner.

Voici comment, dans la pièce, Cyrano explique la raison de son amitié pour Linières :

> *... Parce que cet ivrogne,*
> *Ce tonneau de muscat, ce fût de rossoli,*
> *Fit quelque chose, un jour, de tout à fait joli.*
> *Au sortir d'une messe, ayant, selon le rite,*
> *Vu celle qu'il aimait prendre de l'eau bénite,*
> *Lui, que l'eau fait sauver, courut au bénitier,*
> *Se pencha sur sa conque et le but tout entier.*

Quelques épigrammes de Linières nous sont restées, et notamment celle-ci, dans laquelle il égratigne férocement le vieux Jacques Vallée Des Barreaux (1599-1673) qui avait été dans sa jeunesse un impie insolent et débauché, avant de mener sur le tard une existence confite en dévotion :

Des Barreaux, ce vieux débauché,
Affecte une réserve austère.
Il ne s'est pourtant retranché
Que de ce qu'il ne peut plus faire.

Linières

On connaît cette anecdote sur Des Barreaux : un jour de carême qu'il voulait dîner avec un ami, il obligea l'aubergiste à leur préparer une omelette au lard. À ce moment, l'orage, qui menaçait, creva dans un vacarme de fin du monde.

Alors, Des Barreaux, jetant le plat par la fenêtre, apostropha le ciel :

« Voilà bien du bruit pour une omelette au lard ! »

INVENDU

Chaque livre est une histoire d'amour, la rencontre de deux désirs décalés dans le temps. Tout commence le jour où un auteur prend le risque de confier à une feuille blanche les mots venus du plus secret de lui-même. À l'autre bout du temps, un lecteur attend, sans savoir qu'il lui est destiné, ce message que l'auteur a confié au hasard. Car il est vrai que tous les livres ne sont rien d'autre que des bouteilles jetées à la mer : la plupart se perdent ou se brisent, et rares sont celles qui abordent au rivage où on les recueillera.

Rien n'est plus triste qu'un livre sans lecteur. Certes, il n'y a pas là de quoi faire un drame... une épigramme tout au plus !

Plaignez, passant, ce pauvre auteur !
Las ! son sort fut bien éphémère
Il naquit chez son imprimeur,
Il vint mourir chez son libraire.

JALOUX

Le minuscule royaume des lettres n'a guère changé en quatre siècles. À lire l'épigramme ci-dessous qu'écrivit Saint-Gelais en 1547, ne se croirait-on pas transporté en notre fin de XXe siècle, en plein Saint-Germain-des-Prés, ce quartier des éditeurs où l'on compte plus de jalousies que de fenêtres. Jadis, comme aujourd'hui, l'éloge d'un écrivain y était ressenti par tous les autres comme une injustice insupportable.

Mellin de Saint-Gelais (1491-1558) était le disciple et l'ami de Clément Marot ; sa gentillesse était proverbiale... mais, si sa patte était souvent de velours, elle cachait pour ses ennemis quelque épigramme de sa griffe.

À UN IMPORTUN

Tu te plains, ami, grandement,
Qu'en mes vers j'ai loué Clément[1],
Et que je n'ai rien dit de toi ;
Comment veux-tu que je m'amuse
À louer ni toi, ni ta muse ?
Tu le fais cent fois mieux que moi.

Saint-Gelais

1. Marot, bien sûr !

JOB

Pauvre Job ! Ton aventure n'est pas de celles qui pourraient inciter le pécheur moyen à devenir intègre, droit, à craindre Dieu et à se détourner du Malin. Pour sa bonté et sa piété, Job était le chouchou de l'Éternel qui lui avait accordé toutes les bénédictions : il était riche, bien portant ; sept garçons et trois filles faisaient sa fierté, et ses troupeaux couvraient le pays. Que demander de plus ?

Cette situation de rêve dura jusqu'au jour ou Satan vint voir Dieu et lui dit :

« Si Job bénit ton nom et se comporte comme un juste parmi les justes, c'est parce que tu le combles de tes bienfaits. Si tu lui enlevais tout ce qu'il possède, je suis sûr qu'il te maudirait. »

Alors, pour mettre Job à l'épreuve, Dieu permit à Satan de détruire ses richesses, de saccager ses troupeaux, de faire mourir ses enfants et de ruiner sa santé.

Le brave Job, éberlué, assommé par cette succession de catastrophes, se rasa la tête, s'aspergea de cendres et s'assit sur son fumier. Couvert de croûtes purulentes qu'il grattait avec un tesson, il s'obstinait malgré tout à bénir le nom de l'Éternel.

Mlle de Scudéry n'eut besoin que de quatre vers pour décrire l'infinie détresse du pauvre Job en proie à tous les malheurs de la terre. Elle ajouta même à son calvaire une détresse supplémentaire que la Bible n'avait pas imaginée.

Contre Job autrefois le démon révolté
Lui ravit ses enfants, ses biens et sa santé.
Mais pour mieux l'éprouver et déchirer son âme,
Savez-vous ce qu'il fit ?... il lui laissa sa femme.

Mlle de Scudéry

Et voilà comment on écrit l'Histoire sainte !

JUMENT

Peut-être Molière faisait-il preuve d'un brin d'injustice lorsqu'il ridiculisa, au troisième acte des *Femmes savantes*, le poète Gilles Ménage (1615-1692), que chacun reconnaissait dans le personnage grotesque du pédant Vadius.

Ménage était, sans doute, un rimeur mondain, coqueluche des salons précieux où il détaillait, devant un auditoire pâmé, ses vers galants et sucrés ; mais il n'était pas que cela : il fut aussi un grammairien remarquable dont les travaux firent longtemps autorité. C'est lui qui fut à l'origine du premier grand dictionnaire étymologique du français. Ses explications sur l'évolution du langage sont souvent pleines de justesse, même s'il lui arrive parfois de se laisser emporter un peu loin.

Par exemple, il avait entrepris de démontrer sans rire comment le mot latin *equus* (cheval) et son féminin *equa* (jument) avaient pu devenir, en espagnol, *alfana*, qui a la même signification de jument. Selon lui, *equa* serait devenu *eka*, qui aurait donné *aka*, avant de se transformer en *kaka*. Ce mot, par la suite, aurait évolué en *faca*, puis en *facana*. Par contraction, *facana* aurait donné *fana* ; après quoi, l'adjonction de l'article arabe « al » en aurait fait *alfana*. C.Q.F.D. !

L'envie prend d'applaudir à ce brillant numéro d'acrobatie linguistique. À moins que, à l'instar du chevalier de Cailly, on ne préférât s'en moquer dans une épigramme.

AUX ÉTYMOLOGISTES

Alphana *vient d'*equuus *sans doute*
Mais il faut avouer aussi
Qu'en venant de là jusqu'ici,
Il a bien changé sur la route.

Jacques de Cailly

JUSTICE

La justice au Grand Siècle était moins à rendre qu'à vendre. Tout plaideur désireux d'intéresser un juge à sa cause se devait de lui faire parvenir un cadeau, grand ou petit... mais grand, de préférence. On appelait cet usage la « pratique des espices ». À l'époque, ces épices — destinées à relever une cuisine trop fade — étaient une denrée hors de prix qu'il fallait faire venir du bout du monde. Le sachet de poivre, de cannelle, de muscade servant à graisser la patte de celui qui instruisait une affaire se transforma bientôt en cadeaux, voire en pièces d'or... mais le nom d'épices resta.

Lorsque le Palais de justice fut ravagé par un incendie en 1618, une épigramme due à la plume acérée de Saint-Amant (1594-1661) connut un succès immédiat. L'occasion était belle d'un double jeu de mots : en rimeur habile, le satiriste ne l'avait pas laissé passer.

Certes, ce fut un triste jeu
Quand, à Paris, dame Justice
Pour avoir mangé trop d'espice
Se mit tout le Palais en feu.

Saint-Amant

Sans autre forme de procès, un sizain dû à un épigrammatiste anonyme du XVIIe siècle met la justice en accusation de manière plus directe et sans recours à l'équivoque :

La Justice a la balance
Non pas comme chacun pense
Pour juger selon les lois,
Mais afin de voir en somme
Si les écus du bonhomme
Sont légers ou bien de poids.

LAIDE

Madeleine de Scudéry (1607-1701) n'était pas ce qui s'appelle une belle femme.

Voici comment Tallemant des Réaux la décrit dans ses *Historiettes* :

« Pour de la beauté, il n'y en a nulle, c'est une grande personne maigre et noire et qui a le visage fort long. Elle est prolixe en ses discours et a un ton de voix de magister qui n'est nullement agréable. »

C'est cette grande bringue, vertueuse par nécessité, qui réunissait dans son salon toute la société intellectuelle de l'époque. On lui doit des romans à clés, galants et précieux, qui connurent un succès considérable. Ils étaient, de plus, interminables (*Le Grand Cyrus* est en dix volumes). Madeleine de Scudéry vécut jusqu'à quatre-vingt-quinze ans.

Un épigrammatiste demeuré anonyme l'épingla en quatre vers :

La vertu de Doris est, dit-on, un modèle
Je n'en suis pas très ébloui :
Le péché n'eut jamais grande prise sur elle
Elle est aussi laide que lui.

LAURIER

Le laurier-sauce, dit aussi « laurier d'Apollon », est un heureux végétal à l'odeur si puissante qu'elle confère aux grands hommes — poètes ou soldats — un parfum de victoire et d'immortalité, en même temps qu'il donne à nos plats et à nos salaisons une saveur incomparable.

Bref, qu'il s'agisse de gloire ou de cuisine, au Panthéon comme à l'office, le laurier conserve !

Et, dans l'épigramme ci-dessous, que signa le caustique Alexis Piron, ne réussit-il pas l'exploit de nous conserver au moins le nom de l'obscur Ménard ?

À MÉNARD

Ménard, qui fit des vers si bons,
Eut du laurier pour récompense :
Ô siècle maudit, quand j'y pense,
On en fait autant aux jambons !

Alexis Piron

LESBOS

Parmi toutes les théâtreuses de mœurs légères que se disputaient nobles et financiers et qui passaient de main en main, Françoise de Raucourt (1756-1815) fait figure d'exception.

Malgré sa beauté et son talent, on ne lui connut jamais d'hommages masculins, non pour de bonnes et vertueuses raisons, mais, plus simplement, parce qu'elle aimait les femmes d'un amour exclusif. Elle eut une vie et un destin extraordinaires : protégée de Marie-Antoinette, elle fut emprisonnée sous la Terreur.

Lorsqu'elle abandonna la scène — et sans renier pour autant le culte qu'elle portait à Lesbos —, elle devint dame d'œuvres. Elle fit tant de bien dans son quartier qu'à sa mort, l'Église ayant refusé à sa dépouille un enterrement chrétien en raison de ses mœurs, c'est la foule qui transporta son cercueil jusqu'à Saint-Roch et qui imposa l'absoute.

Du temps qu'elle était une comédienne splendide, un admirateur passionné — et sans doute déçu — avait rimé pour elle cette épigramme :

Pour te fêter, belle Raucourt,
Que n'ai-je obtenu la puissance
De changer vingt fois en un jour
Et de sexe et de jouissance !

Oui, je voudrais pour t'exprimer
Jusqu'à quel degré tu m'es chère
Être jeune homme pour t'aimer
Et jeune fille pour te plaire.

Et, pour que personne ne l'ignorât, il avait épinglé son poème au bas du portrait de la belle Raucourt exposé au Salon de 1786.

LIEUX

S'il est vrai que chaque souverain règne sur une époque qui lui renvoie son image, comment pourrait-on définir le style louis-philippard mieux que ne le fit, d'une simple phrase, Walter Benjamin : « Le ventre envahit tout, même les pendules. » Tout est dans le ventre, en effet, même l'humour, qui, de la digestion, de ses flatulences et de ses sous-produits, tire la quintessence de son inspiration. Sous son règne, le rire se porte gras et les calembours ont la légèreté d'une enclume.

Avant de devenir le domaine de cruciverbistes, la petite ville d'Eu (Seine-Maritime) était le berceau des Orléans, la famille régnante. Dans un château qui joue les Versailles bourgeois, le roi débonnaire y vit, entouré d'une cour bon enfant. Faute de Molière ou de Voltaire, on se contente de Jean Vatout (1792-1848), le bibliothécaire, qui passe pour un grand homme d'esprit. Afin de remercier les princes d'Orléans de l'inviter au château et de l'accueillir à leur table, il composa une chansonnette en neuf couplets (sur l'air de « Les anguilles, les jeunes filles ») dont il régala l'assistance au dessert.

Voici un échantillon de ce chef-d'œuvre :

AU MAIRE D'EU
(Chansonnette faite sur les lieux)

Je ne suis point fort à mon aise.
Ma mairie est un petit coin,
Mon trône une petite chaise
Qui me sert en cas de besoin.
Mes habits ne sentent pas l'ambre ;
Mon équipage brille peu.

Mais, que m'importe ! Un pot de chambre[1]
Est ce qu'il faut au maire d'Eu.

Cette garde-robe modeste
Me suffit et remplit mes vœux
Fasse le ciel qu'elle me reste,
Et je serai toujours heureux
Puisse le principe dont sans cesse
La France bénit les bontés,
Me conserver dans ma vieillesse
Mes petites commodités.

On vante partout ma police.
Ce qu'on fait ne m'échappe pas.
Je fais à tous bonne justice
J'observe avec soin tous les cas !
On ne peut ni manger ni boire
Que tout ne passe sous mes yeux
Mais c'est surtout les jours de foire
Qu'on me voit toujours sur les lieux.

Je me complais dans mon empire ;
Il ne me donne aucun souci.
J'aime l'air qu'on y respire
On voit, on sent la mer d'ici.
Partout la vie et le bien-être ;
Ma vie est un bouquet de fleurs,
Aussi j'aime beaucoup mieux être
Maire d'Eu que maire d'ailleurs.

Jean Vatout

---

1. Voiture légère du XVIIIe siècle.

L'auteur qui avait eu le génie de composer ces strophes pouvait sans aucun doute « aspirer » aux plus hautes destinées littéraires — il avait d'ailleurs récidivé en écrivant dans la même veine *L'Écu de France* ! Hélas, en dépit de plusieurs candidatures, il ne parvint pas à se faire admettre à l'Académie française. Il fallut que le roi s'en mêlât afin d'imposer sa nomination. Vatout fut donc élu le 6 janvier 1848. Mais « élection » ne veut pas dire « réception ». Quelques semaines plus tard, la révolution éclatait, qui obligeait le roi, sa famille et sa suite à se réfugier en Angleterre.

Tout de même, un anonyme avait eu le temps de versifier :

Un fauteuil à Vatout ? Morbleu !
L'Académie est insensée !
Pour le chantre du maire d'Eu,
Il faut une chaise percée.

Peu de temps après leur arrivée en Angleterre, Louis-Philippe et ses familiers furent gravement indisposés après avoir mangé un plat de champignons. Un seul convive en mourut, l'infortuné Vatout.

En apprenant la nouvelle, quelqu'un eut ce mot cruel : « Courtisan, va ! »

LOURD

Triste sire que ce Pierre François Marie Baour-Lormian qui vit le jour à Toulouse en 1770 ! On aurait pu lui pardonner de n'être qu'un poète médiocre ; après tout, il n'eût pas été le seul ! Mais il se montra, tout au long de sa vie, abject et sans scrupules. Infatué de sa personne au point de se prétendre le « Bonaparte de la poésie », il n'était, en fait, que le prototype du classique rétrograde, fielleux et jaloux du succès des autres.

À force de flatteries, il s'assura la protection de Napoléon, qui le fit élire à l'Académie française : il était temps, l'Empire s'écroulait ! Qu'à cela ne tienne, Baour faisant volte-face se mit à encenser Louis XVIII et à brocarder Napoléon, son ancien bienfaiteur, qu'il accusait de « tyrannie » pour avoir osé le « flétrir d'une pension de six mille francs[1] » ! L'abjection paye, et Baour fut le seul Académicien élu sous l'Empire dont l'élection ne fut pas annulée par Louis XVIII.

Cette pitoyable caricature de l'homme de lettres siégea trente-neuf années sous la Coupole où son habitude de dormir pendant les séances l'avait fait surnommer *Balour-Dormant* !

Lui, qui s'était voulu l'« Homère toulousain », mourut en 1854 dans l'indifférence générale. Amère dérision, il était devenu aveugle, comme le grand poète grec dont il revendiquait l'héritage.

Ponce Denis Écouchard Lebrun, dit Pindare, réserva quelques-unes de ses meilleures épigrammes à cet encombrant personnage.

1. *Dictionnaire des littératures de langue française,* Bordas.

Rien n'est si lent, si lourd
Que monsieur Lormian-Balourd
Rien n'est si lourd, si lent
Que monsieur Balourd-Lormian

Écouchard Lebrun

Lorsque Baour avait posé sa candidature au fauteuil de Boufflers, Lebrun l'avait épinglé, en 1815, en un quatrain si réussi dans le ton que l'on aurait cru entendre s'exprimer la victime elle-même !

Eh quoi ! Ces portes indociles
Ne s'ouvrent point devant mes pas ?
Ils sont là quarante imbéciles,
Et moi, Baour, je n'en suis pas ?

Écouchard Lebrun

Hélas ! il en fut !

MARQUIS

À supposer qu'Alexandre Masson (1741-1777) eût montré quelque disposition pour les jeux de mots, il aurait été fondé à considérer que c'est à lui que Boileau destinait ce sage conseil :

Soyez plutôt maçon si c'est votre talent.

Hélas ! de talent, ce Masson ne possédait pas l'ombre, ce qui ne l'empêchait pas de se croire poète et de s'évertuer à composer de prétentieuses fadaises. Que pouvait-on espérer d'un colonel de dragons lorsque le frôlait de son aile la muse des officiers supérieurs ?

Non content d'encombrer les recueils de poésie de ses bluettes sucrées, Masson voulut ensuite devenir noble. À un nom qui sentait par trop sa roture, il ajouta une particule et s'acheta un marquisat.

Lorsque, au bas de ses œuvres, il put signer fièrement « de Pezay », il s'imagina devenu aux yeux du monde plus intelligent et plus beau.

Il en fallait davantage pour impressionner cette fine mouche de Sophie Arnould (1740-1802), qui se gaussa du prétentieux en une courte épigramme au ton très enlevé.

Enlevé... c'est Pezay !

Ce jeune homme a beaucoup acquis,
Beaucoup acquis, je vous le jure :
En deux ans, malgré la nature,
Il s'est fait poète et marquis.

Sophie Arnould

MARQUISE

Le nom de Racine est à jamais associé à celui de deux comédiennes qu'il aima et dont il fut aimé : ce sont, par ordre d'entrée en scène, la Du Parc et la Champmeslé [1].

La première était la fille de Jacomo de Gorla, un charlatan venu d'Italie dresser ses tréteaux à Lyon, place des Jacobins. Elle avait reçu le prénom peu courant de Marquise, comme si son père pressentait ce que serait sa brillante destinée.

Marquise Thérèse de Gorle (1634-1668), éblouissante de charme et de grâce, fut initiée très tôt à la parade, où sa séduction faisait merveille auprès d'un public qu'il fallait captiver par des danses et des acrobaties.

Passant par Lyon, Molière s'amouracha de Marquise et l'enrôla dans sa troupe. Pour se l'attacher, il la maria à l'un de ses meilleurs comédiens, René Berthelot — dit Du Parc —, qui jouait les rondeurs sous le surnom de Gros-René.

En 1658, le vieux Corneille — père de sept enfants, il avait alors cinquante-deux ans — tombe amoureux fou de Marquise et dépose à ses pieds son talent et sa renommée. Mais elle le trouve trop vieux et le repousse. Vexé, Corneille dédie ces stances à la cruelle (une poésie fugitive devenue immortelle) pour lui rappeler que le génie n'a pas d'âge et dure plus que la beauté :

STANCES À MARQUISE

Marquise, si mon visage
A quelques traits un peu vieux
Souvenez-vous qu'à mon âge
Vous ne vaudrez guère mieux.

1. Voir TONNERRE.

Le temps, aux plus belles choses
Se plaît à faire un affront,
Et saura faner vos roses
Comme il a ridé mon front.

Le même cours des planètes
Règle nos jours et nos nuits :
On m'a vu ce que vous êtes ;
Vous serez comme je suis.

Cependant j'ai quelques charmes
Qui sont assez éclatants
Pour n'avoir pas trop d'alarmes
De ces ravages du temps.

Vous en avez qu'on adore,
Mais ceux que vous méprisez
Pourraient bien durer encore
Quand ceux-là seront usés.

Ils pourront sauver la gloire
Des yeux qui me semblent doux
Et, dans mille ans, faire croire
Ce qu'il me plaira de vous.

Chez cette race nouvelle
Où j'aurai quelque crédit,
Vous ne passerez pour belle
Qu'autant que je l'aurai dit.

Pensez-y, belle Marquise,
Quoi qu'un grison fasse effroi
Il vaut bien qu'on le courtise
Quand il est fait comme moi.

Corneille

La réponse de Marquise se fit attendre plus de deux siècles et demi... mais qui se plaindrait d'un tel délai, qui permit à Tristan Bernard de venir au monde et d'imaginer à l'aventure une chute inattendue :

Peut-être que je serai vieille,
Répond Marquise, cependant,
J'ai vingt-six ans[1]*, mon vieux Corneille,*
Et je t'emmerde en attendant[2].

Marquise vient de tomber amoureuse de Jean Racine, un écrivain de son âge, un auteur de tragédies dont l'étoile est en train de se lever. Pour elle, il écrira *Andromaque* et, de cette piètre actrice, il fera une grande comédienne, en lui faisant répéter son rôle vers après vers.

Hélas ! La belle Marquise mourut à trente-quatre ans dans des circonstances mystérieuses. Sur la foi de calomnies de l'affreuse Voisin, on accusa même Racine de l'avoir empoisonnée.

Ainsi disparut la Du Parc qui, dans sa courte existence, avait fait battre le cœur de trois des auteurs les plus considérables de leur siècle.

1. En réalité, elle en avait vingt-quatre.
2. Encore un demi-siècle plus tard arriva Georges Brassens, qui mit le tout en musique.

MÉCHOUI

Gros-Louis, dit Seize[1], n'avait que vingt ans lorsque, au matin du 10 mai 1774, on lui annonça la mort de son grand-père Louis XV, le bien mal aimé. Son premier mouvement fut de s'agenouiller au côté de sa jeune femme, Marie-Antoinette, pour adresser au Ciel cette touchante prière : « Mon Dieu ! protégez-nous, nous régnons trop jeunes ! »

Il avait raison de redouter les écrasantes responsabilités qu'il endossait ce jour-là. Qu'allait-il advenir de lui, le gros lourdaud, honnête et bon, face à la tempête révolutionnaire qui se levait ?

Après les fastes ou les orgies des autocrates qui l'avaient précédé, il n'était qu'un brave homme, inapte à régner, qui ne se sentait heureux que loin de la Cour, dans l'atelier de serrurerie qu'il s'était fait aménager. Lui qui connaissait le secret des rouages compliqués attendra sept ans avant de découvrir la clé qui lui permettra de rendre femme sa jeune épousée.

Le peuple se moquait : voici le refrain qu'il chantait dans les rues le jour de l'Épiphanie 1775 :

À Louis XVI, notre espoir,
Chacun disait cette semaine :
« Sire, vous devriez, ce soir,
Au lieu des Rois tirer la reine ! »

L'irrésolution du roi et la frivolité de la reine achevèrent peu à peu de discréditer la monarchie. Le couperet

1. Merci, Claude Duneton, auteur de *P'tit Louis dit Quatorze*.

de la guillotine trancha le cou d'un innocent dont le crime avait été de représenter contre son gré la tête d'un régime abhorré.

En quatre vers, un mauvais poète du nom d'Augustin Creuzé de Lesser (1771-1839) résuma, dans le style oriental à la mode, l'histoire du malheureux souverain.

Certain sultan était si bon
Que, pour éviter tout reproche,
Un matin, il se fit mouton.
Le soir, on le mit à la broche.

Creuzé de Lesser

MÉDECINS

A considérer le nombre de plaisanteries, de satires et d'épigrammes dont les médecins ont été de tout temps la cible, nous serions fondés à croire que cette vénérable profession fut davantage créée pour susciter des moqueries que pour guérir les maux de l'humanité souffrante.

La Bruyère, en une phrase, nous en fournit l'explication : « Tant que les hommes pourront mourir et qu'ils aimeront à vivre, le médecin sera raillé et bien payé. »

On pourrait ainsi consacrer un livre entier à recenser les épigrammes dirigées contre les docteurs. Devant le risque de lasser le lecteur par des plaisanteries forcément répétitives, nous nous contenterons d'utiliser le remède, à doses homéopathiques seulement.

• Corvisart — qui sera le médecin de confiance de Napoléon[1] — disait un jour à Sieyès :

« Nous venons de perdre le Dr Backer et, pourtant, ni Portal, ni Hallé, ni moi ne l'avons quitté durant sa maladie.

— Que vouliez-vous qu'il fît contre trois ? » répondit en souriant Sieyès, citant ainsi le début d'un vers fameux de Corneille (Horace) en s'abstenant de donner, car elle allait de soi, la réplique qui le prolonge : « Qu'il mourût ! »

La plaisanterie, vieille comme le monde, pourrait ainsi se résumer : ce n'est pas en multipliant le nombre de médecins à son chevet qu'on augmente pour autant ses chances de guérison.

Un publicitaire de nos jours aurait dit : « Un toubib, ça va. Trois toubibs, bonjour les dégâts. »

1. « Je ne crois pas en la médecine, je ne crois qu'en Corvisart » (Napoléon).

Dans un recueil daté de 1702, on trouve cette épigramme, plus délicate et tout aussi cruelle :

Pourquoi vous étonner, Julie,
Qu'un peu de fièvre et de mélancolie
Ait pu mettre en cinq jours Amarante au tombeau ?
Cessez de vous en prendre aux innocents destins,
La cause en est trop manifeste :
Elle avait quatre médecins.

• Victor Hugo, véritable machine à poèmes, ne cessa jamais, fût-ce un seul jour de sa vie, de composer des vers. Il lui arriva même, avoue-t-il, d'en écrire pendant son sommeil.

Voici — extraits de ce prodigieux fourre-tout qu'il nomme *Tas de pierres* — ceux qu'il composa en dormant pendant la nuit du 2 au 3 septembre 1847 :

Mon oncle était fort mal. Dans cette extrémité
Vinrent quatre docteurs selon la Faculté.
« Il est bien ! » dit Tant-Mieux ; Tant-Pis dit :
« Qu'on l'enterre ! »
« Saignez ! » dit Sangrado ; Purgon cria : « Clystère ! »
Et le cher oncle, en proie à ces savants malsains,
Mourut écartelé par quatre médecins.

Victor Hugo

• Les médecins de l'Ancien Régime étaient, il est vrai, de prétentieux imbéciles qui, sous un jargon ridicule et un déguisement grotesque, dissimulaient mal une absence encyclopédique de connaissances. La comparaison avec l'âne vient tout naturellement à la plume : sans doute est-ce affaire de bonnet !

Un siècle avant Molière, un poète satirique, ayant eu la chance de survivre à leurs traitements, se vengea en quatre vers :

Par sa bonté, par sa substance,
Le lait de mon ânesse a refait ma santé,
Et je dois plus, en cette circonstance,
Aux ânes qu'à la Faculté.

• Boileau non plus (1636-1711) n'aimait pas les médecins, qu'il tenait sûrement pour responsables de ses disgrâces physiques et de sa piètre santé. Le dos tordu qui lui faisait une « épaule de chameau », la jambe grêle, le teint jaune des bilieux, il avait été, pour couronner le tout, privé de ses accessoires virils à l'âge de douze ans au cours d'une opération de la pierre par le malencontreux coup de bistouri d'un chirurgien maladroit[1]. On serait furieux à bien moins, et, en regard de tant de misères, une méchante épigramme n'est qu'une faible vengeance :

1. D'autres disent par « les coups de bec furieux d'un dindon castrateur ».

Paul, ce grand médecin, l'effroi de son quartier
Qui causa plus de maux que la peste ou la guerre,
Est curé maintenant et met les gens en terre :
Il n'a pas changé de métier.

Boileau

Comme les joies et les tourments de l'amour lui étaient refusés, Boileau reporta toute sa passion dans la défense de la littérature. Tous ceux qu'il déteste, les mauvais poètes, les précieux, les cuistres, auront à subir les coups de fouet de ses satires ou de ses épigrammes.

À l'époque, le petit monde littéraire était divisé par ce qu'on appela « la querelle des anciens et des modernes ». Les premiers, avec Boileau à leur tête, affirmaient haut et fort qu'il n'était point de salut hors de la vérité que nous ont laissée les grands auteurs de l'Antiquité. Les modernes, au contraire, avec Charles Perrault (1628-1703), l'auteur des *Contes*, prétendaient que l'époque contemporaine a aussi de grands écrivains, tout aussi admirables :

... Et l'on peut comparer, sans crainte d'être injuste,
Le siècle de Louis au beau siècle d'Auguste.

La polémique s'enfla entre les deux hommes, prenant parfois des tours inattendus.

L'oncle de Charles Perrault, Claude Perrault (1613-1688) ayant été médecin avant de devenir architecte (et pas n'importe lequel puisqu'on lui doit les plans de la Colonnade du Louvre), il arriva que la bataille à coups d'épigrammes se déplaçât sur le terrain familial et médical.

Ton oncle, dis-tu, l'assassin,
M'a guéri d'une maladie.
La preuve qu'il ne fut jamais mon médecin,
C'est que je suis encore en vie.

Boileau

Boileau, on le voit, ignore l'euphémisme et, sous sa plume au vitriol, les médecins se font assassins et les architectes maçons.

L'épigramme ci-dessous, sous un faux air de rétractation, se paye le luxe de blesser deux fois.

À PERRAULT
(qui, de médecin, s'était fait architecte)

Oui, j'ai dit, dans mes vers, qu'un célèbre assassin,
Laissant de Galien la science infertile,
D'ignorant médecin devint maçon habile,
Mais, de parler de vous, je n'eus jamais dessein,
Perrault, ma muse est trop correcte :
Vous êtes, je l'avoue, ignorant médecin,
Mais non pas habile architecte.

Boileau

• C'est le sort commun à tous les personnages célèbres que de devoir dîner en ville avant d'être confrontés à l'épreuve du livre d'or.

Alexandre Dumas fils (1824-1895) ne pouvait échapper à l'une comme à l'autre de ces obligations.

Il dînait ce soir-là chez le Dr Gistal, richissime médecin marseillais, dont on murmurait que les malades montraient parfois bien peu d'empressement à se laisser guérir par une telle sommité. Lorsqu'on lui présenta le livre d'or, l'écrivain improvisa un quatrain sous l'œil du docteur qui lisait par-dessus son épaule.

Après le troisième vers, celui-ci se redressa en murmurant, avec un petit rire satisfait :

« Quel flatteur ! »

Alors, Alexandre « Dumafice » (comme il lui arrivait de signer) termina le quatrain.

Depuis que le docteur Gistal
Soigne des familles entières,
On a démoli l'hôpital...
Et l'on a fait deux cimetières.

Alexandre Dumas fils

MÉNAGERIE

Comment qualifier, si ce n'est d'immortel, l'ennui dans lequel baignent les réceptions solennelles à l'Académie française.

Ce cérémonial feutré, au cours duquel des vieillards en uniforme échangent le soporifique encens de leurs discours officiels, réserve en général peu de bonnes surprises. Pourtant, les archives de l'Institut ont conservé la trace de quelques exceptions glorieuses d'autant plus célèbres que les lieux ni les acteurs n'y disposent à la franche rigolade.

Ainsi vit-on, le 29 décembre 1723, une réception tourner à la farce estudiantine. On recevait ce jour-là le charmant François Augustin de Paradis de Montcrif (1687-1730). Son élection déplaisait à quelques longues figures qui avaient considéré que la place de cet écrivain léger et plein d'humour au patronyme édénique n'était pas parmi eux. Son *Histoire des chats*, écrite sur un mode faussement sérieux, était une raillerie qu'ils ne pouvaient tolérer. Pour se venger, ils avaient affublé son auteur du surnom de « l'Historiogriffe » !

Cependant que le récipiendaire lisait son remerciement, un plaisantin lâcha dans la salle un matou agressif, poil hérissé et griffes dehors. Aux miaulements de la bête affolée qui bondissait de fauteuil en fauteuil répondaient ceux d'un public mis en joie. Montcrif y gagna un second surnom, celui de « Miaou » !

À quelques années de là, en 1748, fut élu le poète Jean-Baptiste Gresset (1709-1777). Une œuvre de jeunesse qui racontait en vers l'histoire de « Ver-Vert, perroquet de Nevers » l'avait rendu célèbre. Ce volatile charmant, confit en dévotion, vivait au couvent de la ville, choyé par les Visitandines qui lui avaient enseigné les prières et les psaumes :

... Il disait bien son bénédicité
Et « Notre Mère » et « Votre Charité » ;
Il savait même un peu de soliloque
Et des traits fins de Marie Alacoque... [1]

La renommée de cet oiseau rare parvint jusqu'à Nantes, où les religieuses de la ville réclamèrent sa visite. Hélas ! le trajet en bateau sur la Loire était bien lent, les matelots bien grossiers... et le surdoué Ver-Vert eut le temps d'apprendre en chemin tout un répertoire d'atrocités qu'il s'empressa de détailler à son arrivée. Renvoyé illico à Nevers, les nonnes lui firent oublier, en le gavant de dragées, ce répertoire impie. Il en mourut d'indigestion.

Amusé par cette abondance d'animaux qui finissait par donner à la Coupole un petit air de ménagerie, le satiriste Pierre Charles Roy (1683-1764) y alla de son quatrain perfide :

MÉNAGERIE

Le Parnasse a tant de roquets ;
Recevez Gresset, je vous prie,
Pour meubler la ménagerie :
Après les chats, les perroquets.

Pierre Charles Roy

Gresset prit l'épigramme avec le sourire. Roy n'aura pas toujours autant de chance et, de chasseur, un jour, il deviendra victime [2].

1. Sainte Marguerite Marie Alacoque (1647-1690). Religieuse visitandine à Paray-le-Monial, elle répandit la dévotion au Sacré-Cœur de Jésus.
2. Voir Épigrammes : Zéro § 2.

MISANTHROPE

Si Molière avait obtenu du ciel la faveur de revivre au XIXe siècle, il aurait eu la surprise de retrouver son Alceste réincarné sous les traits d'un dramaturge nommé Henri Becque (1837-1899). C'était un écrivain atrabilaire, à l'honnêteté rugueuse, qui pratiquait de petits métiers pour pouvoir écrire des pièces de théâtre, toutes, hélas ! vouées à l'insuccès. Pourtant, on lui doit une sorte de chef-d'œuvre au titre aussi noir que sa plume, *Les Corbeaux* (1882), dans lequel il règle ses comptes avec une société détestée : un honnête fabricant meurt subitement d'embolie ; aussitôt, voici que surgissent de toutes parts les affairistes avides de se partager les dépouilles du défunt. Ce sont eux, les corbeaux, qui vont dépecer l'entreprise et ruiner à jamais l'existence de la veuve et de ses filles.

Atteint dans son conformisme douillet, le public bouda cette pièce sombre que pas un sourire ne venait égayer. Alors, Becque, ne sachant sur qui rejeter la responsabilité de l'échec, s'en prit aux auteurs à succès, à ceux qui, par d'habiles concessions, connaissent l'art de flatter l'opinion dans le sens du poil.

Il attaqua les deux plus célèbres d'entre eux, les Dumas père et fils, dans un méchant distique :

Comme les deux Corneille, ils étaient deux Dumas.
Mais aucun ne fut Pierre, tous deux furent Thomas.

Henri Becque

Comparer les Dumas, non à Pierre Corneille, le tragédien génial, mais à Thomas , son jeune frère, copie falote de l'aîné, équivalait à une insulte qu'on lui fit payer sur-le-champ.

--

Si ce coup de bec, de Becque, t'éveille
Ô Thomas Corneille en l'obscur tombeau
Pardonne à l'auteur qui baye aux corneilles
Et songe au public qui bâille aux Corbeaux.

Alexandre Dumas fils

--

Le malheureux Becque croyait pouvoir être admis à l'Académie française, mais son caractère lui avait valu trop d'ennemis. À quatre reprises il se présenta, sans réunir jamais plus de trois voix. L'un de ses plus farouches opposants était le critique Francisque Sarcey. Mais il attribua la responsabilité de ses échecs au secrétaire perpétuel de l'Académie, Gaston Boissier, spécialiste de littérature latine et en particulier de Cicéron.

Alors, pour se venger de cette vieille barbe érudite, Becque y alla d'une nouvelle épigramme, en forme d'épitaphe, celle-là :

--

Ci-gît Boissier, ce vieux raseur,
Plus connu comme confiseur.

Henri Becque

--

MOITIÉ

On ne connaît guère de banquets qui n'aient été gâchés, au dessert, par des discours que personne n'écoute, si ce n'est celui, vieux de vingt-quatre siècles, que relate Platon. Au cours de ce *Banquet* mémorable, plusieurs personnages illustres s'étaient affrontés en une joute oratoire sur le thème de l'éloge au dieu de l'Amour. L'intervention du poète Aristophane connut un grand retentissement et la théorie qu'il développa influença de façon décisive la sexualité du monde occidental.

À l'origine du monde, l'espèce humaine se composait de trois sexes, les hommes, les femmes et les androgynes. Tous ces êtres étaient doubles : deux têtes, deux corps, quatre bras et quatre jambes et... deux organes de reproduction. Les hommes étaient équipés de deux organes mâles, les femmes de deux organes femelles et les androgynes d'un sexe mâle et d'un sexe femelle. Ainsi bâtis, ces êtres possédaient une force surhumaine, un caractère exécrable et un orgueil sans limites. Rien d'étonnant donc à ce que l'idée folle leur vînt un jour d'escalader le ciel pour y défier les dieux de l'Olympe. Ceux-ci, sous les ordres de Zeus, se défendirent à coups d'épée et coupèrent très proprement les assaillants en deux, de sorte qu'il ne restait plus à chacun qu'une seule tête, un seul corps... et un seul sexe. Dès lors, les humains, privés de leur puissance et de la moitié de leur être, furent très malheureux. Comme une âme en peine, chacun partit à la recherche de sa moitié perdue.

« C'est sans doute de ce temps-là, conclut Aristophane, que date l'amour inné que porte l'homme à son semblable, l'amour qui tente de retrouver la condition première, de reconstituer l'unité amputée et de rétablir ainsi la nature humaine. »

S'il faut en croire Platon, l'amour ne serait pas autre chose que cette quête éperdue de l'autre. Aimer, c'est reconnaître celui ou celle qui, de toute éternité, représente sa « moitié » disparue. L'amour, d'entreprise de séduction, est devenu seulement espoir de retrouvailles.

Entre toutes ces moitiés qui se cherchent, l'homme est-il assuré de ne pas se tromper ? Rien n'est moins certain.

Jean-Baptiste Rousseau (1671-1741), qui eût sans doute quelques bonnes raisons d'en douter, exprima son scepticisme en une épigramme désenchantée :

L'homme créé par le fils de Japet[1]
N'eut qu'un seul corps, mâle ensemble et femelle ;
Mais Jupiter, de ce tout si parfait,
Fit deux moitiés et rompit le modèle.
Voilà d'où vient qu'à sa moitié jumelle,
Chacun de nous brûle d'être rejoint.
Le cœur nous dit : « Ah, la voilà ! C'est elle ! »
Mais, à l'épreuve, hélas ! ce ne l'est point.

Jean-Baptiste Rousseau

Voir ÉPIGRAMMES : ABEILLE, ABRÉGÉ, THÉÂTRE.

1. Japet, fils d'Ouranos et de Gaia, fut l'un des premiers Titans de la légende grecque.

MONSEIGNEUR

Guillaume Dubois (1656-1723) avait été le précepteur du jeune Philippe d'Orléans, et, sans doute, l'élève gardait-il un bon souvenir de son maître pour que, à peine devenu Régent du royaume à la mort de Louis XV, il le fit venir auprès de lui comme conseiller. Les deux hommes étaient faits pour s'entendre, tous deux également libertins, hypocrites, intrigants, corrompus. Les dictionnaires, qui sont pourtant l'indulgence faite livre, ne sont pas avares de qualificatifs à leur sujet.

Dubois, âme damnée de son maître, devint Premier ministre en même temps qu'il s'élevait dans la hiérarchie ecclésiastique. Il était marié, mais qu'importe ? Il imposa silence à son épouse, ce qui lui permit de recevoir l'ordination, puis de devenir successivement archevêque de Cambrai, cardinal et même président de l'Assemblée du clergé !

Aucun honneur ne semblait trop grand à cet insatiable mégalomane. C'est ainsi qu'il daigna entrer à l'Académie française, à la seule condition, précisa-t-il, que, dans le discours de réception, on voulût bien lui donner du « Monseigneur » au lieu du « Monsieur » en usage dans la Compagnie.

Il arrive parfois que l'histoire se répète.

Trois quarts de siècle plus tard, l'abbé Maury (1746-1817), qui avait été un fervent royaliste avant de se rallier à Bonaparte, fut nommé cardinal par le pape. Élu à l'Académie française où les ecclésiastiques faisaient la loi, il prétendit, lui aussi, être appelé « Monseigneur » lors de sa réception sous la Coupole. Une fois de plus, l'Académie s'inclina, provoquant la colère de Marie-Joseph Chénier, qui, faute de mieux, libéra sa bile en une fielleuse épigramme :

Dubois, aux Enfers, a bien ri
Quand il a vu l'Académie,
Puisant dans son histoire une loi d'infamie,
Donner du Monseigneur au cardinal Maury.
« Ah ! parbleu, s'écria le cuistre,
J'étais, j'en conviens aujourd'hui,
Vil, insolent et vénal comme lui,
Mais le drôle n'est pas ministre ! »

Marie-Joseph Chénier

MOUTON

Le XVIIe siècle fut une époque bénie pour le mouton. Considéré, d'Aristote à Rabelais, comme le plus sot animal du monde, il devint soudain la vedette d'une mode inattendue, celle des « Pastorales ».

Dans *L'Astrée*, l'interminable « best-seller » d'Honoré d'Urfé (1607), le berger Céladon, en habit vert tendre et chaussures à talons hauts, courtise la pastourelle Astrée, au milieu d'un peuple d'« adorables petits agneaux crêpés et poudrés, avec un ruban rose et une clochette d'argent au cou, qui bondissent en cadence et exécutent un menuet au son des pipeaux ». Ainsi se moquera Théophile Gautier.

Plus d'un siècle après, dans sa résidence secondaire du Petit Trianon, la reine Marie-Antoinette et ses suivantes, en robe à paniers et houlette enrubannée, joueront aussi les bergères régnant sur un troupeau de moutons pomponnés comme de petits marquis.

Jean-Pierre Claris de Florian (1755-1794) était né à Sauve, dans les Cévennes. Petit-neveu de Voltaire, qui l'avait surnommé « Florianet », il devint un familier de Ferney, où on lui fera jouer des bergeries. Sans doute s'en souviendra-t-il lorsqu'il écrira sa pastorale *Estelle et Némorin* : amours fades et platoniques dans un paysage idyllique où pousse d'abondance le mouton, toujours le mouton.

Écœuré par les bergeries douceâtres de Florian, Écouchard Lebrun se sentit pousser des dents vengeresses.

Dans ton beau roman pastoral
Avec tes moutons pêle-mêle,
Sur un ton bien doux, bien moral
Berger, bergère, auteur, tout bêle.
Puis, bergers, auteur, lecteur, chien,
S'endorment de moutonneries.
Pour réveiller la bergerie
Oh ! qu'un petit loup viendrait bien !

Écouchard Lebrun

Avec son caractère... affable, Florian fit son chemin gentiment, décoratif autant que décoré, à la fois courtisan et mondain, et parvint, dans un fauteuil, jusqu'à l'Académie française.

Rivarol, d'une plume aiguë, égratigna cette trop sage carrière.

CONTRE FLORIAN

Écrivain actif, guerrier sage,
Il combat peu, beaucoup écrit ;
Il a la croix pour son esprit
Et le fauteuil pour son courage !

Rivarol

Pauvre Florianet ! Il était si peu fait pour le drame que, la Révolution l'ayant mis quelques mois en prison, il mourut de chagrin lorsqu'on le libéra.

NÈGRE

Que le nom surtout n'aille pas faire illusion : Fanny de Beauharnais (1737-1813) n'est pas Joséphine. Fanny se nommait en réalité Marie-Anne Françoise Mouchard lorsqu'elle devint la femme de Claude Ier de Beauharnais (cousin germain d'Alexandre de B., premier époux, justement, de Joséphine Tascher de La Pagerie). Ce charmant bas-bleu au visage trop fardé qui se piquait de littérature accueillait dans son salon les savants, écrivains et philosophes de l'époque.

À se frotter aux poètes, l'envie vient tout naturellement de vouloir être poète soi-même. Et, si l'on n'a pas l'art de versifier, quoi de plus normal que de se faire aider en cela par un nègre — on disait joliment alors : un « teinturier poétique ».

Fanny eut recours aux bons offices du célèbre épigrammatiste Denis Écouchard Lebrun. Celui-ci, familier de l'hôtel de Beauharnais, ne put un jour retenir sa plume, qui se mit à composer un peu aimable distique dont son hôtesse faisait les frais :

Églé, belle et poète, a deux petits travers :
Elle fait son visage et ne fait pas ses vers.

Écouchard Lebrun

Cependant que l'épigramme venimeuse courait la ville, Lebrun se rendit comme à son ordinaire à l'hôtel de Beauharnais. Sans doute pensait-il naïvement que l'anonymat de l'auteur ne serait pas percé et que, sous le pseudonyme d'Églé, personne ne reconnaîtrait Fanny. Ce fut son erreur ! Après le dîner qui avait réuni quelques-uns des beaux esprits du moment, on passa au salon.

La scène a été contée par Édouard Fournier (*L'Esprit des autres*) :

« Aussitôt, voilà de grandes exclamations, des cris d'indignation, des rires étouffés et, autour de la cheminée, une véritable cohue de curiosité. Puis, auprès de Mme de B. qui, sous son fard et ses grands airs, se donne un sourire moqueur et triomphant, pendant que Lebrun prend son chapeau à bas-bruit et décampe [...]. Que s'était-il donc passé ?

« Sur la cheminée se trouvait un élégant petit cadre à baguette dorée, au milieu duquel s'étalait sous la vitre le distique impitoyablement calligraphié avec cette note explicative :

Vers faits contre moi
par M. Lebrun qui
dîne aujourd'hui chez moi !

« La vengeance était hardie, imprudente même, et la dame courait grand risque de se blesser au vif avec le trait dont elle se jouait ainsi. »

En effet, l'anecdote ne tarda pas à se répandre. Beaucoup de gens, qui ne connaissaient que l'épigramme sans savoir encore à qui elle s'adressait, apprirent par là, et sans que le doute fût permis, le nom du bas-bleu, plagiaire et fardé.

Ce fut Claude Joseph Dorat (1734-1780) qui prit la relève et qui devint le fournisseur attitré de la dame. Mais, hélas ! il mourut jeune.

Rancunier, Lebrun alors se vengea :

Dorat n'est plus. Savez-vous ce qu'on dit ?
Que Beauharnais en a perdu l'esprit !

Écouchard Lebrun

NEZ

Se nommer Théodore de Bèze (1519-1605) est une promesse envers le beau sexe qu'il s'agit de tenir, et Dieu sait que le théologien qui portait ce nom ne fut pas parjure ! Être le disciple de Calvin, ce pisse-froid (qui passait d'ailleurs pour préférer les petits garçons), ne prédispose pas au libertinage, et pourtant M. de Bèze occupait le plus clair de son temps à séduire les jolies femmes venues s'informer sur les vertus de la nouvelle religion réformée. Cette boulimie sexuelle du grand chef protestant était devenue la fable favorite des poètes libertins, battus sur leur propre terrain par un homme de foi.

Voici une épigramme que signa Étienne Jodelle (1532-1573) :

DE THÉODORE DE BÈZE FAISANT L'AMOUR

Bèze voulant plaisanter un petit
Disait un jour à une non sotarde :
« De vous baiser j'aurais grand appétit,
Mais votre nez qui est si long m'en garde. »
La dame alors vivement le regarde,
En lui disant : « Pour si peu ne tenez,
Car si cela seulement vous engarde,
J'ai bien pour vous un visage sans nez ! »

Étienne Jodelle

NIÈCE

Le cardinal Armand Duplessis de Richelieu (1585-1642) aimait beaucoup sa nièce, ce qui est d'un oncle attentionné, mais il avait peut-être poussé un peu loin l'affection familiale qui n'exigeait pas qu'il lui fît deux enfants.

Marie-Madeleine de Vignerot, la nièce en question, avait épousé à seize ans Antoine du Roure de Combalet, duc d'Aiguillon. Ce gentilhomme, dont Tallemant des Réaux disait qu'il passait pour être le mieux « fourni » de la cour, n'avait pas été capable de lui faire quitter l'état de demoiselle.

Le poète Dulot avait composé une anagramme qui prouvait que le navrant destin de la pauvrette était tout entier inscrit dans son nom de jeune fille :

MARIE DE VIGNEROT — VIERGE DE TON MARI.

Lorsque sa nièce devint veuve, Richelieu sut la consoler et lui donner la progéniture dont elle avait été privée. Mais à la cour, plus qu'ailleurs, on exagère, et, lorsque le vicomte de Brézé se mit à raconter que Mme de Combalet avait eu quatre fils du cardinal, la duchesse de Bouillon tint à rétablir la vérité au moyen d'une spirituelle épigramme, rappelant ainsi qu'il ne fallait pas prendre de liberté avec les nombres... cardinaux.

À MADAME PHILIS DE COMBALET
(qu'on accusait d'avoir eu quatre enfants
du cardinal de Richelieu)

Philis, pour soulager sa peine,
Hier se plaignait à la reine
Que Brézé disait hautement
Qu'elle avait quatre fils d'Armand.
Mais la reine, d'un air fort doux,
Lui dit : « Philis, consolez-vous ;
Chacun sait que Brézé ne se plaît qu'à médire ;
Ceux qui pour vous ont le moins d'amitié
Lui feront trop d'honneur, de tout ce qu'il peut dire,
De ne croire que la moitié. »

Duchesse de Bouillon

Et, lorsqu'en 1642 mourut le cardinal, on chanta dans les rues :

Si la pauvre duchesse pleure,
Hélas ! pourquoi s'étonner tous ?
Ne perd-elle pas à la même heure
Et le père et l'oncle et l'époux ?

NON

La disparition de tout Académicien suscite au sein du petit peuple littéraire beaucoup moins de regrets que d'espoirs. À l'idée de s'aller poser dans le fauteuil à peine tiède qui vient de se libérer, bien des postérieurs frétillent d'une impatience mal contenue. S'engage alors, sous les dehors de la plus grande civilité et du chagrin de circonstance, une compétition acharnée de laquelle beaucoup de derrières sortiront... ou déçus ou vaincus.

Lorsque mourut l'abbé Jacques Delille en 1813, les prétendants à sa succession se déclarèrent. Les deux plus acharnés se nommaient Michaud et Campenon.

Un distique partisan circula parmi les Immortels :

Au fauteuil de Delille on veut porter Michaud.
Ma foi, pour l'y placer, il faut un ami chaud !

La réponse des tenants de l'autre candidat ne se fit guère attendre. Dès le lendemain, on se répétait en riant la réponse du... fauteuil à la bergère :

Au fauteuil de Delille aspire Campenon.
Son talent suffit-il pour qu'on l'y campe ? Non !

Cette deuxième épigramme, pour opportune et drôle qu'elle fût, sentait un peu le réchauffé. Son auteur anonyme s'était contenté de démarquer un distique qu'avait écrit Voltaire un demi-siècle plus tôt pour saluer à sa façon l'élection, le 4 décembre 1762, de Claude Henri de Fusée, abbé de Voisenon. Singulier abbé en vérité, qui avait commis sous le manteau des poésies libertines et qui avait été l'amant de Mme Favart. Mais, l'argent aidant, rien n'est irrémédiable : un don généreux au Saint-Siège lui vaudra l'absolution et lui ouvrira la route du saint fauteuil.

Alors Voltaire, en chevalier blanc de la morale, rimera :

Voici donc élu Voisenon.
Faut-il que l'on pavoise ? Non !

Voltaire

Il existe deux sortes de *oui*, les uns qui sont une véritable affirmation, alors que les autres ne sont que le contraire de la négation... des *oui* qui ne veulent pas dire leur nom, en quelque sorte. Le difficile est de s'y retrouver.

Autrefois, l'expression « dire le *grand oui* » était synonyme de « se marier », ce qui laisse à penser qu'il existerait un *petit oui*, réservé aux mêmes faveurs, mais qu'on murmure dans l'alcôve, sans témoins, sans orgue et sans curé.

Les petits mots, même les plus simples en apparence, n'ont pas toujours une signification évidente. Des domaines existent où les nuances sont reines : dans le langage des ambassades, par exemple, où, s'il faut en croire l'humoriste H. L. Mencken, « lorsqu'un diplomate dit *oui*, cela signifie *peut-être*. Lorsqu'il dit *peut-être*, cela veut dire *non*, et, quand il dit *non*, cela signifie... que ce n'est pas un diplomate. »

La femme du monde obéit, elle, à une absence de logique tout à fait opposée : « Lorsqu'une lady dit *non*, cela signifie *peut-être*. Lorsqu'elle dit *peut-être*, cela veut dire *oui* et, lorsqu'elle dit *oui*, cela veut dire... qu'elle n'est pas une lady ! »

Dans le fond, l'Amour n'est qu'un petit ambassadeur, et il est permis de prêter à la femme du monde les mêmes restrictions mentales que celles du diplomate. Dans les deux cas, c'est le sort de la paix qui est en jeu. La diplomatie est du domaine des Affaires étrangères, cependant que l'Amour n'est qu'une étrange affaire.

L'épigramme ci-dessous, qui illustre ces propos ambigus, a pour auteur l'Espagnol Francisco Acuna de Figueroa (1791-1862). Elle a été traduite par M. Pomès[1].

Cornelio grondait en termes peu courtois
Sa femme trop sensible à tant de bons apôtres
Pour les accrocs faits à sa foi.
Elle répond : « C'est vrai, ma foi !
Mais, à l'église, avec des patenôtres,
Quand on me fit dire oui, *à toi,*
J'ai oublié de dire non *aux autres. »*

Voir aussi MADRIGAUX : OUI OU NON.

1. Elle est citée par Karl Petit dans son *Dictionnaire des citations du monde entier*.

OBSCUR

La recette se trouve chez la plupart des bons auteurs : le secret d'un style réside dans sa clarté, et sa simplicité : « Vous voulez m'apprendre qu'il pleut ou qu'il neige, écrit La Bruyère, dites : il pleut, il neige. » Et Pascal se réjouit, après avoir lu un ouvrage, parce qu'« on s'attendait de voir un auteur et on trouve un homme ».

Il faut croire pourtant que la simplicité n'est pas la qualité au monde la plus répandue, à lire le nombre d'écrivains qui s'efforcent de dissimuler une pensée indigente derrière des phrases alambiquées composées à partir d'un vocabulaire abscons. Les médecins ou les pédants[1] de Molière n'agissaient pas autrement, qui cachaient leur ignorance professionnelle sous des discours entortillés et des références péremptoires à un vague latin de cuisine.

Les choses n'ont guère changé depuis, si l'on se réfère à certains ouvrages signés d'universitaires ou de spécialistes réputés qui jargonnent à l'envi.

Dans son dictionnaire (1690), Furetière avait défini le *jargon* comme « une langue factice dont les gens d'une même cabale conviennent afin qu'on ne les comprenne pas, tandis qu'ils l'entendent entre eux. » Certaines cervelles fumeuses sont, il est vrai, attirées irrésistiblement par l'hermétisme qu'elles prennent pour la manifestation d'une intelligence supérieure.

François Maynard (1582-1646) aimait trop le naturel pour ne pas se moquer, avec sa rude franchise, de ces auteurs qui, faute de lumières suffisantes, faisaient profession d'obscurité.

1. « On cherche ce qu'il dit après qu'il a parlé », *Les Femmes savantes*, acte I scène VII.

À UN AUTEUR OBSCUR

Ce que ta plume produit
Est couvert de trop de voiles ;
Tes discours sont une nuit
Veuve de lune et d'étoiles.

Mon ami, chasse bien loin
Cette noire rhétorique,
Tes ouvrages ont besoin
D'un devin qui les explique.

Si ton esprit veut cacher
Les belles choses qu'il pense,
Dis-moi : qui peut t'empêcher
De te servir du silence ?

François Maynard

OREILLES

Au nombre des vertus qu'on exige d'un roi, doit-on compter l'intelligence ? Il semble que l'Histoire ait prouvé à maintes reprises qu'elle n'était pas indispensable, tout comme l'avait démontré, bien avant elle, la mythologie.

On connaît l'aventure de Midas, roi de Phrygie, qui éleva la bêtise à des sommets de légende. Il avait rendu service à Dionysos, dieu de la vigne, qui, pour le remercier, lui promit d'exaucer son premier souhait. « Que tout ce que je touche se transforme en or ! » demanda sottement Midas. À peine s'était-il mis à table que les mets et les boissons qu'il portait à sa bouche devenaient de l'or. Quelques jours plus tard, affamé, assoiffé, il supplia le dieu d'annuler son vœu imprudent. Compatissant, Dionysos lui conseilla d'aller se laver dans le fleuve Pactole — lequel, depuis, charrie des paillettes d'or.

Une autre fois, Midas arrive dans une clairière où Apollon, dieu des arts, et le satyre Marsyas se livraient à un concours de musique. Aussitôt pris pour arbitre, il fut sommé de choisir le vainqueur de l'épreuve. Sans penser que les dieux pouvaient avoir des vengeances terribles, Midas désigna Marsyas. Aussitôt, Apollon, vexé, lui fit pousser des oreilles d'âne. Honteux, le roi dissimulait sous un bonnet ses énormes oreilles ; seul l'esclave chargé de le coiffer était au courant de la transformation. Mais le secret était trop lourd à porter pour le pauvre homme qui, afin de s'en libérer, creusa un trou dans lequel il murmura : « Le roi Midas a des oreilles d'âne. » Le lendemain, au bord du fleuve, les roseaux, qui avaient tout entendu, bruissaient dans le vent : « Le roi Midas a des oreilles d'âne. »

Cette légende fut le prétexte de nombreuses épigrammes. Voltaire en composa deux dans les circonstances que voici :

John Law (prononcer Lass — 1671-1729) était un financier écossais qui, pour favoriser le commerce, avait eu l'idée de créer une banque d'État chargée d'émettre du papier-monnaie dont la valeur serait gagée sur le crédit public et le commerce. Ce système, appliqué en France sous la Régence (1718), commença par produire des effets miraculeux avant de s'achever, deux ans plus tard, dans la spéculation et la banqueroute.

Méfiant, Voltaire avait prévenu les agioteurs :

CONTRE LAW

Qui l'aurait cru ? Miracle étrange !
Aujourd'hui, par les soins de Las
Comme dans les mains de Midas
Dans nos mains, tout en or se change !
Que chacun prenne garde à soi :
Après avoir chanté merveilles,
Il pourrait bien, comme à ce roi,
Nous venir de grandes oreilles.

Voltaire

• André Modeste Grétry, compositeur belge (1741-1813), était venu s'établir en France sur les conseils de Voltaire. Il y réussit une carrière triomphale dans une spécialité typiquement française, l'opéra-comique. Son chef-d'œuvre fut *Richard Cœur de Lion.*

Un autre de ses opéras, *Le Jugement de Midas,* très applaudi par le public parisien, déclencha les sifflets des spectateurs lorsque, quelques jours plus tard, il fut présenté à Versailles.

Voltaire consola le compositeur :

À GRÉTRY
(dont la Cour avait sifflé Le Jugement de Midas)

La Cour a dénigré tes chants
Dont Paris a dit des merveilles.
Grétry, les oreilles des grands
Sont souvent de grandes oreilles.

Voltaire

• L'épigramme suivante est anonyme. Elle vise Maynon qui, dans sa charge de contrôleur général des Finances, avait fait la preuve de son incapacité :

Midas avait des mains qui changeaient tout en or,
Que notre contrôleur n'en a-t-il de pareilles ?
Pour l'État, épuisé, ce serait un trésor.
Mais, hélas ! de Midas, il n'a que les oreilles !

PARADIS

Au siècle de Louis XIV, les artistes ne pouvaient s'épanouir qu'aux rayons du Soleil qui brillait à Versailles. À partir de la Régence, et pendant tout le XVIIIe siècle, on assista au contraire à une « décentralisation » de l'esprit. « Le prestige, écrivait Paul Guth, se transfère à Paris et s'émiette en une poussière de petits royaumes de femmes : les salons. » Si les femmes d'alors ne brillent pas par leurs propres talents littéraires, elles ont su inventer le moyen de faire jeu égal avec les hommes en attirant chez elles les célébrités du moment autour d'une tasse de café ou de thé « à l'anglaise ». De ces ruches bourdonnantes d'esprit à quoi ressemblent leurs salons, elles sont les reines.

Les noms de Mme Geoffrin, de Mme de Tencin, de la marquise Du Deffand ou de Julie de Lespinasse sont aussi célèbres — ou presque — que ceux de Voltaire, Diderot, Buffon, d'Alembert, Fontenelle, Condorcet et de tant d'autres grands esprits qu'elles reçoivent.

Chez elles, toute l'Europe se presse : elles assurent les réputations, confèrent l'onction du génie et orchestrent les élections à l'Académie française.

Juste au-dessous des salons de ces illustres prêtresses venait celui de Mme du Boccage, née Marie-Anne Lepage (1710-1802). Dans cette boutique d'esprit, Fontenelle croisait Condillac ou Marmontel. L'hôtesse avait une excellente réputation, et son attitude n'aurait suscité que des éloges si la dame n'avait été saisie un jour par la démangeaison de l'écriture.

Personne n'est parfait, et son *Paradis perdu* lui valut de recevoir une volée de flèches dont les deux que voici firent mouche :

Sur cet écrit, charmante du Boccage,
Veux-tu savoir quel est mon sentiment ?
Je compte pour perdus, en lisant ton ouvrage,
Le Paradis, mon temps, ma peine et mon argent.

Antoine Yart

Le dénommé Saint-Pavin — un saint que ce *Paradis* avait ennuyé — ne fut pas en reste de méchanceté... et le surnom dont il affubla l'auteur ne trompa personne.

Je te rends ton livre, Mélite.
Quoi que fort long, je l'ai tout lu ;
Si tu veux que nous soyons quittes,
Rends-moi le temps que j'ai perdu.

Saint-Pavin

PARENTHÈSES

Qui, parmi les ducs et les comtesses dont il fréquentait les salons où il était reçu avec une vague condescendance, pouvait se douter que le « petit Marcel » était en train d'écrire *À la recherche du temps perdu*, l'une des œuvres les plus considérables de notre époque ? Mondain, frileux et souffreteux, snob parmi les snobs qu'il épinglait dans ses pages, Marcel Proust (1871-1922) aura été le Saint-Simon d'une société moribonde dont il s'attacha à dépeindre les rites et les mœurs pour en restituer le ridicule et l'insignifiance, avec l'admiration attendrie qu'un entomologiste apporte à la description d'une espèce en voie d'extinction. Il craignait de ne pouvoir achever le monument dont il avait entrepris l'édification, et son existence était une course contre la mort qu'il sentait sur ses talons.

Dans sa chambre du boulevard Haussmann, qu'en 1910 il avait fait tapisser de liège, calé par des montagnes de coussins, il écrivait toute la nuit dans son lit, au milieu du brouillard des fumigations. On ne le prenait guère au sérieux et l'on se moquait des méandres de ses phrases lentes et interminables.

« Cinquante pages pour se réveiller... je ne comprends pas ! » disait André Gide. Fernand Gregh (1873-1960), auteur de cette épigramme, avait été le condisciple de Marcel Proust au lycée Condorcet.

Marcel Proust, écrivain qui craignait les malaises,
Portait, même en été, pelisse d'astrakan,
Depuis que, torturé d'un qui, *d'un* quoi, *d'un* quand,
Il prit un courant d'air entre deux parenthèses.

Fernand Gregh
(Club des quatrains)

Voir FANTAISIES : INACHEVÉ.

PATRONYME

Posséder plusieurs châteaux, de nombreuses propriétés, des troupeaux recouvrant des hectares de terre, une armée de domestiques, voilà de quoi poser un homme et le cataloguer parmi les riches si, au regard de certains, l'essentiel n'était pas d'avoir beaucoup, mais simplement d'avoir plus que les autres. Et la règle s'applique aux domaines les plus inattendus.

Alors que la plupart des gens normaux ont un seul patronyme — plus rarement deux —, le fait d'en aligner trois est-il une preuve de noblesse ou un signe extérieur de ridicule ? C'est, en tout cas, un bon moyen de s'attirer un distique assassin de Ponce Écouchard Lebrun. Un nom, ça va... mais patronyme n'en faut !

CONTRE CARBON

Carbon de Flins des Oliviers
A plus de noms que de lauriers.

Écouchard Lebrun

Ce même Carbon (1757-1806) fut remarqué par Chateaubriand, qui en fit, dans ses *Mémoires,* ce portrait inoubliable :

« On ne pouvait voir quelque chose de plus laid : court et bouffi, de gros yeux saillants, des cheveux hérissés, des dents sales, et, malgré cela, l'air pas trop ignoble [1]. »

Faire parler de soi, fût-ce en mal, par des gens illustres, est aussi un moyen de passer à la postérité !

1. Cité par Robert Sabatier dans son *Histoire de la poésie française (XVIIIe siècle).*

PÉNITENCE

Il n'est jamais trop tard pour écrire des vers, non plus que pour entrer à l'Académie française. François-Joseph de Beaupoil, marquis de Saint-Aulaire (mort en 1743), attendit d'avoir soixante ans pour s'adonner à ces deux innocents passe-temps. Comme il vécut quasi centenaire, il eut malgré tout le loisir d'épuiser les délices de l'un et de l'autre. Pendant près de quarante ans, le marquis fut aussi le plus délicat ornement de la cour de la duchesse du Maine, où il s'était fait une célébrité dans les poésies légères et les impromptus de salon qu'il composait en petit nombre, certes... mais avec un goût exquis !

La duchesse, qui était dévote, ne désespérait pas de convertir ce vieux mécréant. Un jour qu'elle l'avait traîné à la messe, elle voulut pousser son avantage en l'engageant à aller se confesser.

Réticent, il lui adressa ce billet :

Ma bergère, j'ai beau chercher,
Je n'ai rien sur la conscience.
De grâce, faites-moi pécher.
Alors, je ferai pénitence.

Saint-Aulaire

La duchesse était une femme d'esprit qu'on prenait rarement au dépourvu. Elle répliqua sur-le-champ au vieux galant :

Si je cédais à votre instance
On vous verrait bien empêché
Et, plus encore du péché...
Que de la pénitence !

Duchesse du Maine

Voir MADRIGAUX : SECRET.

PERROQUET

Les anthologies littéraires ont oublié [1] le nom de Pierre Marbeuf (1596-1645 ?), et c'est bien dommage ! Sans doute ce Normand ne fut-il pas un poète majeur, mais il possédait une qualité fort rare : la bonne humeur. S'il lui arriva de chanter la mort, ce ne fut jamais en d'immortels sanglots : en elle, il voyait une sœur du sommeil qui, pas plus que son frère, ne serait à redouter.

Il dédia des madrigaux à quelques belles filles qu'il aima, avant d'épouser l'une d'elles, qui se révéla être une épouse déplorable. Il fut malheureux en ménage, mais, loin d'en faire un drame, il attendit patiemment que la mort voulût bien le délivrer de la mégère. Après quoi, soulagé, il écrivit les couplets d'une suite de poèmes qu'il intitula *Le Misogyne.*

Il n'est pas utile d'ajouter, après ce que nous savons du personnage et de son heureux tempérament, qu'il ne s'attarda guère à consoler l'une de ses amies, qui s'affligeait de la perte de son perroquet bien-aimé.

CONSOLATION SUR LA MORT
DU PERROQUET DE MLLE D...

Ne pleurez plus votre perroquet.
Puisqu'il est mort, vos pleurs sont inutiles.
La pauvre bête a laissé son caquet
Par testament à l'une de vos filles.

Pierre Marbeuf

1. Sauf, bien entendu, Robert Sabatier qui lui consacre une page dans son *Histoire de la poésie française* en neuf volumes.

PESANTEUR

Ce ne sont que quatre vers écrits au bas d'un dessin où des patineurs illustrent les plaisirs de l'« hyver ». Le dernier est resté célèbre :

Glissez, mortels, n'appuyez pas !

Courte phrase qui n'avait que bien peu de chances de passer à la postérité... et que l'on cite pourtant aujourd'hui encore pour se moquer de ceux qui ont la plaisanterie lourde et le pas pesant. Comment mieux dire, de façon brève et désinvolte, qu'il n'existe pas de beauté sans grâce ni d'esprit sans légèreté ?

Une épigramme vengeresse sur ce même thème fut sûrement composée par un inconnu au retour d'un bal où il avait dû éprouver, tour à tour, la pesanteur d'une danseuse et celle de sa conversation :

Quand elle danse avec le pas lourd des chameaux,
On pense que parler serait mieux son affaire.
Hélas ! à peine a-t-elle dit trois mots,
C'est la danseuse qu'on préfère.

PESTE

Pendant longtemps, les hommes crurent que la peste leur avait été envoyée par Dieu en punition de leurs péchés, et ils cherchèrent les moyens d'apaiser la colère divine. Être leur avocat auprès du ciel fut le rôle des « saints antipesteux ». On compte jusqu'à une bonne cinquantaine de ces intercesseurs, dont le plus célèbre fut saint Roch, né à Montpellier vers l'an 1300.

Au cours d'un pèlerinage à Rome, Roch avait rencontré des lépreux et les avait guéris. Aussitôt, la nouvelle de ce miracle se répandit et les malades affluèrent vers lui. À ce régime, Roch gagna l'auréole de la sainteté... et les bubons de la peste. Pour ne pas contaminer ses semblables, il se retira dans une forêt où il fut soigné par un ange et nourri par un chien qui lui apportait chaque jour le pain qu'il chapardait à son intention. Lorsque Roch mourut, on découvrit près de son corps cette inscription tracée de la main d'un ange : *Eris in pestis patronus* (« Tu seras le patron des pestiférés »). Les statues à sa dévotion se multiplièrent dans les églises ; elles le représentaient montrant du doigt le bubon de sa cuisse, avec, à ses côtés, son chien fidèle.

On ne s'attendait guère à surprendre Voltaire en flagrant délit de prière à un saint auquel il ne croyait pas davantage qu'au Dieu de l'Église. L'oraison ci-dessous était moins une invocation au guérisseur qu'une épigramme destinée à dénoncer l'indifférence des grands — et notamment du plus puissant d'entre eux — envers les malheurs du peuple français, écrasé de travail, d'impôts et de misère, affamé, ruiné, condamné à mort par un système politique qui faisait plus de victimes que le fléau divin.

PRIÈRE À SAINT ROCH
(pour l'implorer dans le malheur des temps)

Accablé de malheur, menacé de la peste,
Grand saint Roch, notre unique bien,
Écoutez un peuple chrétien.
Venez nous secourir, soyez notre soutien,
Nous ne craindrons rien de funeste.
Ah ! détournez de nous la colère céleste ;
Mais, n'amenez pas votre chien :
Nous n'avons pas de pain de reste !

Voltaire

Saint Roch était fêté le 16 août. Ce jour-là, dans certaines paroisses, on distribuait de petits pains bénis que l'on plaçait dans les étables afin de préserver les bêtes de l'épidémie. Les marins, eux aussi, conservaient à bord l'un de ces pains de saint Roch, qu'ils jetaient à la mer lorsque la tempête les menaçait de naufrage.

PET

Honteux et confus, tête basse et rasant le sol, le pet n'est plus aujourd'hui en odeur de sainteté : une morale, qui a subi tant de relâchements qu'elle n'est que l'ombre d'elle-même, s'obstine à considérer cette joyeuse manifestation de liberté corporelle comme la dernière des inconvenances. Montrer son cul, cela va de soi... mais lui donner la parole... vous n'y pensez pas ! Ce serait la fin des haricots !

Pourtant, sous l'Ancien Régime — un régime plus riche en féculents —, le pet eut son heure de gloire. On pouvait l'entendre résonner sans complexe sous les lambris dorés de nos palais. « Une demoiselle noble fait un pet qui est noble », écrivait Béroalde de Verville. Quant à la duchesse d'Orléans, elle prodiguait à un jeune Louis XV de douze ans ce sage conseil en quelques mauvais vers :

Vous qui, dans les mésentères,
Avez des vents impétueux,
Ils sont dangereux...
Et pour vous en défaire,
Pétez !

On s'efforçait pourtant de ne point faire trop de bruit. Avec pudeur, les jeunes femmes disaient, faute d'avoir pu retenir leurs vents, qu'elles avaient *la secrète* ou *le sansonnet,* ce délicieux jeu de mots pour qualifier un pet qui *sans son est* !

• Qui aurait pu s'imaginer qu'un poète officiel comme Ronsard se serait laissé aller à pousser la glorification du pet jusqu'à lui attribuer des pouvoirs quasi monarchiques ?

Le pet qui ne peut sortir
À maints, la mort fait sentir ;
Et le pet, de son chant, donne
La vie à mainte personne.
Si donc un pet est si fort
Qu'il sauve ou qu'il donne la mort,
D'un pet, la force est égale
À la puissance royale.

Ronsard

Sans doute, en d'autres occasions, le poète fut-il mieux inspiré... notamment en ses nombreux *Sonnets pour Hélène* (était-ce cent sonnets ?). Mais, à sa décharge, on retiendra qu'il était sourd.

• Napoléon disposait au Parlement d'un clan d'inconditionnels prêts à approuver la moindre de ses décisions, même la plus contestable. Une épigramme d'Edmond Héraud, un quatrain où souffle l'esprit, avait fustigé ces béni-oui-oui de fort belle façon. Mais sentirent-ils seulement... l'allusion ?

Si l'Empereur faisait un pet,
Geoffroy dirait qu'il sent la rose
Et le Sénat aspirerait...
À l'honneur de prouver la chose.

Edmond Héraud

Julien Louis Geoffroy (1743-1841), héros de cette épigramme, était l'un des créateurs du feuilleton, ainsi qu'un critique redouté du *Journal des débats* où il tint longtemps la rubrique théâtrale. Dans ses articles, il se montrait partial, cruel, spirituel, vénal, et faisait preuve d'une constante adulation pour Napoléon. Au demeurant, le meilleur fils du monde !

Pour tant de bons et loyaux services, *Le Journal des débats* assura à sa veuve une rente viagère de deux mille quatre cents francs, rare exemple de gratitude dans le monde de la presse.

PLAGIAIRE

Le plagiat n'est pas une pratique nouvelle : Vialatte n'eût pas manqué de dire qu'il remontait à la plus haute Antiquité, tant il est vrai que, depuis l'invention de l'écriture, tout le monde a tellement plagié tout le monde qu'il est permis de se demander s'il existe une œuvre qui ne devrait rien à personne.

Giraudoux répondait de façon très nette à cette question : « Le plagiat est à la base de toutes les littératures, excepté de la première qui, d'ailleurs, est inconnue. »

Il convient bien sûr d'établir une distinction entre le plagiat vulgaire, d'une part, qui relève de la contrefaçon et, de l'autre, l'emprunt innocent ou la réminiscence inconsciente qui permettent parfois d'améliorer ou de transcender une œuvre précédente.

En un temps où n'existait pas la Société des auteurs, le premier plumitif venu pouvait faire main basse sur la création d'autrui sans encourir la moindre condamnation. Tout au plus risquait-il de recevoir la flèche d'une épigramme décochée par celui qu'il avait spolié.

• C'est ainsi que s'indignait Ponce Écouchard Lebrun (1729-1807) — qui passait en son temps pour le prince de l'épigramme — contre le chevalier de Champcenetz (1759-1794), coupable de s'être attribué quelque poème de lui.

Cléon aime les vers, et même un peu les miens,
Car il les prend — jamais il ne prendrait les siens.

Écouchard Lebrun

Ajoutons que, si l'infortuné Champcenetz perdit la tête sur l'échafaud, comme tant d'autres « aristos » à cette époque, ce n'était tout de même pas pour ses quelques larcins poétiques !

• Un autre écrivain nommé Sylvain Bonmariage, connu pour ses écrits libertins, hésitait rarement à faire les poches de ses compagnons en littérature lorsqu'il y trouvait des vers à sa convenance. Son nom prêtait à l'épigramme, il ne put échapper à celle-ci :

Quand sur un volume, ô lecteur,
Bonmariage, ce bélître,
Étale son nom prometteur,
Tu croyais lire un nom d'auteur.
Eh bien ! pas du tout, c'est le titre.

• Le chevalier Jacques de Cailly (1604-1673), qui avait anagrammatisé son nom en d'Aceilly pour composer, dans un genre bien français, de courtes pièces piquantes et légères, remporta quelques jolis succès d'estime. Lui avait-on reproché un jour d'avoir fait quelque emprunt à un auteur de l'Antiquité pour qu'il répliquât par cette épigramme drôle et désinvolte ?

SUR CE QU'ON A DIT À L'AUTEUR QUE SA PENSÉE ÉTAIT TIRÉE D'UN AUTRE

Dis-je quelque chose assez belle ?
L'Antiquité tout en cervelle
Me dit : « Je l'ai dite avant toi. »
C'est une plaisante donzelle !
Que ne venait-elle après moi ?
J'aurais dit la chose avant elle.

d'Aceilly

PLATONIQUE

On ne se lasse pas d'admirer le portrait que fit de Mme Récamier le peintre Gérard en 1802. Étonnamment belle, Juliette (1777-1849) y pose pour l'éternité dans l'éclat de ses vingt-cinq ans. Comment ne pas comprendre les admirateurs éperdus qui tentaient de se faire aimer d'elle ? Tous, hélas, en étaient pour leurs frais, car la divine n'aimait pas l'amour... elle n'était « amoureuse que de l'amitié ». Comme le dit joliment Marie d'Agoult dans ses *Souvenirs*, « Mme Récamier a su faire de la coquetterie une vertu ». Était-elle frigide ? Ou doit-on croire ceux de ses contemporains qui prétendaient qu'une mauvaise conformation physique la rendait inapte aux ébats amoureux ? Il était de notoriété publique qu'elle avait fait un mariage blanc, et on ne lui avait connu par la suite aucune liaison jusqu'à sa rencontre avec Chateaubriand, en 1817. Les historiens discutent toujours sur le point de savoir si la belle Juliette avait accordé au fougueux vicomte les satisfactions qu'elle avait refusées à tant d'autres.

Chateaubriand, qui avait été — après Victor Hugo — l'auteur romantique le plus couvert de femmes, n'était plus, passé la cinquantaine, aussi ardent au déduit que par le passé. Si liaison il y eut, elle fut de courte durée et se transforma bien vite en une belle et chaste amitié qui dura trente années. Chaque jour, avec la précision d'une horloge, François René venait, en voisin, rendre visite à sa Juliette au couvent de l'Abbaye-aux-Bois, rue de Sèvres, où elle avait trouvé refuge après la déconfiture de son banquier de mari.

Voici une épigramme, aussi méchante que réussie, qui se moquait des vieux amants :

Juliette et René s'aimaient d'amour si tendre
Que Dieu, sans les punir, a pu leur pardonner ;
Mais il n'a pas voulu que l'une pût donner
Ce que l'autre, hélas, n'eût pu prendre.

Dans le *Dictionnaire de la conversation* (Crapouillot, 1956), ce quatrain est accompagné du commentaire suivant : « N'est-ce pas à propos des déficiences de l'incomparable vicomte qu'un plaisantin avait écrit : la langue sert aux femmes à dissimuler leur pensée et aux hommes leur impuissance ? »

POISSON

Robert Pons (1749-1844) vécut à Verdun, ce qui lui permit, sans trop mentir, de signer « Pons de Verdun. » En dépit de cette particule usurpée, il laissa une réputation de régicide enragé et quelques vers adroits qu'on trouve çà et là dans les *Almanachs des Muses.* On lui doit aussi quelques épigrammes, dont celle ci-dessous où il écorchait un certain Poisson de La Chambeaussière, qui avait été directeur de l'Opéra où il s'était rendu coupable de maintes malversations :

Sous ses ordres, quand l'Opéra
De faillir essuya la honte,
Habilement il s'en tira
En évitant de rendre compte.

N'ayant volé qu'un peu d'argent,
Il n'eut qu'un peu d'ignominie.
Petit Poisson deviendra grand
Pourvu que Dieu lui prête vie.

Pons de Verdun

POISSON ROUGE

Au siècle dernier, Eugénie Foa s'était fait un petit — un tout petit — nom dans les lettres, en écrivant pour les enfants des contes où abondaient les loups, les bergers et les moutons. Son opulente beauté s'était, au fil des ans, transformée en obésité, sans qu'elle semblât s'en apercevoir.

Invitée à un bal masqué par le sculpteur Pradier, elle n'avait pas hésité à se déguiser en bergère de pastorale avec chapeau de paille, houlette enrubannée et robe à fanfreluches.

« Oh ! Vous avez vu ? s'écria Jules Janin. On croirait que la bonne Eugénie a mangé tous ses moutons ! »

L'âge n'atténua pas sa naïveté désarmante. Lorsque mourut son poisson rouge, peu s'en fallut qu'elle ne prît le deuil.

Alphonse Karr (1808-1890) dans l'espoir de la faire sourire, lui adressa ce petit quatrain, qu'elle prit fort au sérieux et dont elle s'offusqua :

Aucun homme ne bouge
Sous ta céleste loi.
Même ton poisson rouge
Qu'est mort d'amour pour toi !

Alphonse Karr

POIVRE

Pouvons-nous imaginer, en sortant de l'épicerie où nous avons fait l'emplette d'un modeste sachet de poivre, qu'il fut un temps où les épices étaient aussi précieuses que l'or ? Comment croire aujourd'hui que ces denrées si banales aient pu jouer un rôle capital dans l'économie de l'Europe d'après le Moyen Âge ? C'est pourtant pour la possession de ces grains, de ces poudres au goût puissant, à l'arôme enivrant, que des guerres furent entreprises, des populations exterminées, et que des navigateurs s'aventurèrent sur des océans inconnus. On peut affirmer qu'au XVe siècle la puissance d'une nation reposait sur le contrôle du commerce des épices.

Le poivre, originaire des Indes, était si précieux que le roi du Portugal en avait constitué la dot de sa fille, comptant lui-même chaque grain du trésor. Les riches utilisaient les épices pour relever une cuisine trop fade et pour masquer le goût des viandes faisandées. Rien n'était plus recherché, plus chic, que l'exquise brûlure qu'elles laissaient dans la bouche.

Au XVIIe siècle, le mot *poivre* fut employé pour désigner les maladies vénériennes qui provoquaient — ailleurs — les mêmes symptômes. *Se poivrer*, c'était attraper une blennorragie dans sa phase contagieuse. Admirons au passage le pouvoir évocateur du langage qui permet de rapprocher les épices chaudes de la chaude-pisse !

Mathurin Régnier (1573-1613), poète alerte qui laisse une œuvre dans la tradition gauloise, héritier de Villon et précurseur de Molière, ce grand coureur de tavernes et trousseur de cotillons, n'eut pas à chercher ailleurs que dans son expérience personnelle l'inspiration de l'épigramme que voici et qui date de 1608 :

POUR UN GENTILHOMME QUI GAGNA UNE CHAUDE-PISSE

Ma foi ! je fus bien de la fête
Quand je fis chez vous ce repas.
Je trouvai la poudre à la tête
Et puis le poivre un peu plus bas.

Vous me montriez un dieu propice
Portant un arc et un brandon.
Appelez-vous la chaude-pisse
Une flèche de Cupidon ?

Mon cas[1] *se relève et se hausse,*
Bavant d'une étrange façon,
Belle, vous fournîtes la sauce,
Lors que je fournis le poisson.

Las ! si alors j'eus l'arrogance,
De fouiller trop les lieux sacrés,
Qu'on me pardonne mon offense,
Car j'en pleure assez mes péchés.

Mathurin Régnier

1. Sexe.

POLITIQUE

Quel beau navire que la France, mais dont le cap varie souvent, inclinant tantôt à bâbord, tantôt à tribord, selon l'humeur et la composition de l'équipage ! Perpétuel balancement entre droite et gauche, qu'on désigne en mer sous l'expression « tirer des bords » et qui s'appelle à terre « la politique ».

La droite et la gauche ont été inventées en août 1789 lorsque l'Assemblée constituante, née des États Généraux, entreprit de régler la répartition des droits entre le souverain et les élus de la nation. Fallait-il accorder au roi le pouvoir de s'opposer en dernier ressort à une décision de l'Assemblée ? On en délibéra pendant quinze jours avant de passer au vote, le 11 septembre 1789. Les députés partisans d'une monarchie puissante qui entendaient donner au roi le droit de veto vinrent se placer à droite du président. Leurs adversaires se groupèrent à gauche.

Ainsi naquit le bipartisme politique qui, depuis deux siècles, voit en France deux cultures s'opposer en permanence, séparées par un fossé infranchissable. Qu'on les appelle Girondins et Montagnards, aristocrates et patriotes, conservateurs et progressistes, monarchistes et républicains ou, tout simplement, blancs et rouges, c'est toujours au nom des mêmes principes que les élus du peuple se heurtent, s'affrontent et se disputent les responsabilités, mais aussi les délices du pouvoir.

On parlait politique — de quoi d'autre aurait-on pu parler ? — dans le salon de Mme de Bassanville, et chacun avec flamme s'efforçait d'exalter son parti.

Alphonse Karr, que cette logorrhée amusait, entreprit de résumer la discussion en un quatrain improvisé :

L'un voudrait pour lui seul les abus conserver,
L'autre dit qu'à son tour il est temps qu'il y goûte.
Les Blancs sont, en un mot, des Rouges arrivés,
Et les Rouges, des Blancs en route.

Alphonse Karr

Clemenceau, élu en 1885 député du Var, avait eu cette jolie formule : « Mes électeurs, je ne saurais les comparer qu'à des radis, rouges à l'extérieur, blancs à l'intérieur, et toujours près de l'assiette au beurre. »

PRÉSOMPTUEUX

Boileau distillait plus volontiers le venin de l'épigramme que l'encens du compliment : il lui avait suffi de quatre vers aux rimes impitoyables pour assassiner deux des dernières pièces du vieux Corneille, et de façon si radicale que le plus cancre des lycéens d'aujourd'hui est capable de réciter :

Après Agésilas,
Hélas !
Mais après Attila,
Holà !

Boileau

En utilisant ce même procédé, d'une efficacité à toute épreuve, il aurait pu tout aussi bien célébrer les mérites de la plus belle, de la plus aboutie des tragédies classiques du XVIIe siècle, celle qui témoigne à jamais du génie de Racine.

Génie ? vous avez dit génie ? La rime arrive d'elle-même puisqu'il s'agit d'*Iphigénie.*

Dès sa parution en 1674, l'*Iphigénie en Aulide*, de Racine, condamna aux oubliettes la tragédie du même nom écrite par Rotrou, une trentaine d'années plus tôt.

Deux Iphigénie, c'était une de trop... et, pourtant, une troisième s'annonçait — ne dit-on pas « jamais deux sans... Troie » ?

Quelle mouche avait donc piqué deux jeunes auteurs présomptueux pour que l'idée leur vînt de provoquer Racine sur son terrain en écrivant à quatre mains une autre Iphigénie qui n'était rien d'autre que la sotte contrefaçon de la sienne ?

Jacques de Coras, obscur poète toulousain (1630-1677), avait déjà commis un poème épique, *Jonas ou Ninive repentie,* qui ne laissa d'autre trace dans les mémoires que ce vers méchant — encore un ! — de Boileau :

Le Jonas *inconnu sèche dans la poussière...*

Il eut beau s'associer à Michel Le Clerc (1622-1691), l'entreprise sombra dans le ridicule.

Loin de s'offusquer d'une provocation aussi déloyale, Racine se contenta d'un sourire et d'une épigramme spirituelle :

Entre Le Clerc et son ami Coras
Deux grands auteurs, rimant de compagnie,
N'a pas longtemps, s'ourdirent grands débats
Sur le propos de leur Iphigénie.

Coras lui dit : « La pièce est de mon cru. »
Le Clerc répond : « Elle est mienne et non vôtre. »
Mais, aussitôt que la pièce eut paru,
Plus n'ont voulu l'avoir faite ni l'un ni l'autre.

Racine

PRÉTENTION

La chèvre et le bouc s'accordent pour trouver à leurs petits une odeur suave, tandis que la famille hérisson s'attendrit sur la douceur du pelage de ses rejetons. Ainsi en va-t-il dans toute la nature, où chaque espèce préfère à tous les autres les petits conçus à son image. L'homme et la femme, davantage même que les autres mammifères, se montrent orgueilleux de la beauté et de l'intelligence de leur progéniture. Pour leurs parents, tous les petits d'homme sont *ego* ! Et, loin de se limiter au seul domaine de l'hérédité, cette satisfaction s'étend aux activités de chacun, qui se croit le meilleur en toute chose.

L'impayable (!) Salvador Dalí écrivait : « Je suis le plus grand écrivain du monde. Ce qui m'intéresse, c'est ce que j'écris moi-même. Je me relis cinquante fois avec le même plaisir. » À cette déclaration tout en nuances, l'humoriste Pierre Daninos ajoute un commentaire désabusé : « Il est exactement comme les autres. Seulement, lui, il le dit ! »

Sur le thème éternel du contentement de soi, voici deux ou trois épigrammes d'une grande sagesse. Il y a gros à parier que les conseils avisés qu'elles renferment n'auront pas été suivis.

La première est de Jean Ogier de Gombauld (1570-1666).

JUGEMENT DES ŒUVRES D'AUTRUI

Vous lisez les œuvres des autres
Plus négligemment que les vôtres,
Et vous les louez froidement.
Voulez-vous qu'elles soient parfaites ?
Imaginez-vous simplement
Que c'est vous qui les avez faites !

Gombauld

Jacques de Cailly (1604-1673) a l'esprit vif et le souffle court — en un quatrain, tout est dit :

LE MOYEN DE SE CONTENTER

Rien ne te semble bon, rien ne saurait te plaire ;
Veux-tu de ce chagrin te guérir désormais ?
Fais des vers ; tu pourras ainsi te satisfaire ;
Jamais homme n'en fit qu'il ait trouvés mauvais.

Jacques de Cailly

Trois vers de Robert Pons de Verdun (1759-1844), tirés de sa pièce *L'Amour paternel*, seront une parfaite conclusion à ce festival des prétentieux :

Pour trouver beaux des enfants qui sont laids
Pour trouver bons des vers qui sont mauvais,
Il n'est rien tel que de les avoir faits !

PRINCE

Sophie Arnould (1740-1802), cantatrice d'opéra mais surtout femme d'esprit, commença sa carrière amoureuse à dix-sept ans dans les bras du comte de Lauraguais. Leur liaison fut aussi longue et passionnée que tumultueuse : il lui fit trois enfants et de nombreuses infidélités dont elle se vengeait avec un bel appétit de vivre. Lorsque Lauraguais la trompa avec une demoiselle de l'Opéra, elle accepta d'accorder ses faveurs au prince d'Hénin qui possédait un grand nom, une grande fortune et peu d'esprit.

On accuse le grand Louvois d'avoir, en apprenant la nouvelle, composé l'épigramme suivante :

Depuis qu'auprès de ta catin
Tu fais un rôle des plus minces,
Tu n'es plus le prince d'Hénin
Mais seulement le nain des princes.

Louvois

Lequel prince en fut, dit-on, fort affecté. Il le fut bien plus lorsque Lauraguais, revenu de Londres où il avait été momentanément exilé, déposa plainte en justice contre le prince d'Hénin pour « tentative de meurtre sur la personne de la demoiselle Arnould, en essayant de la faire périr d'ennui ».

PRONONCIATION

Qui connaît encore le nom de Jules Claretie ? Ce journaliste, né en 1840 à Limoges, eut pourtant son heure de gloire grâce à des pièces à succès comme *Les Amours d'un interne* ou *M. le Ministre*, dont les titres seuls prouvent que leur auteur ne briguait pas la succession de Corneille ou de Racine. On le surnommait *Son Évidence M. Claretie* ou encore *Guimauve le Conquérant*, car il recherchait volontiers la compagnie des dames. Il n'était pourtant pas beau avec son nez asymétrique. « Avec son nez de travers, on dirait qu'il a reçu une gifle d'un seul côté », disait de lui Tristan Bernard... Et Marguerite Moreno surenchérissait : « Il a mis son nez de côté pour ses vieux jours ! »

La modestie des ambitions intellectuelles du personnage ne l'empêcha pas de devenir, en 1888, administrateur de la Comédie-Française. Pour répondre à la question que tout le monde se posait, François Coppée (1842-1908) lui ayant demandé si son nom se prononçait Claressie ou Clarethie, il écrivit ces quelques vers !

Ce n'est point avec Helvétie,
Poète, que rime mon nom.
Ce n'est point avec Béotie,
Non, certes non, mille fois non.

Faut-il appeler la Pythie ?
Pourquoi donc sonner le bourdon ?
Je veux bien vous donner le ton
Car je rime avec Sympathie.

Jules Claretie

Comme c'est gentiment dit ! Cette leçon de diction n'est pas un ukase... tout au plus un pronunciamiento !

PUTAIN

Malgré leurs frasques et fredaines étalées à l'envi dans la presse du cœur, nos vedettes d'aujourd'hui passeraient pour des prix de vertu comparées aux comédiennes d'autrefois. La légèreté des tragédiennes, la vénalité des danseuses et l'existence tumultueuse des chanteuses d'Opéra furent acceptées du XVIIIe au XIXe siècle comme une réalité historique et leur fréquentation considérée comme la perte des fils de famille.

Augustine Brohan (1824-1899) était la plus délicieuse des comédiennes en même temps qu'une femme d'esprit, mais sa vertu était sujette à éclipses. Elle passait d'un amant à l'autre selon le seul critère de son bon plaisir.

À celui qui la suppliait à genoux : « Madame, faites-moi l'aumône d'un peu d'amour ! », elle avait répondu, superbe :

« Monsieur, j'ai mes pauvres ! »

Augustine désirait passionnément avoir un fils et, le jour où il naquit, sa fierté ne connut plus de bornes.

Elle expliquait avec beaucoup de naturel à ceux qui s'enquéraient du nom du père :

« Mon Dieu ! je l'ignore absolument... J'ai la vue si basse ! » Et elle poursuivait : « Quand on s'est assis sur un boisseau d'épines, on ne va pas chercher celle qui vous a piquée ! »

Dans un *Recueil des plus excellents vers satyriques* paru deux siècles plus tôt (1617), on trouvait cette épigramme aussi méchante qu'anonyme qui tendait à prouver, elle aussi, que les mystères de la paternité sont d'autant plus impénétrables que les voies de la mère le sont moins.

D'UN FILS DE PUTAIN QUI SE DIT GENTILHOMME

Il se dit gentilhomme, étant fils de putain
Et voici le sujet où sa noblesse il fonde :
Que sa mère baisant tant, avec tout le monde,
L'a bien pu faire noble aussitôt que vilain.

« Il n'y a point de lignage en cul de putain », disait Béroalde de Verville.

RAMONEUR

À toi, Voltaire... voilà l'ennemi !

Notre homme pouvait prétendre à une telle cohorte d'adversaires que c'est tout naturellement à lui que l'on attribue la fameuse invocation : « Mon Dieu, gardez-moi de mes amis ! Quant à mes ennemis, je m'en charge[1]. » Si certains de ceux-ci étaient célèbres, d'autres, en revanche, ne durent qu'à lui leur infime renommée.

C'est le cas de l'abbé Pierre Guyot Desfontaines (1685-1745) qui, sa vie durant, voua à Voltaire une haine farouche. Triste individu qui avait abandonné l'état ecclésiastique pour se consacrer à celui, plus rémunérateur, de la critique littéraire. Il avait, pour y réussir, un réel talent de pamphlétaire, la méchanceté requise et ce qu'il fallait en plus de partialité et de vénalité pour s'y enrichir. Ce peu flatteur portrait de l'abbé ne serait pas complet sans une évocation de ses vices : la police l'arrêta un jour pour crime de sodomie commis envers quelques-uns de ces petits Savoyards qui ramonaient les cheminées. Ce forfait était passible des galères. Voltaire, pour demander la grâce du coupable, alla se jeter aux pieds du cardinal Fleury, ministre d'État, et il l'obtint. Sans doute afin de remercier son intercesseur, Desfontaines ne tarda pas à le poursuivre de critiques en perfidies... auxquelles Voltaire répliqua par une *Ode à l'ingratitude.*

Dès lors, ennemis mortels, leurs échanges d'épigrammes et de pamphlets ne cessèrent d'alimenter la chronique littéraire. On peut faire confiance à Voltaire pour sortir vainqueur de ce jeu, car personne mieux que lui ne sait trouver les mots qui ridiculisent l'adversaire.

1. Selon le savant grec Stobée, ce mot aurait été prononcé par Antigone II, roi de Macédoine, mort en 221 av. J.-C.

Un ramoneur a face basanée
Le fer en main, les yeux ceints d'un bandeau,
S'allait glissant dans une cheminée,
Quand de Sodome un antique bedeau,
Qui, pour l'Amour, prenait ce jouvenceau,
Vint endosser son échine inclinée.
L'Amour cria : le quartier accourut.
On verbalise, et Desfontaines en rut
Est encagé dans le clos de Bicêtre.
On vous le lie, on le fait dépouiller.
Un bras nerveux se complaît d'étriller
Le lourd fessier du Sodomite prêtre.
Filles riaient, et le cuistre écorché
Criait : « Monsieur, pour Dieu, soyez touché,
Lisez, de grâce, et mes vers et ma prose. »
Le fesseur lut ; et, soudain plus fâché,
Du renégat, il redoubla la dose :
« Vingt coups de fouet pour son vilain péché
Et trente en sus pour l'ennui qu'il nous cause. »

Voltaire

Voltaire et Piron avaient trop d'esprit pour pouvoir se supporter et pour que chacun d'eux ne considérât pas que l'autre était de trop. Pourtant, ils partageaient un sentiment qui eût dû les rapprocher : une haine commune envers Desfontaines, lequel ne manquait jamais de mettre en pièces leurs œuvres.

Dans les deux épigrammes ci-dessous qui témoignent de l'ire de Piron, la première conteste à l'abbé le droit d'écrire, et la seconde celui de vivre, tout simplement !

Cet écrivain, si fécond en libelles,
Croit que sa plume est la lance d'Argail[1] *;*
Sur le Parnasse, entre les neuf pucelles[2]
Il s'est planté comme un épouvantail.

Que fait le bouc en si joli bercail ?
Y plairait-il ? Chercherait-il à plaire ?
Non ! C'est l'eunuque au milieu du sérail :
Il n'y fait rien, et nuit à qui veut faire.

Alexis Piron

La pointe de l'épigramme suivante est célèbre. Est-ce Piron qui l'a trouvée ? Il en était bien capable. Après lui, en tout cas, elle fit fortune au point d'être attribuée à quelques personnages dotés de beaucoup d'esprit et d'une bonne dose de cynisme comme Talleyrand ou Clemenceau.

« Eh ! Supprime tes sots écrits
Et ces libelles par centaines
Dont ta plume infecte Paris ! »
Disait un sage à Desfontaines.

1. Héros du *Roland furieux* de l'Arioste, dont la lance d'or renversait tout ce qu'elle touchait.
2. Les Muses.

« Oui, bien qui pourrait, c'est mon pain,
Si faut-il que je vive, enfin ! »
Répond l'effronté personnage.
« Que tu vives ! en vérité,
Ni moi, ni d'autres, dit le Sage,
N'en voyons la nécessité. »

Alexis Piron

RUPTURE

Ninon de Lenclos (1616-1706) fut la plus célèbre courtisane de son temps. Au cours d'une très riche et très longue carrière amoureuse, elle reçut dans son lit, dit-on, plus de cinq mille amants, au nombre desquels se comptaient les plus hauts personnages du royaume.

Si le corps de Ninon était à prendre ou à louer, elle avait de l'esprit à revendre. Entre autres talents, elle eut celui de toujours demeurer dans les meilleurs termes avec ceux qu'elle quittait, ce qui lui assura une multitude d'amis qui, tous, se sentaient un peu parents entre eux et honorés d'avoir servi dans le même corps.

Elle ne se fâcha qu'avec les imbéciles. Parmi ceux-ci, le prince de Guéméné — qui n'avait pas volé son nom de spécialité charcutière. Furieux d'avoir été remplacé dans le cœur changeant de Ninon, il lui adressa ce quatrain de rupture :

Insensible à tes vœux, insensible à tes larmes,
Je quitte sans regret tes perfides appas.
Mon amour te prêtait des charmes,
Ingrate, que tu n'avais pas.

Guéméné

On ne saurait se montrer plus inélégant et moins princier. Ninon fit au goujat une réponse en quatre vers, dont les trois premiers, habilement calqués sur le modèle, amenaient un quatrième vers assassin :

Insensible à mes vœux, insensible à mes larmes,
Vous quittez sans regret mes perfides appas.
Mais si l'amour prête des charmes,
Pourquoi n'en empruntiez-vous pas ?

Ninon de Lenclos

À ce quatrain, le prince ne répondit ni oui... Ninon !

Voir aussi ÉPIGRAMMES : ÂGE.

RUSSE

Dans l'Europe des siècles passés, la civilisation, un certain savoir-vivre ainsi que l'art d'aimer semblaient s'arrêter à la frontière russe. Le langage a longtemps porté témoignage de cette différence : tout ce qui était ou se faisait « à la russe » n'était pas le signe d'un raffinement excessif. « Se moucher à la russe », c'était utiliser ses doigts en guise de mouchoir ; « boire à la russe » signifiait avaler cul sec avant de jeter son verre par-dessus son épaule ; « les chaussettes russes » étaient des bandes de toile dont on s'entourait les pieds... et, d'une manière générale, l'expression « parler russe » s'employait de façon péjorative pour désigner la barbarie dans le langage.

D'où cette épigramme dont l'auteur et le destinataire, hélas ! nous sont inconnus.

Ses vers qu'ici nul ne veut écouter,
Ont à Moscou charmé plus d'une oreille.
Chacun y dit : « Ma foi, sans le flatter,
Ce Français-là parle russe à merveille ! »

Et, en ce qui concerne l'exquise délicatesse de « l'amour à la russe », ne disait-on pas couramment : « Impossible n'est pas français... mais inviolable n'est pas russe » ?

SECRET

L'art de la conversation, la plus belle conquête du XVIIIe siècle, est une invention française. Paris s'est imposé en Europe comme la capitale incontestée de la république des lettres. Dans les salons où règnent quelques femmes intelligentes et cultivées, on pratique l'art de parler « juste » et de briller entre gens de bonne compagnie. Ici, les nobles de haute naissance côtoient les roturiers et les étrangers. Peu importe la particule ou la nationalité pourvu que l'on appartînt à la seule aristocratie reconnue, celle de l'esprit et du goût.

Le président de Montesquieu, Fontenelle, l'abbé Raynal, Grimm... ne sont que quelques noms parmi les virtuoses d'un genre dans lequel Marmontel excella.

Jean-François Marmontel (1723-1799) était né dans une famille pauvre du Limousin. On dirait aujourd'hui de lui qu'il était un surdoué. Pour payer ses études, et alors qu'il n'a que seize ans, il est jugé apte à remplacer le professeur de philosophie du séminaire de Toulouse. Venu à Paris, il remporte des prix de poésie dont celui de l'Académie française, écrit des tragédies détestables, mais aussi des livres intelligents qui lui ouvrent les portes de l'Académie comme celles des salons littéraires.

Peut-être, pour se faire pardonner tant de talents et de réussites, Marmontel aurait-il eu besoin de faire montre d'un peu d'humilité. Sa prétention et son ton agacent, et, lorsqu'un jour, lui, l'auteur sifflé, se vante en public de connaître le secret de faire d'aussi beaux vers que ceux de Racine, il s'attire en retour cette épigramme cinglante de l'abbé Arnaud :

Ce Marmontel, si lent, si lourd
Qui ne parle pas, mais qui beugle,
Juge la peinture en aveugle
Et la musique comme un sourd.
Ce pédant à si triste mine
Et de ridicule bardé,
Dit qu'il a le secret des beaux vers de Racine.
Jamais secret ne fut si bien gardé !

Arnaud

Voir ÉPIGRAMMES : SIFFLET.

SERVANTE

Se marier trois fois, c'est de la constance. Mais, lorsque c'est, chaque fois, pour épouser sa servante, on peut alors parler d'idée fixe. Les collègues de Guillaume Colletet (1598-1659), qui, comme lui, faisaient partie de la toute première Académie française, n'étaient pas loin de le penser. Sans doute était-ce pour cette raison qu'en souriant ils le surnommaient l'*Ancillarius.*

Colletet avait d'abord épousé Marie-Prunelle, la bonne de son père ; puis il y eut Michelle, sa propre femme de ménage, et, enfin, Claudine, la soubrette de son frère.

Pour la domesticité, Monsieur était servi !

La dernière des épouses avait des prétentions littéraires et faisait publier sous son nom des poèmes que, bien entendu, la rumeur publique ne manquait pas d'attribuer à son mari. Lorsque mourut le pauvre homme — dans une misère si noire qu'il fallut organiser une quête pour ses obsèques — Mme veuve Colletet cessa un temps d'écrire. Ce qui permit à La Fontaine, qu'on avait connu plus indulgent, de risquer cette épigramme :

À PROPOS DE MADAME COLLETET
(Qui s'attribuait les vers de son mari)

Les oracles ont cessé,
Colletet est trépassé.
Dès qu'il eut la bouche close,
Sa femme ne dit plus rien ;
Elle enterra vers et prose
Avec le pauvre chrétien.

La Fontaine

S'était-il trop avancé et la dame avait-elle quelques talents poétiques cachés ? Force fut de le reconnaître lorsque, à quelque temps de là, la veuve écrivit, en guise d'adieu au monde, cet émouvant poème, qui cloua le bec aux médisants :

Le cœur gros de soupirs, les yeux noyés de larmes
Plus triste que la mort dont je sens les alarmes,
Jusque dans le tombeau, je vous suis, cher époux.
Comme je vous aimais d'une amour sans seconde
Et que je vous louais d'un langage assez doux,
Pour ne plus rien aimer, ni rien louer au monde,
J'ensevelis mon cœur et ma plume avec vous.

Claudine Colletet

SIFFLET

Jean-François Marmontel, on vient de le voir, n'était pas n'importe qui : né au sein d'une famille pauvre de Bort-les-Orgues, il parvint, à force de privations et de travail, à se hausser jusqu'au faîte des honneurs et des distinctions officielles. Membre à quarante ans d'une Académie française dont il fut élu, à soixante, secrétaire perpétuel, titulaire de la charge d'historiographe de France, il fut aussi éditeur, fondateur de journal, mémorialiste, philosophe... Sa conversation éblouissante lui valut d'être l'ami de Voltaire et le protégé de la Pompadour.

Que ne fut-il pas ? On a dit de lui qu'il avait été « l'enfant gâté de l'Ancien Régime ». Comme bien souvent à ceux qui connurent de leur vivant un trop-plein de gloire, la postérité rétablit après sa mort un juste équilibre, en lui accordant le droit à l'oubli.

Si Marmontel avait presque tout réussi, il avait été pour son malheur l'auteur de quelques tragédies qui connurent autant d'échecs. La plus exécrable fut sa *Cléopâtre* pour laquelle le génial mécanicien Jacques de Vaucanson, créateur d'automates, avait fabriqué une vipère aspic plus vraie que nature, dont le rôle était d'expédier *ad patres* la reine d'Égypte et qui sifflait avec un bruit d'enfer. Cette audace théâtrale ne suffit pas à sauver la pièce qui, en dépit de l'interdiction faite par ordre du roi de manifester pendant une représentation, sombra sous les sifflets du public.

Ponce Écouchard, notre Lebrun-Pindare (1729-1807), immortalisa cette seconde mort de Cléopâtre en une épigramme — évidemment — venimeuse.

L'ASPIC

Au beau drame de Cléopâtre
Où fut l'aspic de Vaucanson,
Tant fut sifflé qu'à l'unisson
Sifflaient et parterre et théâtre,
Et le souffleur, oyant cela,
Croyant encore souffler, siffla.

Écouchard Lebrun

Lorsqu'on avait demandé à Alexis Piron — cette autre langue de vipère — comment il avait trouvé la pièce, il s'était contenté de répondre : « Je suis de l'avis de l'aspic ! »

Voir aussi ÉPIGRAMMES : SECRET.

SOLEIL

Louis XIII n'aimait guère les femmes et la sienne moins encore. Il lui avait fallu vingt ans avant de se décider à honorer de ses faveurs la malheureuse Anne d'Autriche, une seule nuit, le temps d'un orage et à contrecœur. Las de prier sans résultat pour la venue d'un prince, le peuple commençait à désespérer ; aussi, lorsque naquit le dauphin tant attendu, fut-il accueilli dans un grand élan de joie. Chacun voyait en cette naissance le résultat d'une intervention divine, et l'enfant royal fut prénommé Louis *Dieudonné.*

Hélas ! le règne du Roi-Soleil ne fut pas à la hauteur d'une telle attente. En près de soixante années de pouvoir absolu, il eut le temps de décevoir tous les espoirs mis en lui.

Roger Bussy-Rabutin (1618-1693) n'était pas pour rien le cousin de la marquise de Sévigné : dans la famille, on avait la dent dure et le style nerveux.

Cet imprévisible fanfaron exprimait sans doute l'opinion générale lorsqu'il écrivit :

Ce roi si grand, si fortuné,
Plus sage que César, plus vaillant qu'Alexandre,
On dit que Dieu *nous l'a* donné.
Hélas ! s'il voulait le reprendre.

Bussy-Rabutin

Louis XIV n'avait aucun humour, surtout lorsqu'on attentait à sa majesté. Bussy-Rabutin dut payer de dix-sept années d'exil l'insolence de son épigramme. C'était plus de quatre ans par vers !

SOT

Les épigrammes les plus courtes et les plus simples sont parfois les meilleures.

Dans un exercice qui emprunte à l'escrime sa rapidité et son efficacité, il n'est pas toujours nécessaire de multiplier les feintes et les escarmouches : une pointe directe et foudroyante désarçonne l'adversaire aussi sûrement que des fioritures et des enchaînements plus élaborés.

Voici l'assaut tout militaire qu'une plume anonyme mena contre un certain Lebrun-Tossa qui — au contraire de son presque homonyme, le spirituel Écouchard Lebrun — avait une réputation de bélître.

Un quatrain valant une attaque de quarte, à quatre vers d'ici, on le lui fit savoir :

C'est un sot que Lebrun-Tossa ?
— Hélas ! oui ; mais le pauvre hère
Se fâche quand on lui dit ça.
— Il est donc toujours en colère ?

SOURD

Charles Marie de La Condamine (1701-1774) avait reçu du ciel ces deux dispositions trop souvent incompatibles que sont l'esprit de géométrie et l'esprit de finesse, et son existence même fut la preuve qu'il était possible de se montrer aussi bien grand savant que poète délicat.

Ses travaux scientifiques lui ouvrirent les portes de l'Académie des sciences. Comme c'était une époque où l'on mesurait beaucoup, il fut envoyé en 1735 en mission au Pérou afin d'y mesurer un arc du méridien terrestre, cependant que son collègue Maupertuis se rendait, lui, en Laponie pour y vérifier l'hypothèse de l'aplatissement de la Terre aux pôles.

Lorsque La Condamine revint au bout de trois ans, les Académies d'Europe (Londres, Berlin, Saint-Pétersbourg, Bologne) se disputèrent l'honneur de le compter parmi leurs membres.

Quelques infirmités précoces l'affectèrent, et notamment une profonde surdité. Heureusement pour lui, son existence fut adoucie par les tendres soins et l'attachement d'une jeune nièce, dont il devint l'époux à cinquante-cinq ans, avec la bénédiction du pape.

Sans doute La Condamine possédait-il de grandes qualités d'âme, ce qui ne l'empêchait pas d'être souvent pénible à supporter : en société, il fatiguait autant par une curiosité boulimique que par le débit intarissable de ses récits.

Lorsque l'Académie française, à son tour, l'appela en son sein (1761), ce quatrain circula, qui fit beaucoup rire :

La Condamine est aujourd'hui
Reçu dans la troupe immortelle.
Il est bien sourd : tant mieux pour lui ;
Mais non muet : tant pis pour elle.

On chercha à connaître le nom de l'auteur, certains crurent bien y voir la patte de Voltaire, jusqu'au jour où La Condamine avoua que c'était lui qui avait composé cette épigramme.

Un Académicien qui ne se prend pas au sérieux et qui va jusqu'à se moquer de lui-même ? On savait bien que cet homme était exceptionnel !

SQUELETTE

En vieillissant, Voltaire n'était plus que son propre squelette, assemblage d'os contenus dans les mille rides d'une peau devenue trop large ; vieil homme ratatiné qui n'avait conservé de sa jeunesse que l'éclat du regard et la malice du sourire. Toute sa vie, Voltaire s'était plaint d'être malade et peut-être l'était-il vraiment. Mais la nature l'avait doté, comme le disait Jean Cocteau de lui-même, d'une « santé en fil de fer » !

Il lui en fallait, à coup sûr, pour résister au tourbillon permanent de son existence et pour supporter une hygiène de vie invraisemblable. Sait-on que, le 11 mai 1778, à quelques jours de sa mort, il avait avalé vingt-cinq tasses de café ? Il mourut le 30 mai, victime de médecins idiots, de remèdes assassins et surtout de la séquestration que lui imposa l'horrible Mme Denis, sa nièce et ancienne maîtresse, en le laissant croupir dans ses sanies par crainte qu'il ne révoquât à la dernière minute le testament en sa faveur.

Alexis Piron (1689-1773) était peut-être le seul de son époque à pouvoir rivaliser avec Voltaire sur le terrain de l'ironie et de l'esprit. Il eut tort de se moquer de sa maigreur en une facile épigramme, car il ne pouvait se douter que la mort s'intéresserait à lui en premier et que son ennemi lui survivrait cinq ans.

CONTRE VOLTAIRE
(devenu d'une maigreur extrême dans son âge avancé)

Sur l'auteur dont l'épiderme
Est collé tout près des os,
La mort tarde à frapper ferme
De peur d'ébrécher sa faux.

Alexis Piron

C'est vous le maigre ?... Continuez !

STRABISME

Une dame qui louchait désespérément rencontra un jour Talleyrand, dont personne n'ignore qu'il était affligé d'un pied plus bot que l'autre.

Se campant devant le prince, elle lui demanda avec insolence :

« Alors ! comment ça marche ? »

La réponse partit à la vitesse de l'éclair :

« Mais comme vous voyez, madame ! »

Le parler de la rue est riche en expressions imagées qui se moquent des gens atteints de strabisme : il a un œil qui joue au billard et l'autre qui compte les points ; il a un œil à Paris et l'autre à Pontoise ; il a les yeux qui se croisent les bras. Quant aux pieds-noirs, ils plaisantaient dans leur langage pataouète : il a un œil qui cuit les merguez et l'autre qui fait « entention le chat » (qui fait attention au chat).

Ronsard, dans *La Franciade,* emploie un langage plus noble :

Elle était louche et avait le regard,
Parlant à vous, tourné d'une autre part.

Deux vers de Ronsard et quatre de Tristan Bernard pour dire la même chose, mais de plus drôle façon :

Avec son air de bon apôtre,
Elle a le front olympien.
L'un de ses yeux dit « merde » à l'autre
Et chacun le mérite bien !

Tristan Bernard

TAC AU TAC (du)

Une épigramme, c'est un coup d'épée.

Deux épigrammes, c'est un duel.

Les pointes voltigent, rapides et meurtrières, à la recherche du point faible de l'adversaire. L'attaque bien menée qui fait mouche est applaudie par l'assistance, mais la contre-attaque qui renverse la situation le sera peut-être plus encore. L'avantage des duels à coups d'épigrammes sur ceux menés à coups d'épée est que les vers nous en restent, pour notre plus grand plaisir.

Voici une rencontre entre deux géants de la spécialité. D'un côté, Écouchard Lebrun, petit teigneux, maigre, aux pointes assassines. De l'autre, Baour-Lormian (1770-1854), pompeux obèse surnommé « l'eunuque du Parnasse ».

Attaque de Lebrun :

Sottise entretient l'embonpoint,
Aussi Baour ne maigrit point !

Écouchard Lebrun

Fulgurante riposte de Baour-Lormian :

Lebrun, de gloire se nourrit,
Aussi voyez comme il maigrit !

Baour-Lormian

Si cette rencontre avait été arbitrée, elle eût été jugée sans doute équitable, sans vainqueur ni vaincu.

TAMBOURS

A la « guerre en dentelles » qui se pratiquait, dit-on, sous le règne de Louis XV, on nous permettra de préférer les batailles littéraires que se livraient les grands personnages pour le double mérite qu'ils avaient d'être drôles et d'épargner la vie de régiments composés de Fanfan avec ou sans tulipe.

Frédéric II (1712-1786) était un curieux roi de Prusse qui affectait de ne s'exprimer qu'en français et qui détestait l'allemand. Ennemi mortel de Mme de Pompadour qu'il accusait de comploter avec Marie-Thérèse d'Autriche la ruine de son pays, il ne cessait de se répandre en couplets injurieux contre la favorite, baptisée par lui « la Reine Cotillon ».

Voici un échantillon de son talent :

CONTRE LA POMPADOUR

Une petite bourgeoise
Élevée à la grivoise,
Mesurant tout à sa toise,
Fait de la cour un taudis ;
Le roi, malgré son scrupule,
Pour elle fortement brûle.
Cette flamme ridicule
Excite dans tout Paris
Les ris ! les ris ! les ris !

Frédéric II

Comme les mœurs uranistes de Frédéric II étaient la fable de l'Europe, le thème de la riposte allait de soi. Mme de Pompadour avait, de plus, à sa disposition le talent d'épigrammatiste de Charles de Palissot (1730-1814), qui se fit un plaisir, en son nom, de porter l'estocade :

CONTRE LE ROI DE PRUSSE
(en réponse)

Ce n'est plus cet heureux génie
Qui, des arts dans la Germanie,
Devait rallumer le flambeau.
Époux, fils, frère coupable,
C'est celui qu'un père équitable
Voulut étouffer au berceau.
Jusques là, censeur moins sauvage,
Souffre l'innocent badinage
De la nature et des amours.
Peux-tu juger de la tendresse,
Toi qui n'as connu l'ivresse
Que dans les bras de tes tambours ?

Marquise de Pompadour

TESTAMENT

Une jeune fille innocente et futée qui berne un riche barbon, voilà bien la trame par excellence d'un grand nombre de comédies. Sans doute la situation inverse prête-t-elle moins à rire, car on voit plus rarement sur la scène de vieilles coquettes cousues d'or cherchant à attirer dans leur lit de jeunes amants sans états d'âme.

Sans aller jusqu'à la pièce en cinq actes, la situation peut être prétexte à un huitain bien venu.

C'est ce que fit Antoine Bauderon de Senecé (1643-1737), un de ces petits fabulistes nés dans l'ombre de La Fontaine, qui dédia cette épigramme à une Iris fanée qui se croyait peut-être aimée... pour ses beaux yeux :

À IRIS

Vieille Iris, un homme à carrosse
Vous marque de l'empressement :
Vous croyez qu'il vise à la noce,
Il ne vise qu'au testament.

Il croit que votre dernière heure
Va le nantir de votre bien :
Mais si vous voulez qu'il vous pleure,
En mourant, ne lui donnez rien.

Senecé

THÉÂTRE

Pauvre Jean-Baptiste Rousseau (1671-1741) ! Tous les malheurs de son existence vinrent de ce que jamais il ne put entendre sans honte évoquer ses origines modestes.

Être le fils d'un cordonnier était pour lui une blessure secrète... son talon d'Achille, en quelque sorte !

Le jour où, conscient de ses mérites, il se présenta devant les Académiciens français, ceux-ci l'écartèrent au profit de Lamotte-Houdar, un candidat jugé plus présentable. Mauvais perdant, révolté contre ce vote injuste, Rousseau bombarda son rival heureux d'épigrammes insultantes. Sans doute étaient-elles anonymes, mais chacun y reconnaissait sa plume. Il s'ensuivit des échanges d'injures, de soufflets, de coups, de plaidoiries, et une condamnation au bannissement pour le malheureux auteur qui, trop fier pour solliciter son pardon, mourut en exil à Bruxelles.

Alexis Piron consacra une épitaphe à cette existence gâchée. Certaines épitaphes ne sont en fait que des épigrammes déguisées.

Ci-gît l'illustre et malheureux Rousseau
Le Brabant fut sa tombe et Paris son berceau
Voici l'abrégé de sa vie
Qui fut trop longue de moitié :
Il fut trente ans digne d'envie
Et trente ans digne de pitié.

Alexis Piron

Voir ÉPIGRAMMES : ABEILLE.

Jean-Baptiste Rousseau ne fait pas preuve d'une imagination excessive en comparant, dans l'épigramme ci-dessous, notre monde à un théâtre. Rien de plus facile que d'opposer dans une métaphore les puissants aux costumes somptueux qui pérorent sur la scène, dans la lumière et les décors du pouvoir, aux inconnus qui ont payé leur place et qui, dans l'obscurité, en sont réduits à écouter les autres parler et décider pour eux.

Toute l'amertume de Rousseau transparaît dans ces quelques vers : il avait réussi un temps à se faire applaudir sur la scène, et voici qu'il retrouvait l'anonymat du simple spectateur.

LE MONDE

Ce monde-ci n'est qu'une œuvre comique
Où chacun fait des rôles différents.
Là, sur la scène, en habit dramatique,
Brillent Prélats, Ministres, Conquérants.
Pour nous, vil peuple, assis au dernier rang,
Troupe futile et des grands rebutée
Par nous, d'en bas, la pièce est écoutée.
Mais nous payons, utiles spectateurs ;
Et si la pièce est mal représentée,
Pour notre argent, nous sifflons les acteurs.

Jean-Baptiste Rousseau

TIRELIRE

Bien avant l'invention des mots croisés, on savait que la carrière artistique d'une femme ne peut guère s'envisager que selon deux directions contraires : horizontalement ou verticalement, il faut choisir, tant il paraît difficile de concilier, par exemple, les exigences de l'art chorégraphique avec celles de la prostitution de haut vol et de se faire un nom dans les deux spécialités. Raison de plus pour admirer la réussite de la Guimard, dont la célébrité fut telle que le Larousse s'en fait encore l'écho de nos jours.

Pourtant, Marie-Madeleine Guimard (1743-1816) n'était pas belle. Maigre au point d'avoir été surnommée « le squelette des Grâces » et le visage marqué de petite vérole, elle s'était fait remarquer sur la scène davantage par l'élégance de ses gestes que par sa virtuosité.

Elle avait eu aussi l'art de s'attacher de riches protecteurs. Fallait-il qu'ils le fussent pour pouvoir s'offrir ses faveurs au tarif qu'elle avait elle-même fixé de deux mille écus par mois !

On raconte qu'elle donnait trois soupers par semaine : le premier réservé aux grands personnages, le deuxième aux beaux esprits. Au troisième qui dégénérait en orgie, elle invitait les libertins fameux et les filles publiques.

Lorsque la Guimard devint trésorière de l'Opéra, un admirateur improvisa joyeusement :

La Guimard on vient d'élire
Trésorière à l'Opéra.
C'est fort bien fait car elle a
La plus grande tirelire.

Le mot *tirelire* convenait merveilleusement à ces gagneuses professionnelles qui faisaient payer en espèces sonnantes chacun de leurs trébuchements. L'une d'elles avait imaginé, dit-on, un moyen original d'« empocher » ses honoraires. Elle s'asseyait sur une chaise où avait été déposée à son intention une pile d'écus, dont elle s'efforçait d'emporter la plus grande quantité possible... et sans le secours des mains !

TONNERRE

Le 13 décembre 1668, « à demi trépassé de douleur », Jean Racine suivait le convoi qui menait vers sa dernière demeure, aux Carmes des Billettes, le corps de Marquise Du Parc, sa maîtresse. Mûri par la douleur, il va s'abîmer dans le travail et écrire quelques-unes de ses plus belles tragédies.

Dix-huit mois plus tard, Marie Desmares (1642-1698), une comédienne déjà célèbre sous le nom de la Champmeslé, rejoint la troupe de l'Hôtel de Bourgogne, en compagnie de son mari. Elle a un visage quelconque, mais une voix inoubliable. « Elle est laide de près, mais, quand elle dit ses vers, elle est adorable », écrit à son propos Mme de Sévigné qui la connaît bien et l'appelle en riant « ma belle-fille », depuis que son fils Charles a vécu avec elle une folle aventure.

La Champmeslé succédera tout naturellement à la Du Parc dans le cœur et les pièces de Racine. Pour elle, il écrit ces chefs-d'œuvre : *Bérénice, Bajazet, Mithridate, Iphigénie,* qu'elle fera triompher. C'est lui qui lui a enseigné l'art de détailler les alexandrins jusqu'à leur faire rendre la couleur et l'émotion souhaitées. La Champmeslé, grâce à lui, est devenue la grande tragédienne du siècle.

Les vaudevillistes l'acclament, mais se moquent de son mari, le cocu complaisant dont la carrière de comédien est assurée grâce aux talents divers de son épouse.

Champmeslé, cet heureux mortel,
Ne quittera jamais l'Hôtel[1]
Sa femme a pris... racine là !
Alléluia !

Leur liaison, vaille que vaille, durera sept années... jusqu'au jour où la tragédienne commettra une infidélité de trop avec le comte de Clermont-Tonnerre. Avec un nom pareil, on sent venir l'épigramme !

À la plus tendre amour elle fut destinée
Qui prit longtemps racine dans son cœur.
Mais, par un insigne malheur,
Le tonnerre est venu qui l'a... déracinée.

1. De Bourgogne.

TRADUCTION

S'attaquer à la traduction de l'œuvre de Tacite suppose un très grand talent ou un énorme culot. Il n'est pas à la portée du premier latiniste venu de rendre le style nerveux, d'une concision extrême, de celui qui est le père de l'Histoire dont il fit un genre littéraire à part entière.

Pourtant, un insignifiant sieur de La Bletterie — dont le nom seul, déjà, semble une mise en garde — eut la prétention de se mesurer à ce géant. Son forfait accompli, il trouva sur son chemin Voltaire, infatigable défenseur de la langue, qui tint à le punir par où il avait péché.

Dans un huitain aux vers bigarrés (c'est-à-dire où le français et le latin s'entremêlent), il affecta, en 1768, de corriger la copie du misérable, à la façon d'un petit professeur de latin.

AU SIEUR DE LA BLETTERIE
(aussi suffisant personnage que traducteur insuffisant)

On dit que ce nouveau Tacite
Aurait dû garder le tacet[1] *;*
Ennuyer ainsi, non licet[2]
Ce petit pédant prestolet[3]
Movit bilem *(la bile excite)*
En français, le mot de sifflet
Convient beaucoup (multum decet*),*
À ce translateur de Tacite.

Voltaire

1. Aurait dû se taire.
2. Cela n'est pas permis.
3. Un prestolet était un petit prêtre de rien du tout.

TUTU

Les danseuses doivent être légères par nécessité professionnelle... Certaines, aux siècles derniers, poussaient la légèreté au-delà même des limites que la morale réprouve.

« Mes parents m'avaient appris à compter sur mes doigts, disait l'une d'elles. Maintenant, je compte plutôt sur mes jambes ! » — qu'elle appelait plaisamment ses... pattes alimentaires.

Certains des noms de ces gracieuses aux charmes tarifés sont parvenus jusqu'à nous grâce à une anecdote ou une épigramme.

Il y avait Mlle Miré, qui refila à son amant un méchant tréponème et le conduisit au tombeau. Une main vengeresse avait gravé sur la dalle ces quelques notes en guise d'épitaphe :

LA-MI-RÉ-LA-MI-LA
(La Miré l'a mis là !)

Il y avait la Dugazon, qui inspira ce quatrain calembouresque :

Peut-on, quand on a le cœur tendre,
Avoir des coussins d'édredon ?
J'aimerais mieux cent fois m'étendre
Toutes les nuits sur... Dugazon !

Mlle Duval du Tillet était surnommée « la Consolation », ce qui est une promesse difficile à tenir tant est grand le nombre des affligés.

Et puis il y avait la foule des autres, les anonymes, les provisoires, ou encore ces quatre qu'une épigramme rassembla. Demandez le programme de l'Opéra !

Ce beau lieu fournit des belles
À tous les gens d'à présent :
Des Matin pour de l'argent,
La Moreau pour des dentelles,
La grande Diart pour son pain,
La Rochois le fait pour rien !

VANITÉ

Malheur à qui s'attirait les foudres de Voltaire ! Il avait la riposte rapide, et les épigrammes venimeuses qu'il décochait à ses ennemis laissaient souvent des plaies difficiles à cicatriser. Après l'ineffable Fréron, le pompeux Pompignan (1709-1784) pouvait en témoigner. Ce notable gonflé d'orgueil, magistrat à la Cour des aides de Montauban, s'était fait dans sa province une réputation de fin lettré. La démangeaison lui prit un jour de « monter » à Paris, seule ville capable, selon lui, de reconnaître son génie. Il fut très vite élu à l'Académie française — et à l'unanimité ! —, mais, au lieu de s'en tenir là, il attaqua dans son discours de réception les philosophes de la docte assemblée avec une violence telle qu'il réussit à se mettre tout le monde à dos. Dès lors, sarcasmes et épigrammes se mirent à pleuvoir sur lui.

En quelques vers fameux, Voltaire l'exécuta :

... On ne sait en quel lieu florissait Babylone,
Le tombeau d'Alexandre, aujourd'hui renversé,
Avec sa ville entière a péri dispersé ;
César n'a point d'asile où sa cendre repose
Et l'ami Pompignan pense être quelque chose !

Voltaire

Un jour que Lefranc de Pompignan attendait en se pavanant l'audience du roi à Versailles, il aperçut le Dauphin et le président Hénault en train de parler manifestement de lui, et il devina que le fils de Louis XV murmurait, en le désignant :

« Et l'ami Pompignan pense être quelque chose. »

Dès lors, désespéré, n'osant plus reparaître à l'Académie, il s'en retourna dans sa province, qu'il n'aurait jamais dû quitter, et y passa les vingt-cinq dernières années de sa vie.

VER DE TERRE

Le ver de terre, ou lombric, est un personnage timide et falot qui, s'obstinant à passer sa vie à six pieds sous terre, n'intéresse que peu de monde. Au vu de son aspect vaguement répugnant, comment pourrait-il être jugé digne de nourrir fût-ce une conversation ?

À la suite des progrès de la génétique et des mutations qu'elle autorise, il est pourtant devenu le héros de quelques blagues du genre de celle-ci : « Un savant a réussi à croiser un ver de terre et un hérisson. — Ah, bon ! ne manque pas de s'étonner un crédule interlocuteur. Et qu'a-t-il obtenu ? — Dix centimètres de fil de fer barbelé ! »

L'entrée du ver de terre en littérature date, elle, d'un siècle et demi. Lorsque Victor Hugo fit jouer son *Ruy Blas* en 1838, le public s'enthousiasma pour l'histoire de ce laquais amoureux de la reine d'Espagne.

Un des alexandrins de la pièce avait produit un tel effet qu'il ne tarda pas à passer en proverbe :

Je suis un ver de terre amoureux d'une étoile[1].

Lorsque, quelques années plus tard, le drame fut repris à l'Odéon, un humoriste lança ce quatrain, qui connut une belle carrière dans les salons et les dîners en ville :

Hugo, ton Ruy Blas qu'on rentoile
Fait chercher par certains plaisants
Ce qui, d'un ver de terre amoureux d'une étoile,
Pourrait naître ? — Des vers luisants !

1. « Madame, sous vos pieds, dans l'ombre, un homme est là / Qui vous aime, perdu dans la nuit qui le voile, / Qui souffre, ver de terre amoureux d'une étoile. » (Acte II, scène II — *la reine lisant une lettre de Ruy Blas.*)

VÉRITÉ

S'étant un jour diverti à écrire un poème, Louis XIV voulut savoir ce qu'en pensait Boileau, que chacun s'accordait à considérer comme le juge suprême en matière de littérature. À un souverain qui vous invite à donner votre opinion en toute sincérité, est-il prudent de dire la vérité, toute la vérité ?

Celui que l'on surnommait le « Législateur du Parnasse » parvint à concilier dans sa réponse l'intransigeance du caractère et l'habileté du courtisan. Il se tira de ce pas difficile en disant au roi, dans une profonde révérence :

« Sire, rien n'est impossible à Votre Majesté. Elle a voulu faire de mauvais vers et elle a parfaitement réussi ! »

Une mésaventure du même ordre était advenue au grand savant Claude Saumaise (1588-1653), un érudit français aux connaissances quasi universelles puisqu'il avait étudié le droit, la théologie, la médecine et l'histoire, et qu'il parlait non seulement le latin et le grec, mais aussi l'arabe, l'hébreu et le persan.

L'histoire nous en est contée par La Martinière dans l'épigramme que voici :

Un certain sot de qualité
Lisait à Saumaise un ouvrage,
Et répétait à chaque page :
« Ami, dis-moi la vérité ! »

Ennuyé de cette fadaise,
« Ah ! Monsieur ! répondit Saumaise,
J'ai de bons auteurs pour garants,
Qu'il ne faut jamais dire aux Grands
De vérité qui leur déplaise. »

La Martinière

Donnez un cheval à l'homme qui dit la vérité, recommande un proverbe persan, il en aura besoin pour s'enfuir.

VÉROLE

La vérole a ceci de commun avec le sonnet — et c'est leur seule ressemblance — que Français et Italiens n'ont cessé de s'en disputer la paternité. Si les deux peuples revendiquent la gloire d'avoir inventé le sonnet, chacun, en revanche, rejette sur le voisin la responsabilité de la syphilis, longtemps désignée comme *mal de Naples* par nos compatriotes et comme *mal français* par les Italiens. Tout ce qu'on sait, c'est que les armées de Charles VIII, parties pour conquérir l'Italie (1495), s'en revinrent bredouilles, avec le seul tréponème dans leurs... bagages. L'y avaient-elles trouvé ? L'y avaient-elles apporté ?

Voltaire a son opinion sur la question, qu'il nous expose en huit vers :

À PROPOS DU MAL DE NAPLES

Quand les Français à tête folle
S'en allèrent dans l'Italie,
Ils gagnèrent à l'étourdie
Et Gênes, et Naples... et la vérole...

Puis ils furent chassés partout
Et Gênes et Naples on leur ôta ;
Mais ils ne perdirent pas tout,
Car la vérole leur resta.

Voltaire

• Saint-Simon, qui n'aimait pas grand monde, avait le duc de Vendôme en particulière détestation. Dans ses

Mémoires, il réserve à cet arrière-petit-fils d'Henri IV et de Gabrielle d'Estrées ses commentaires perfides et ses phrases les plus vipérines. Il le décrit comme sale et incurablement paresseux, comme un potentat débauché entouré d'une cour de poètes libertins entretenus à grands frais, et il l'accuse de ce qu'on appelait alors le crime de sodomie.

Il n'en reste pas moins que Louis Joseph de Bourbon, duc de Vendôme (1654-1712), fut un des très grands chefs de guerre de Louis XIV, un capitaine dont les intuitions géniales étaient capables de redresser les situations désespérées.

Dès son premier commandement en chef en Catalogne, il s'illustra en s'emparant de Barcelone (1697), une ville réputée imprenable, dont il sut tourner habilement les défenses.

Sous un buste de lui, on grava cette épigramme désinvolte, dont on appréciera le balancement et le raccourci :

Tu vois ici les traits de ce héros vanté,
De cet enfant chéri de Mars et de Bellone
Et qui prit la vérole, et qui prit Barcelone...
Toutes deux du même côté !

VIEILLE

Louis XIV confiait un jour à Mme de Maintenon :

« On appelle les papes, Votre Sainteté ; les rois, Votre Majesté ; les princes, Votre Gracieuseté. Vous, Madame, on devrait vous appeler Votre Solidité ! »

Pouvait-il adresser plus royal compliment à cette femme de quarante-huit ans qui avait su trouver le chemin de son cœur par d'autres voies que les ardeurs amoureuses auxquelles l'avaient habitué les précédentes favorites ? Les feux déclinants du Roi-Soleil s'accommodaient à merveille de l'automne épanoui de cette veuve tranquille qui ne cessait de le rappeler à ses devoirs de monarque très chrétien et qui, peu à peu, le conduisait vers une existence respectable et bigote.

Pourtant, il s'en fallait de beaucoup que Françoise d'Aubigné — devenue « Madame de Maintenant » — eût toujours mené la vie exemplaire qu'elle prêchait désormais.

Dans sa jeunesse, amie de la peu vertueuse Ninon de Lenclos, elle n'avait pas hésité à poser nue devant un peintre, avant d'épouser, à dix-sept ans et pour d'évidentes raisons financières, Scarron, le poète infirme et contrefait, âgé de vingt-cinq ans de plus qu'elle.

Quel genre de relations conjugales pouvait donc entretenir ce couple paradoxal ?

Antoine de Somaize écrira plus tard : « Stratonice [Mme Scarron] est une jeune précieuse des plus agréables et des plus spirituelles. Elle est veuve sans avoir été femme ; l'on saura assez le sens de cette énigme quand on saura que Straton [Scarron] était son mari. »

Conclusion par trop hâtive : il aurait été surprenant que Scarron, après une jeunesse fort libertine, ne fût pas parvenu à faire partager à sa jeune épousée le peu de mobilité que possédait encore sa pauvre carcasse rouillée et dont il dressait lui-même le rapide inventaire : « les doigts, la langue... et quelque autre partie ».

Ce qui est tout de même mieux que rien !

• Le cardinal Dubois (1656-1723) — dont les débauches avaient empourpré de honte la robe cardinalice — détestait cordialement Mme de Maintenon, devenue sur le tard dame d'œuvres et censeur impitoyable des mœurs de la cour.

C'est à sa haine vigilante que l'on doit cette muflerie :

David à l'amour succomba,
Salomon devint idolâtre,
Pour Omphale Hercule fila,
Antoine aima trop Cléopâtre ;
Mais les maîtresses de ces grands
N'avaient pas soixante-et-quinze ans !

Dubois

En créditant la favorite de trois quarts de siècle, le cardinal n'exagérait pas : lorsque Louis mourut en 1715, Mme de Maintenon, son aînée de trois ans, allait sur ses quatre-vingts ans. Oubliées les fêtes galantes, Versailles n'était plus alors qu'une maison de retraite.

VIOLON

Si les fauteuils académiques pouvaient parler, sans doute nous livreraient-ils de bien passionnantes considérations sur le talent comparé des postérieurs qu'ils accueillirent et sur le poids relatif de l'immortalité.

Ainsi du fauteuil portant le numéro 14 qui connut aussi bien l'orgueil d'offrir, à deux siècles de distance, un asile aux illustres fondements de Corneille et de Victor Hugo, que l'humiliation de tutoyer les insignifiants derrières — l'un suivant l'autre — de Foncemagne et de Chabanon.

Les voies de l'Académie sont impénétrables : Chabanon, qui n'a laissé aucun écrit à la postérité, n'avait, dit-on, d'autre talent que celui de jouer du violon.

Ce que lui rappela cruellement l'épigramme ci-dessous, comme un bémol à tant de prétention.

CONTRE CHABANON

À Foncemagne on veut, dit-on,
Pour le fauteuil soporifique,
Faire succéder Chabanon.
Mais son mérite académique ?
— Aucun — il est grand violon ;
Dans le sein de la Compagnie,
Manquant d'accord et d'unisson,
Il rétablira l'harmonie.

VIPÈRE

Le choix d'un ennemi ne se doit point faire à la légère, et l'entretien d'une belle inimitié est une occupation à temps plein. Qui donc connaîtrait aujourd'hui le nom de Fréron s'il n'avait su toute sa vie exciter la fureur d'un génie nommé Voltaire et provoquer sa haine et son mépris ?

Élie Catherine Fréron (1718-1776) était né à Quimper-Corentin. D'abord élève, puis professeur chez les Jésuites, il devint journaliste avant de fonder, avec l'abbé Desfontaines[1], *L'Année littéraire*, un périodique à succès dans les colonnes duquel il s'acharnait contre les philosophes et l'Encyclopédie. Avec Voltaire, il engagea des polémiques sans fin qui lui valurent en retour des épigrammes cruelles et des attaques injurieuses. C'est ainsi que *L'Année littéraire* se vit rebaptisée *L'Âne littéraire* et, par voie de conséquence, son directeur Aliboron !

• Les écrits contre Fréron furent d'une telle abondance qu'on les a réunis sous l'appellation de *fréronades* — comme il y eut des mazarinades et des poissonnades.

La plus célèbre de toutes ces épigrammes est celle-ci :

L'autre jour, au fond d'un vallon
Un serpent piqua Jean Fréron.
Que pensez-vous qu'il arriva ?
Ce fut le serpent qui creva.

Voltaire

1. Voir, contre l'abbé Desfontaines, les épigrammes de Voltaire (Ramoneur) et de Piron (Eunuque).

Ce quatrain qui vaut à Voltaire sa réputation de satiriste ne lui devait pourtant pas grand-chose.

Déjà Démocrite (460-370 av. J.-C) écrivait :

Une vipère piqua un guide cappadocien.
Empoisonnée par son sang, elle mourut à l'instant.

De grecque, la plaisanterie était devenue latine, ce que prouve la traduction faite d'un distique latin dans l'*Epigrammatum Selectus*, en 1659 :

Un gros serpent mordit Aurelle
Que croyez-vous qu'il arriva ?
Qu'Aurelle en mourut ? — Bagatelle !
Ce fut le serpent qui creva.

• On voit que Voltaire n'avait pas eu à trop se torturer les méninges, puisque deux vers de « son » épigramme étaient déjà écrits !

On pourrait se demander pourquoi il a prénommé Jean sa victime, alors que Fréron avait été baptisé Élie Catherine. Tout simplement parce que Jean Fréron donnait les initiales J.F., c'est-à-dire Jean Foutre !

Si l'attaque est archicélèbre, la réponse que lui fit Fréron est en revanche peu connue ; elle ne manque pas d'esprit :

« Il n'y a pas grand mal à cela si Voltaire est le serpent. Il m'a tout l'air, en effet, de crever de rage et un peu de mon venin. »

VOLEUR

L'un des plus anciens métiers du monde est, à coup sûr, celui de voleur. Dans une profession encombrée, seuls les meilleurs réussissent et parviennent à tirer leur épingle du jeu... pourvu qu'elle soit en or. Que penser d'un voleur qui s'en prend à un poète ? Et les rimes — même riches — valent-elles la peine d'être volées ?

Dans tous les cas, dépouiller un poète est une erreur... et, si le poème est mauvais, une faute !

C'est, en deux vers dialogués et alertes, l'une des meilleures épigrammes de Lebrun :

LE POÈTE VOLÉ

— On vient de me voler...
— Que je plains ton malheur !
— ... tous mes vers manuscrits.
— Que je plains le voleur !

Écouchard Lebrun

ZÉRO

Il est vain de penser qu'il se puisse trouver, lors de chaque génération, une quarantaine de postérieurs de génie pour les réunir au sein d'une Académie dont le prestige serait dès lors indiscutable. Force est donc, par défaut, d'accepter dans cette assemblée un certain nombre de derrières subalternes, chargés d'occuper des fauteuils qui, sans eux, tomberaient en déshérence. Mais il arrive, hélas ! que ces médiocrités acceptées par indulgence s'unissent pour faire barrage à des écrivains de talent et les empêcher de venir siéger à leur côté.

C'est ainsi que, par trois fois, l'Académie française repoussa la candidature de Jean de La Bruyère, le grand moraliste du XVIIe siècle. La première, c'était pour accueillir Fontenelle... mais, aux deux élections suivantes, on lui préféra — comble de dérision — deux personnages falots du nom de Pavillon et de Tourreil. Il fallut que des académiciens illustres — Boileau, Racine, Bossuet, Fénelon —, usant de leur influence, le fissent élire à la quatrième tentative (1693).

Même élu, La Bruyère n'en fut pas quitte pour autant et il eut à subir les déchaînements haineux des petits esprits.

Quel est celui, stupide entre tous, qui osa composer l'épigramme ci-dessous, qu'il déposa sur la table de chacun des trente-neuf, deux heures avant la réception ?

Quand, pour s'unir à vous, Alcipe se présente,
Pourquoi tant crier « haro » ?
Dans le nombre de quarante,
Ne faut-il pas un zéro ?

Traiter, fût-ce sous un nom transparent, La Bruyère de zéro, alors que cet homme honorait l'institution qui le recevait bien plus qu'elle ne lui apportait de gloire, suffit à condamner la bassesse de son auteur. Selon Édouard Fournier[1], le responsable de cette mauvaise action était peut-être Boursault, qui « était assez spirituel et assez envieux pour cela ». Si La Bruyère était le zéro, il est permis de se demander quels étaient les noms de ceux qui étaient censés représenter les unités : Rose, Cordemoy, d'Estrées, Mauroy, Testu, Galors, Coislin, Renaudot, Harley, Aucour, Chaumont, Lavau, Desmarais, etc.

« Tous ces noms dont pas un ne mourra, que c'est beau ! » fait dire, par dérision, Edmond Rostand à l'un des personnages du premier acte de *Cyrano de Bergerac.*

L'épigramme est une arme à manier avec précaution. Dangereuse aux deux extrémités, il est arrivé, une fois au moins, qu'elle tuât aussi son auteur.

En l'an 1754, un fauteuil s'étant libéré à l'Académie française, le comte de Clermont, prince du sang, fit savoir aux membres de la compagnie qu'avec l'agrément de son cousin Louis XV, il daignait accepter de combler de son illustre postérieur la place vacante. Dociles aux injonctions du pouvoir, les académiciens s'inclinèrent, sans prévoir les soucis qui les attendaient. L'entourage du comte vint informer l'illustre compagnie que, lors de sa réception, l'altesse prétendait qu'on lui donnât du « Monseigneur », au mépris de tous les usages.

C'est alors qu'entra en scène Pierre Charles Roy (1683-1764), poète médiocre, qui se mit en tête de donner, lui, l'obscur, une leçon au prétentieux :

1. *L'Esprit des autres*, cinquième édition, 1879.

Trente-neuf joints avec zéro,
Si j'entends bien mon numéro,
N'ont jamais pu faire quarante.
D'où je conclus, troupe savante,
Qu'ayant à vos côtés assis
Clermont, cette masse pesante,
Ce digne cousin de Louis,
La place est encore vacante.

Roy

Il n'y avait pas là de quoi fouetter un chat, pas plus d'ailleurs qu'un poète octogénaire. Pourtant, rendu furieux par l'épigramme, Clermont ordonna à ses gens de bastonner le pauvre rimailleur, qui succomba à ses blessures.

Mort au « chant » d'honneur de la poésie, mort pour huit vers, les seuls d'ailleurs — et c'est justice — que la postérité ait retenus de lui.

Sans plus de remords, le comte de Clermont entreprit alors de préparer le texte de son discours de réception. Peu confiant en ses capacités littéraires, il se fit aider par sa maîtresse, la danseuse Leduc. Le jour de la séance, comme il constatait qu'en raison de son rang d'élection il avait été placé sur le dernier fauteuil, il refusa de prononcer son discours et, accompagné de ses courtisans, il sortit dans un grand tumulte.

Faites donc plaisir aux gens !

Voir aussi ÉPIGRAMMES : MONSEIGNEUR.

Madrigaux

> « Le madrigal, plus simple et plus noble en son tour,
> Respire la douceur, la tendresse et l'amour. »
>
> Boileau, *Art poétique*.

« Les femmes, écrivait Victor Hugo, se prennent comme les lapins, par les oreilles. »

D'où le grand intérêt du madrigal, ce court poème orné de pensées tendres ou galantes, fait pour être murmuré à l'oreille de belles qui l'entendront avec le cœur.

Il tirerait son nom, dit-on, du grec μάνδρα qui signifiait « bergerie ». Ce serait donc, à l'origine, une chanson pastorale dont les Italiens firent *madrigale* et les Français *madrigal*. D'autres prétendent que le nom viendrait du latin *matricalis* (« nouvellement sorti de la matrice »), ce qui justifierait le caractère naturel et spontané du genre.

De toute façon, le madrigal était, au départ... un chant.

Son nom venait-il...

• de l'italien *mandriale*, chant de berger ?

• de l'espagnol *mandrugar* (se lever de bonne heure), chant du matin, quelque chose comme une aubade ?

• ou bien de *martegal*, chant des Provençaux ?

C'était donc, dans l'un ou l'autre les cas, un joli mot qui n'avait pu voir le jour qu'au sein d'un peuple amoureux.

On le définit comme une pensée fine, tendre ou galante, coquettement rendue, en vers libres, sans régularité, sans fadeur et avec une concision épigrammatique. Car le modèle du madrigal est tout simplement l'épigramme, mais à l'envers. Alors que l'épigramme est une sorte de déclaration de guerre, le madrigal, lui, n'est qu'une déclaration d'amour.

Paradoxe de la grammaire, l'épigramme, affaire d'hommes, est du genre féminin, alors que le madrigal, masculin lui, n'existe qu'en fonction de la femme.

Mme de Sévigné est l'auteur de cette bien belle formule : « Je suis un peu fâchée que vous n'aimiez pas les madrigaux, ne sont-ils pas les maris des épigrammes ? Ce sont de si jolis ménages quand ils sont bons ! »

Les poètes amoureux écrivent des madrigaux depuis que le genre en fut introduit au XVIe siècle en France par Marot et Mellin de Saint-Gelais. Mais c'est au XVIIe que le madrigal connut son envol grâce aux poètes précieux, petit doigt en l'air et bouche en chemin d'œuf. Cette mode trouve son point culminant avec *La Guirlande de Julie*, un recueil unique au monde de soixante-deux madrigaux, dont nous reparlerons dans ce chapitre. Il se trouvait à cette époque un bataillon de rimeurs à gages, poétaillons faméliques et stipendiés, qui proposaient une marchandise prêt-à-porter à tous les galants qui désiraient briller aux yeux des dames, alors qu'ils n'avaient pas reçu du ciel le don de poésie.

Dans une comédie de Desmarets de Saint-Sorlin intitulée *Les Visionnaires* (1637), on voit Amidor, le poétereau, vanter sa production rimée à un jeune coq qui ne sait pas chanter. Il énumère à son intention tous les madrigaux qu'il possède en magasin :

J'en ai sur un refus, j'en ai sur une absence,
J'en ai sur un mépris, sur une médisance,

J'en ai sur un courroux, sur des yeux, sur un ris,
Un retour de Sylvie, un adieu de Chloris,
Un songe à Bérénice, une plainte à Cassandre,
Car on choisit le nom tel que l'on le veut prendre...

Si la mode du madrigal revenait aujourd'hui, sans doute pourrait-on s'en procurer dans les grandes surfaces.

Avant de pousser la porte de ce chapitre aimable où l'esprit se fait tendre et les yeux doux, nous méditerons une seconde sur ce quatrain anonyme, daté de 1775 :

Ne cherchons point un vain détour
Pour excuser notre faiblesse !
Le premier soupir de l'amour
Est le dernier de la sagesse.

ABSENCE

Le poème ci-dessous est-il un madrigal dédié à la bien-aimée enfuie ou bien une épigramme perfide sur la jeunesse fugitive ? Ce sont simplement quelques vers de plus à verser au dossier inépuisable du *carpe diem*, des roses de la vie et de la beauté qui, comme elles, se fane.

Jean Ogier de Gombauld (1576-1666), surnommé « le beau ténébreux », l'un des premiers académiciens français, n'appartenait manifestement pas à ces espèces vouées à un flétrissement rapide. En atteignant, au XVIIe siècle l'âge fabuleux de quatre-vingt-dix ans, il figure en bonne place, aujourd'hui encore, au palmarès de longévité de l'Académie.

Caliste partit de ces lieux
Et l'absence de ses beaux yeux
Avait rendu mon âme triste.
Ô regrets ! Ô vœux superflus !
Deux ans après revint Caliste
Mais sa beauté ne revint plus.

Gombauld

Voir MADRIGAUX : AUJOURD'HUI.

On a beau répéter, après l'insouciant Bussy-Rabutin :

L'absence est à l'amour
Ce qu'est au feu le vent ;
Il éteint le petit, il allume le grand,

il n'est point, en réalité, d'amour qui résiste à une trop longue absence.

Anaxandre est parti, s'arrachant aux bras d'une amante éplorée. Était-il sincère lorsqu'il lui promettait d'être à nouveau près d'elle avant le retour des premières roses ? Ou bien n'était-ce de sa part qu'un mensonge destiné à adoucir la cruauté du départ ?

Toujours est-il qu'elle y crut, au point de douter de la nature même, plutôt que de la parole de son amant : puisque les roses ont fleuri sans attendre le retour d'Anaxandre, ce ne peut être que la faute des roses ou celle d'un printemps trop pressé.

Tristan L'Hermite (1601-1655) a mis cette histoire cruelle en vers de douze pieds... Des anaxandrins ?

L'ABSENCE

Anaxandre, en partant, me fit une promesse,
Qu'avant que le printemps se couronnât de fleurs,
Il viendrait par sa joie adoucir ma tristesse,
Et m'offrir des soupirs qui sécheraient mes pleurs.
Roses de ce verger, qui vous montrez si vives,
Vous paraissez trop tôt pour mon contentement ;
Pourquoi n'êtes-vous plus tardives ?
Que ne respectez-vous la foi de mon amant !

Tristan L'Hermite

ÂGE

Rien n'est plus difficile que d'entrer à l'Académie française lorsqu'on possède la jeunesse, la fougue, du talent — et à plus forte raison, du génie ; Victor Hugo, qui avait trop de dons à se faire pardonner, eut à en faire l'amère expérience.

Il avait vingt-huit ans lorsque, le 21 février 1830, il fit jouer *Hernani*, ce drame romantique qui, par la bataille qu'il suscita entre les « modernes » chevelus d'une part et les « classiques » à perruque en peau de genou de l'autre, allait, du jour au lendemain, l'imposer comme le chef de file d'une génération de jeunes auteurs et le désigner comme le plus grand poète et dramaturge de l'époque. Peut-être, après ce coup d'éclat, croyait-il que les portes de la Coupole allaient s'ouvrir à deux battants devant lui. On se hâta de lui prouver le contraire en accueillant, au cours des élections qui suivirent, quelques auteurs insignifiants et en le laissant piaffer d'impatience, cinq années durant, sur le trottoir du Quai Conti.

Qui entendit jamais prononcer les noms de Dupaty, de Mignet ou de Flourens ? Ils furent pourtant élus, tous les trois « dans un fauteuil » à la barbe de Victor Hugo. Il y eut même une quatrième élection où l'on préféra laisser s'éparpiller les voix entre une poussière d'auteurs médiocres plutôt que d'admettre Hugo. Il fallut attendre le 7 janvier 1841 pour qu'il fut enfin élu au fauteuil de Népomucène Mercier, mort l'année précédente. Suprême dérision : ce tenant de l'école classique était célèbre pour avoir prononcé cette phrase définitive : « Moi vivant, Victor Hugo n'entrera jamais à l'Académie française ! »... et il avait tenu parole.

Le premier candidat qui avait été préféré à Hugo se nommait, on l'a vu, Louis Emmanuel Dupaty (1775-1851), poétaillon et dramaturge de second ordre à qui, écrit le duc de Castries[1], « Il convient de reconnaître de beaux états de service militaire, puisqu'il avait notamment combattu sur le vaisseau légendaire *Le Vengeur.* » Cette hargne à vouloir évincer Victor Hugo restera comme l'une des hontes de l'Académie.

Tout étonné d'avoir réussi en dépit de ses minces mérites, l'heureux élu adressa un quatrain à son concurrent malheureux, comme pour s'excuser d'avoir été élu, non pour son talent, mais au bénéfice de l'âge.

Avant vous je monte à l'autel.
Mon âge seul peut y prétendre.
Déjà, vous êtes immortel,
Et vous avez le temps d'attendre[2].

Dupaty

1. *La Vieille Dame du Quai Conti.*
2. Dupaty avait 61 ans. Hugo 39.

ALGÈBRE

Peut-on se fier au témoignage d'une femme de lettres lorsqu'elle dresse le portrait de l'une de ses amies ? À plus forte raison, lorsque les deux femmes — le peintre et son modèle — passent pour être les plus intelligentes de leur siècle, ne doit-on pas considérer ce détail comme une circonstance aggravante ? Bref, il est permis de se demander si Mme Du Deffand était vraiment impartiale lorsqu'elle décrivait Mme du Châtelet :

« Représentez-vous une femme grande et sèche, le teint échauffé, le visage aigu, le nez pointu, voilà le visage de la belle Émilie, figure dont elle est si contente qu'elle n'épargne rien pour la faire valoir : frisures, pompons, pierreries, verreries, tout est à profusion... »

Au château de Cirey-en-Champagne, pendant quinze ans, sous les yeux fermés du mari — sans doute soulagé d'être délivré d'une épouse à l'activité épuisante — Émilie du Châtelet et Voltaire menèrent l'existence de deux étudiants préparant leurs examens dans une fièvre perpétuelle : une boulimie et une frénésie de savoir. C'est à peine si la marquise dort deux heures par nuit. Elle apprend le latin, ingurgite l'anglais et l'italien, se nourrit de philosophie, se goinfre de sciences. Elle adore pardessus tout la physique et l'algèbre, ce que déteste Voltaire.

Alors, il lui arrive de se moquer gentiment d'elle dans un madrigal où il s'essaie à aligner des équations à sa portée.

Sans doute vous serez célèbre
Par les grands calculs de l'algèbre
Où votre esprit est absorbé ;
J'oserai m'y livrer moi-même ;

Mais, hélas ! A + D – B
N'est pas = à je vous aime.

Voltaire

Voir MADRIGAUX : SAVANTE (FEMME).

AMITIÉ

Est-il possible de déterminer l'endroit précis où se termine l'amitié entre un homme et une femme et celui où commence l'amour ? Le cœur étant un instrument à géographie variable, la frontière entre ces deux sentiments mitoyens demeure indécise. Un rien suffit à en modifier le tracé : l'heure qu'il est, le temps qu'il fait, l'occasion, l'herbe tendre, une porte ouverte ou une serrure mal fermée.

Une jolie femme qui demandait à Alexandre Dumas fils la différence qui existait, selon lui, entre l'amitié et l'amour s'attira cette réponse :

« La différence ? mais c'est bien simple, chère amie, c'est le jour et la nuit ! »

Un madrigal de Ponce Écouchard Lebrun exprime de jolie façon le danger que court le voyageur imprudent à trop s'aventurer sur les terres glissantes ou les sables mouvants qui séparent l'amitié de l'amour.

À UNE AMIE
(qui lui reprochait de le voir trop peu souvent)

D'une amitié fatale et chère
Oui, j'ai dû craindre la douceur :
De l'Amitié, l'Amour est frère,
Et le frère eût séduit la sœur.

Écouchard Lebrun

Rien de moins simple, on le sait, que les affaires de famille.

« L'amitié est la sœur de l'amour, disait Sophie Arnould, avant d'ajouter : Mais pas du même lit ! »

AMOUR

Le paradoxe de l'Amour est d'être tout entier contenu dans la représentation symbolique que nous en ont léguée les Anciens d'un enfant naïf et joufflu tirant des flèches au hasard et dont l'apparence aimable dissimule l'un des dieux les plus vieux au monde, capable des pires duplicités et coupable des plus cruels stratagèmes. Faut-il l'espérer, ce bel enfant, ou doit-on le craindre ?

Éternelle question à laquelle chacun apporte sa propre réponse selon l'image qu'à travers celle de l'objet aimé il se fait de l'amour. Est-ce le sage qui mérite notre confiance ou bien le fou ? À moins qu'après tout la folie ne soit d'écouter le sage et la sagesse de se livrer au fou ?

Catherine Bernard (1662-1712), l'une de ces premières femmes à avoir fait entendre timidement leur voix en littérature, semble avoir, selon l'âge de celui qui l'aime, des réponses bien différentes à la question.

L'AMOUR

Quand le sage Damon dit que, d'un trait mortel,
L'Amour blesse les cœurs sans qu'ils osent s'en plaindre,
Que c'est un Dieu traître et cruel,
L'Amour, pour moi, n'est pas à craindre.

Mais quand le jeune Athis me vient dire à son tour :
« Ce dieu n'est qu'un enfant doux, caressant, aimable,
Plus beau mille fois que le jour »,
Oh ! je le trouve redoutable !

Catherine Bernard

Comment un petit poète de salon, « bien joufflu, bien frais, bien poupin[1] », parvient-il à devenir successivement prêtre, archevêque, cardinal, ambassadeur à Venise puis à Rome, pour se hisser enfin jusqu'au poste suprême de ministre des Affaires étrangères ? Avec près d'un siècle d'avance, Corneille avait, dans un vers du *Cid,* donné la réponse à cette question :

La faveur l'a pu faire autant que le mérite...

La faveur fut celle que la marquise de Pompadour ne cessa de témoigner à son jeune protégé François Joachim de Pierre de Bernis (1715-1794), pendant la plus grande partie de sa carrière.

En retour, lui, dans ses vers, célébrait à l'envi les charmes de sa bienfaitrice.

Ainsi qu'Hébé, la jeune Pompadour
A deux jolis trous sur la joue
Deux trous charmants où le plaisir se joue
Qui furent faits par la main de l'Amour...

Le mérite de tous les courtisans et des faiseurs de madrigaux n'était pas très grand, tant *Amour* fournissait à *Pompadour* une rime facile et, pour tout dire, obligée.

Un soir à Versailles qu'entre gens d'esprit on jouait aux devinettes et aux énigmes, la Pompadour demanda à Bernis de lui donner une définition de l'Amour.

Tout rougissant, le jeune abbé lui répondit par ce madrigal :

1. Marmontel, cité par Robert Sabatier dans son *Histoire de la poésie française* (XVIIIe *siècle*).

L'Amour est un enfant, mon maître,
Il l'est d'Iris, du berger et du roi.
Il est fait comme vous, il pense comme moi,
Mais il est plus hardi, peut-être.

Pierre de Bernis

Dans la petite histoire de la littérature, Bernis est connu surtout par le surnom de « Babet la bouquetière » que lui donna Voltaire, émerveillé par la profusion de roses, de lis, de pivoines et de fleurs en tout genre qui se rencontrait dans ses vers.

Un dernier détail pour compléter l'extravagante biographie de l'abbé de Bernis : à l'âge de vingt-neuf ans, ce bambin avait été élu à l'Académie française !

Voir MADRIGAUX : VOLAGE.

AMOUREUX

Doit-on compter au nombre des poésies fugitives le sonnet ci-dessous, œuvre d'un poète obscur dont on ne sait rien sinon qu'il est l'auteur d'un unique recueil de poésies ?

René Arnoul (1569-1639) vivait à Poitiers ; il avait dix-huit ans lorsqu'il chanta en des vers inoubliables — et presque oubliés pourtant — la tristesse de son amour pour la belle Catherine de La Place, avant de disparaître à jamais. Guillaume Colletet, dans son *Histoire des poètes français*, s'étonne de ce que, « ce jeune esprit étant né dans une province éloignée du commerce des beaux esprits de la Cour[1], il semble qu'à moins de cela il soit impossible d'écrire dans la sévérité de nos règles. Cependant il l'a fait, et peut-être aussi bien que pas un autre de son siècle. »

J'avais trois fois cinq ans et trois ans davantage
Quand j'écrivis ces vers témoins de mon ardeur,
Je chantais pour flatter mon ingrate douleur,
Et non pour espérer honneur de mon servage.

Comme je le sentais, je plaignais mon dommage
Véritable poète à mon propre malheur,
Mon penser incertain me servait de fureur,
Mon tourment de succès, mon espoir de courage.

1. Prétention éternelle des cercles d'« intellectuels » : « Nul n'aura de l'esprit, hors nous et nos amis. » (Molière, *Les Femmes savantes*, acte III.)

Pour moi seul j'ai souffert, pour moi seul j'ai chanté ;
Ne pouvant pas beaucoup, beaucoup je n'ai tenté,
Sans fard fut mon amour, sans fard furent mes plaintes.

La loi, non le plaisir, me rendit amoureux :
C'est assez ! qu'on me laisse après tant de contraintes
Faire ce que je dois, dire ce que je veux.

René Arnoul

AUJOURD'HUI

Il serait vain de vouloir accorder au madrigal ci-dessous — fût-il de la main de Molière — une once d'originalité. En plus de vingt siècles de littérature, aucune pensée n'a été plus souvent exposée ou développée que celle-ci : « Profitez de votre jeunesse pendant qu'il en est temps ! »

Horace (65-8 av. J.-C.) n'en est sûrement pas l'inventeur, mais il fut le premier à lui donner la forme sous laquelle nous la connaissons : « Tandis que nous parlons, le temps jaloux aura fui ; *cueille le jour* sans te fier le moins du monde au lendemain » (*Art poétique,* ode XI, 7). Cette expression de « cueillir le jour » qui traduit le *carpe diem* d'Horace est l'un des plus vieux... poissons de notre littérature aux innombrables descendants. Un siècle plus tard, Martial (40-104 ap. J.-C.) écrivait dans une épigramme (XV, 11) : « Ce n'est pas d'un sage de dire : "Je vivrai". Il sera trop tard de vivre demain. Vis aujourd'hui. »

Mais c'est Ronsard qui, dans ses *Sonnets pour Hélène* (II, 43), a su formuler cette évidence en quelques vers inoubliables :

Vivez, si m'en croyez, n'attendez à demain
Cueillez dès aujourd'hui les roses de la vie.

Il restait à Raymond Queneau, prodigieux manieur de mots et créateur d'une poésie i-queneau-claste, à traduire une éternelle vérité, en langage parlé — et chanté[1] :

Si tu crois xava xava xava xa
Va durer toujours
La saison des za, saison des zamours
Fillette, fillette,
Ce que tu te goures...

1. Par Juliette Greco, sur une musique de Joseph Kosma.

Pour une fois, Molière fait bien pâle figure au nombre de tant de poètes pressés de cueillir des roses en bouton et de mordre dans des fruits à la saveur acide.

POUR AMARANTE

Rendez-vous donc, ô divine Amarante,
Soumettez-vous aux volontés d'Amour ;
Aimez pendant que vous êtes charmante,
Car le temps passe et n'a point de retour.

Molière

AVEUGLE

Philippe Desportes (1546-1606) naquit avec la bosse du commerce. D'autres vendent des fleurs, du vin, ou fabriquent des chapeaux ; lui se fit une spécialité dans le négoce des poèmes en tout genre. Il eut une riche clientèle, celle des rois et des grands personnages. Comme Cyrano de Bergerac pour Christian, il compose à leur demande épigrammes, madrigaux, sonnets, élégies destinés aux belles dont ils convoitent les faveurs. Soupirs, serments, extases, scènes de jalousie ou de rupture... tout est bon dans les poulets que, pour d'autres, il écrit.

À tant chanter l'amour sur tous les tons et à des tarifs adaptés à la fortune de ses clients, Philippe Desportes devint richissime. N'est-ce pas à lui qu'on attribue ces mots célèbres qu'il aurait prononcés juste avant de se taire à jamais ?

« J'ai trente mille livres de rente et je meurs ! »

Le petit dieu d'Amour aux yeux bandés, qui, pour ne jamais manquer ses cibles, tire ses flèches au hasard, fut toujours pour lui source d'inspiration intarissable.

Dans le madrigal qui suit, il se demande si ce bambin, d'une adresse sans pareille et inaccessible à toute pitié, ne serait pas sourd plutôt qu'aveugle.

CEUX QUI PEIGNENT...

Ceux qui peignent Amour sans yeux
N'ont pas bien sa force connue :
Il voit plus clair qu'aucun des dieux ;
Las ! j'ai trop essayé sa vue.

Il a donc des yeux et voit bien
À quelque but qu'il veuille atteindre ;
Mais, il est sourd et n'entend rien
On a beau soupirer et plaindre.

Philippe Desportes

Desportes a le soupir facile et la faculté de répandre des larmes à volonté. C'est lui qui écrivit un jour ce vers qui, espérons-le, lui aura été payé... en liquide :

Et quand l'encre me faut[1], *je me sers de mes pleurs !*

Les fervents de poésies préfèrent, entre toutes richesses, celle des rimes entendues, et ce poète trop fortuné ne leur dit rien qui vaille. Chacun se demande si, au nombre des madrigaux qu'il écrivit, et parmi tous ces vers à la mode précieuse, put un jour lui échapper l'expression d'un sentiment sincère et gratuit.

Serait-ce, par hasard, celui-ci :

Quand j'étais moins brûlant, tu m'étais plus humaine
Et plus prompte à pitié.
Cessons donc de t'aimer et, pour nous en distraire,
Tournons ailleurs nos pas.
Mais, peut-il être vrai que je le veuille faire ?
Non, je ne le veux pas.

Philippe Desportes

1. Me manque.

Philippe Desportes eut la chance de venir au monde après Ronsard et avant Malherbe, ce qui lui permit, un temps, de passer pour un grand poète. Il est vrai qu'il possédait son métier sur le bout du doigt et qu'il savait n'être jamais pesant. Pourtant les clichés, les métaphores, les allégories qu'il accumule finissent par lasser. Il parle du cœur comme d'autres parlent du nez et, plus qu'un véritable poète, il est un baladin charmant qui badine.

Voici encore l'un de ses madrigaux gracieux et bien tournés, faits pour flatter la vanité des belles qui les recevraient. Il n'y manquait plus que le nom de la destinataire, car ce genre de poème prêt-à-porter pouvait convenir à toutes.

L'AVEUGLE ENFANT...

L'aveugle enfant qui me commande,
Qu'on nomme à tort dieu d'amitié,
Les deux yeux, comme à lui, vous bande
Afin que soyez sans pitié.
Il le faut : car j'ose bien dire
Que n'auriez tant de cruauté,
Si vous pouviez voir mon martyre
Comme je vois votre beauté.

Philippe Desportes

BADINAGE

« Badinage », ce mot aux infinies nuances présente malgré tout une constante : son opposition au sérieux sous toutes ses formes. Badiner, ce fut d'abord s'amuser à des jeux d'enfant, se livrer à des enfantillages. Avec un petit glissement de sens, badiner prit la signification d'écrire ou de parler avec une légèreté enjouée, toujours en évitant de tomber dans la gravité. Le mot, continuant à évoluer, en vint, aux XVIIIe et XIXe siècles, à désigner une manière de galanterie, une façon frivole de conter fleurette, de faire l'amourette, sinon l'amour...

Dans une pièce de vers anonyme et gentiment badine, le mot revient à quatre reprises, avec de telles nuances qu'un esprit malin ne peut se méprendre sur chacune de ses significations.

Célimène, prude et sage,
Haïssait tant les badins
Que le moindre badinage
Lui causait mille chagrins.

Mais, je badine avec elle,
Et loin de la chagriner,
J'ai si bien fait que la belle
Voudrait toujours badiner.

BAISER

Sans doute était-il écrit que Mme de La Sablière (1640-1693) ne connaîtrait jamais les bonheurs de l'amour.

Née Marguerite Hessein dans une famille de riches banquiers protestants, elle est mariée à quatorze ans au fils d'un financier, Antoine de Rambouillet, sieur de La Sablière. Peu importe que le mari ne soit qu'un libertin, bel esprit volage à la mode du temps : il maltraite et trompe si outrageusement son épouse jeunette qu'une séparation de corps et de biens sera prononcée en 1668.

Mme de La Sablière est une femme intelligente et cultivée comme il en est peu : lisant le grec et le latin, elle s'intéresse à l'astronomie, à la physique, à l'anatomie. Devenue indépendante, elle ouvre chez elle, rue Neuve-des-Petits-Champs, un salon que fréquentent aussi bien des hommes de lettres, des savants ou de grands personnages. Le génie familier du lieu est La Fontaine, qu'elle a recueilli alors qu'il était complètement ruiné et abandonné de tous. Pendant vingt ans, elle sera son ange tutélaire, lui assurant le gîte, le couvert et l'amitié par-dessus le marché. Ce qui prouve que Mme de La Sablière était plus douée pour l'amitié que pour l'amour.

Pourtant, à l'âge de trente-six ans, elle tombe amoureuse du marquis de La Fare. C'est l'idylle tendre et romanesque dont elle avait rêvé, « un des amours les plus purs du siècle » (Paul Guth).

La « tourterelle Sablière » peut enfin roucouler.

LE BAISER

Maintenant, un baiser se donne à l'aventure,
Mais ce n'est pas bien en user :
Il faut que le désir et l'esprit l'assaisonne ;
Et, pour moi, je veux qu'un baiser
Me promette plus qu'il me donne.

Mme de La Sablière

Mais le temps s'écoule vite au sablier de l'amour. Quatre ans plus tard, La Fare l'abandonne, la laissant blessée et inconsolable. Elle se retire alors du monde pour se consacrer aux soins des malades de l'Hospice des Incurables. Après une vieillesse chrétienne, elle aura une fin édifiante.

« La marquise aura bien mauvais temps pour son voyage », murmurait Louis XV en regardant s'éloigner sous un déluge le convoi funèbre de Mme de Pompadour (15 avril 1764).

Et il demeura inconsolable... jusqu'au jour où Choiseul lui dénicha « un morceau de Roy », Jeanne Du Barry. De son vrai nom Jeanne Bécu, elle vivait en concubinage avec un escroc, souteneur notoire, qu'on surnommait « le Roué », et qui l'avait autorisée à partager son titre approximatif de comte Du Barry.

Le roi ne résista pas à tant de beauté et de charme, et succomba à un savoir-faire acquis aussi bien dans le lupanar de la Gourdan que dans la couche des grands seigneurs libertins de la Cour.

« Elle m'a donné des plaisirs que j'ignorais encore ! confiait Louis XV à l'un de ses courtisans.

— Sire, c'est que vous n'êtes jamais allé au bordel ! »

La faveur d'un roi étant une onction miraculeuse qui redonne la virginité et confère la noblesse, chacun bientôt pliera le genou devant elle et la révérera sous le nom de « Madame le Grand ».

Même Voltaire, que l'on connut plus rugueux et l'échine moins souple, s'inclinera devant la favorite et lui adressera des madrigaux.

Un jour que la comtesse Du Barry avait prié M. de Laborde d'embrasser pour elle Voltaire sur les deux joues, il répondit, flatteur :

Quoi ! deux baisers sur la fin de ma vie ?
Quel passeport vous daignez m'envoyer !
Deux, c'en est trop, adorable Égérie ;
Je serai mort de plaisir au premier.

Et il ajouta :

« M. de Laborde m'a montré votre portrait. Ne vous fâchez pas, madame, si j'ai pris la liberté de lui rendre les deux baisers. »

Vous ne pouvez empêcher cet hommage,
Faible tribut de quiconque a des yeux,
C'est au mortel d'adorer votre image ;
L'original était fait pour les dieux.

Voltaire

À peine la belle Corinne lui eut-elle accordé le baiser demandé que son amoureux en voulut aussitôt un deuxième, et puis d'autres encore, par cent, par mille. Ignorait-il, le maladroit, qu'un baiser n'est pas une fin en soi et qu'un moment vient où il faut envisager d'autres opérations que la simple multiplication pour éteindre les feux de la passion ? Et n'est-il pas de la dernière inconvenance d'implorer sans cesse une permission accordée d'avance... et bien au-delà !

À son poète transi, Corinne est prête à accorder un blanc-seing — et même les deux plutôt qu'un seul —, S'il eût été un amant plus entreprenant, Gentil Bernard n'aurait pas eu recours à un dizain pour célébrer les prémices de son extase... Un distique eût largement suffi !

PAR UN BAISER...

— Par un baiser, Corinne, éteins mes feux.
— Le voilà, prends !
— Dieu ! mon âme embrasée
Brûle encore plus... Encore un !
— Sois heureux,
Tiens...
— Mon ardeur n'en peut être apaisée,
Corinne, encore ! Ah ! la douce rosée !
— En voilà cent pour combler tous tes vœux.
Es-tu bien, dis ?
— Cent fois plus amoureux.
— En voilà mille : est-ce assez ?
— Pas encore
Un feu plus grand m'agite et me dévore...
Corinne !...
— Eh bien, dis ce que tu veux !

Gentil Bernard

Malgré ces trois prénoms, c'est un bien petit nom que laisse Pierre Joseph Bernard (1710-1775) dans la littérature amoureuse. Encore cette minuscule renommée ne tient-elle qu'à la magie du nom de Gentil Bernard que lui avait donné Voltaire. Et pourtant, à en croire le prince de Ligne, ce Bernard-là n'était guère gentil, « ni de figure, ni de manière, ni même d'esprit ». Il ne fut guère qu'un poète de salon, comme l'époque en suscitait par dizaines, frisotté comme un caniche, maquillé, parfumé, qu'on avait surnommé, nous apprend Robert Sabatier, « l'Anacréon de la France ». S'il lui arriva de composer quelques rimes gentilles, il perdit la raison sur le soir de sa vie.

BEAUTÉ

Apelle — *Apelles* en grec — fut, dit-on, le plus grand peintre de l'Antiquité. Il vivait au IVe siècle avant Jésus-Christ, au temps d'Alexandre le Grand, dont il était le portraitiste et l'ami. Force est de s'en tenir aux témoignages qui vantent son génie, car aucune œuvre de lui ne nous est connue. Tout au plus une anecdote dont il est le héros et que raconte Pline.

Un savetier, entré dans l'atelier d'Apelle, s'arrêta devant le tableau qu'il était en train de peindre et lui fit remarquer que les chaussures de l'un des personnages présentaient quelques défauts. S'inclinant devant l'opinion du spécialiste, le peintre s'empressa de les corriger. Enhardi par son succès, le savetier s'autorisa à critiquer également la facture de la jambe. Apelle l'interrompit : « Ça suffit, cordonnier ! Arrête-toi à la sandale... ne va pas plus haut ! » Phrase que Pline résuma en quatre mots, devenus proverbe : *« Ne sutor supra crepidam ! »* (« Cordonnier, pas plus haut que la chaussure ! »)

Le nom d'Apelle, en tant que peintre de la beauté absolue, est évoqué dans un madrigal que composa Alexandre Lainez (1653-1710) en hommage à la belle Martel, laquelle réunissait, à l'en croire, l'ensemble des perfections physiques que la nature accorde d'ordinaire aux autres femmes avec plus de parcimonie. Mais peut-on se fier à l'opinion de l'aimable Lainez, joyeux compagnon de cabaret de La Fontaine (qui, nous apprend Robert Sabatier, avait consacré une centaine de vers à l'*Invention du tire-bouchon*) ?

Un tel dithyrambe n'était peut-être pas tout à fait désintéressé et son auteur n'avait-il pas, en l'écrivant, l'une de ces idées qu'on dissimule rarement derrière la tête !

À LA BELLE MARTEL

Le tendre Apelle un jour, dans ces lieux si vantés
Qu'Athènes, sur ses bords, consacrait à Neptune,
Vit, au sortir de l'onde, éclater cent beautés
Et, prenant un trait de chacune,
Il fit de sa Vénus le portrait immortel.
Si, de son temps, avait paru Martel,
Il n'en aurait regardé qu'une.

Alexandre Lainez

BÈGUE

Moïse, la grande figure de l'histoire juive, dont l'éloquence fait retentir l'Ancien Testament de fureur et de colère, Moïse était bègue.

Le Très-Haut l'avait-il choisi comme intermédiaire entre Lui et Son peuple à cause de cette infirmité ou malgré elle ? Le choix n'était pas si mauvais, puisque le prophète parvint à conduire les Hébreux de l'Égypte jusqu'à la Terre promise. Mais quarante années de marche pour une distance aussi courte, cela semble tout de même un peu long ! Si Moïse n'avait pas été bègue, peut-être vingt années auraient-elles suffi ?

Saint-Amant (1594-1661), ce grand voyageur qui alla jusqu'en Amérique et aux Indes, ce précieux qui fréquenta l'Hôtel de Rambouillet, ce libertin pilier de cabaret, semble avoir été touché par la foi sur la fin de sa vie, puisqu'il écrivit une *Idylle héroïque* intitulée « Moïse sauvé » (1653). Une admiratrice, la « gentille et rare Mlle Colletet », composa ce quatrain pour l'en féliciter :

Encore que l'Histoire allègue
Que le grand Moïse était bègue,
Grand Saint-Amant, je n'en crois rien,
Puisque, dans tes beaux vers, il s'explique si bien.

Mlle Colletet

Un aimable madrigal ne saurait rester sans réponse, surtout lorsque l'auteur en est une demoiselle qu'on imagine aussi séduisante.

À flatteuse, flatteur et demi ! Voici la réponse de l'auteur :

Bouche en merveilles sans seconde
Moïse bégayait, l'Écriture en fait foi :
Mais quand, des plus diserts, il aurait été Roi,
Il serait, s'il était au monde,
Non bègue seulement, mais muet devant toi.

Saint-Amant

BIJOU

Diderot (1713-1784), entre autres écrits philosophiques et romanesques, est l'auteur d'un petit chef-d'œuvre libertin : *Les Bijoux indiscrets* (1748). Les « bijoux » dont il est ici question ne sont pas des colliers, bracelets ou diadèmes, mais ils représentent de façon symbolique la partie la plus précieuse, la plus recherchée de la femme, son essence même.

Au royaume du Congo, le jeune sultan Mangogul est aimé de la douce Mirzoza, la favorite du sérail, qui tente de le distraire en lui faisant le récit des intrigues de la Cour. Comme ces histoires manquent souvent d'originalité et de sel, notre sultan s'ennuie. Pour l'amuser, le puissant génie Cucufa lui remet un anneau magique qui a la propriété de faire révéler aux « bijoux » des femmes leurs plus intimes secrets.

C'est à ce genre de bijou que fait allusion le marquis de Prévoisin dans un madrigal peu équivoque adressé à une ballerine du Théâtre-Italien :

Je vous aime avec constance
Et, pour prix de cet aveu,
Donnez-moi la préférence
Du bijou qui s'ouvre un peu
Quand vous faites la révérence.

Prévoisin

BORGNE

« Génisse suis pour personne », telle aurait pu être la devise de la malheureuse Io à qui Zeus, ce divin séducteur, fit découvrir les délices de l'amour vache. Héra, femme jalouse du roi des dieux, avait flairé le stratagème et — c'était bien son tour ! — elle rumina sa vengeance. Elle engagea, pour surveiller les deux amants, le berger Argus, dont les cinquante paires d'yeux ne dormaient qu'à tour de rôle.

Cet épisode mythologique inspira à Voltaire un madrigal qu'il adressa à sa bienfaitrice, la marquise de Prie, fameuse éminence rose de l'époque.

Jeanne Agnès Berthelot de Piéneuf (1698-1727) avait épousé le marquis de Prie, alors ambassadeur à Turin. Mais l'ambitieuse avait des visées plus hautes qu'elle assouvit en devenant la maîtresse du duc de Bourbon.

Lorsque celui-ci fut nommé Premier ministre, c'est elle qui, par son entremise, gouverna la France. On lui doit notamment d'avoir arrangé le mariage de Louis XV avec Marie Leszczynska.

Voltaire, qui jamais ne dédaigna de faire sa cour aux puissantes du moment, dédia à la marquise ce quatrain d'autant plus cruel que le mari de son égérie était borgne.

Io, sans avoir l'air de feindre,
D'Argus sut tromper tous les yeux.
Nous n'en avons qu'un seul à craindre :
Pourquoi ne pas nous rendre heureux ?

Voltaire

BOUQUET

On donnait le nom de *bouquets à Iris* à de petites pièces de vers galants — stances, madrigaux ou rondeaux — adressées par des poètes précieux à quelque beauté née de leur imagination. C'étaient des riens... mais si joliment tournés, si gracieusement à la mode, qu'on se pâmait d'aise dans les ruelles à les entendre détailler en soupirant par un petit marquis ou un abbé de salon. Les femmes accueillaient d'autant plus volontiers ces hommages inoffensifs, qui, faute de mieux, s'adressaient à leur tête, qu'en flattant leur vanité ils leur permettaient de cacher, sous des amours feintes, leurs sentiments réels.

Comme il est du destin de tout bouquet de se faner bien vite, ceux d'Iris, faute d'immortelles, ne firent pas exception, et il ne reste rien aujourd'hui — ou si peu de chose — de tout ce papillonnage amoureux qui prétendait passer pour de l'esprit. On peut en juger d'après le madrigal ci-dessous, œuvre de Charles Louis de Faucon du Ry, seigneur de Charleval (qui mourut en 1693), plus connu dans le petit monde des précieux sous le surnom de Cléonyme. Scarron raillait ce rimeur chlorotique en prétendant que sa muse ne se nourrissait que « d'eau de poulet et de blanc-manger [1] ».

SI VOUS VOULEZ...

Si vous voulez toujours que je vous aime,
Il faut vous donner toute à moi :
L'Amour impose cette loi,

1. Cité par Robert Sabatier dans son *Histoire de la poésie française (XVIIe siècle).*

Car, pour vous, ma flamme est extrême.
Pour vous seule, je fais des vœux ;
Et quand vous m'aimerez de même,
Vous n'en pourrez pas aimer deux.

Charleval

CARDINAL

En contrepartie d'indéniables vertus politiques, Richelieu possédait au moins un défaut... cardinal : il n'aimait rien tant que les courbettes et l'odeur de l'encens. Le poète Guillaume Colletet (1598-1659), qui lui avait adressé, connaissant son point faible, une demi-douzaine de vers de courtisanerie, reçut de lui en retour une gratification de six cents livres. La somme était d'importance ; aussi s'empressa-t-il, en remerciement, de faire parvenir à son généreux donateur ce distique qui rimait — ô combien ! — richement.

Armand qui, pour six vers, m'as donné six cents livres,
Que ne puis-je à ce prix te vendre tous mes livres !

Guillaume Colletet

CARTES À JOUER

La ravissante Henriette d'Angleterre avait été mariée à Philippe d'Orléans, frère cadet de Louis XIV. Rarement on vit union plus mal assortie, les époux ne s'accordant guère que sur un point : une attirance commune pour le sexe masculin. Cependant que « Monsieur », la nuit de noces terminée, s'en retournait à ses gitons, « Madame », délaissée, se consolait entre les bras accueillants du jeune roi, son beau-frère. Pour éviter l'un de ces scandales dont Versailles se délectait, Henriette imagina, pour détourner les soupçons, que Louis feindrait d'être amoureux de l'une de ses filles d'honneur. Pour jouer ce rôle de paravent, elle pensa à une jeune blonde de dix-sept ans, aux grands yeux candides, fraîchement débarquée de sa province et qui se nommait Louise de La Vallière (1644-1710). Ce qu'elle n'avait pas prévu, c'est que le cœur d'amadou de Louis s'enflammerait aussitôt pour la suivante et que sa passion serait partagée. Les deux amants, dès lors, furent inséparables. Aussitôt que ses royales occupations lui laissaient un instant de répit, Louis, où qu'il se trouvât, griffonnait un tendre message à l'intention de Louise.

Un soir, au cours d'une partie de cartes, il improvisa pour elle un distique amoureux que, faute de papier à lettres, il écrivit sur une des cartes du jeu : c'était un deux de carreau.

Si le message du roi ne nous est pas parvenu, on connaît, en revanche, la jolie réponse de la favorite :

Pour m'écrire avecque plus de douceur,
Il eût fallu choisir un deux de cœur.
Les carreaux sont faits, à ce qu'il me semble
Pour servir à Jupiter en courroux.
Mais deux cœurs unis tendrement ensemble
Ne peuvent rien annoncer que le doux.

Louise de La Vallière

Voir MADRIGAUX : INCONSTANCE.

CHAMPAGNE

Avant de devenir le vieillard égrotant, édenté et ridé, ne quittant plus guère un fauteuil qu'il rendit célèbre, Voltaire (1694-1778) avait été un libertin insolent et brillant, ivre de fêtes, assoiffé de filles et de vins.

Il s'en souvint, en 1736, pour écrire *Le Mondain ou l'Apologie du luxe...* quelques vers qu'une célèbre marque de champagne ressuscita deux cent soixante ans plus tard pour en faire la publicité de « l'Instant Taittinger ».

LE MONDAIN

Allons souper. Que ces brillants services,
Que ces ragoûts ont pour moi de délices !
Qu'un cuisinier est un mortel divin !
Cloris, Églé me versent de leur main
D'un vin d'Aï, dont la mousse, pressée
De la bouteille avec force élancée,
Comme un éclair fait voler son bouchon ;
Il part, on rit, il frappe le plafond.
De ce vin frais, l'écume pétillante
De nos Français est l'image brillante.

Voltaire

CONSTANT

Exprimer les sentiments avec naturel et simplicité était au-dessus des forces des petits marquis du XVIIe siècle et, qui plus est, du dernier mauvais goût. Sous peine de mort, le poète précieux devait plaire — une mort qui eût été pour lui de n'être plus à la mode.

Le très snob et très mondain abbé Mathieu de Montreuil (mort en 1691) faisait partie de ces fabricants patentés de mignardises et afféteries en tout genre. Voici comment, dans un salon, il fait pâmer un auditoire en détaillant, la main sur le cœur et la bouche fleurie, à l'intention d'une Philis de son invention, un madrigal entortillé sur le thème éternel de l'amant qui fait serment d'aimer toute la vie.

POURQUOI ME DEMANDEZ-VOUS...

Pourquoi me demandez-vous tant
Si mes feux dureront, si je serai constant
Jusques à quand mon cœur vivra sous votre empire ?
Ah ! Philis, vous avez grand tort :
Comment pourrais-je vous le dire ?
Rien n'est plus incertain que l'heure de la mort.

Mathieu de Montreuil

COURONNE

Le roi et le poète tiennent tous les deux leur privilège de droit divin, mais il est entre eux une différence de taille : si l'on cite quelques exemples de souverains qui s'exercèrent à rimer, jamais on ne vit de poète aspirer à monter sur le trône.

Le roi Charles IX s'était pris de passion pour la poésie sans parvenir à composer de vers sublimes comme ceux dans lesquels Ronsard excellait. Aussi, en humble hommage, lui dédia-t-il un jour ce quatrain, exemple rare d'un roi de France faisant allégeance au roi des poètes.

À RONSARD

L'art de faire des vers, dût-on s'en indigner,
Doit être à plus haut prix que celui de régner.
Tous deux, également, nous portons des couronnes ;
Moi, roi, je les reçois ; poète, tu les donnes.

Charles IX

Le roi avait dit au poète : « Je peux donner la mort, toi l'immortalité ! » Ainsi firent-ils l'un et l'autre, puisque, aujourd'hui encore, survivent dans nos mémoires le forfait de celui qui décida le massacre de la Saint-Barthélemy ainsi que les sonnets qui ont à jamais sublimé les prénoms d'Hélène et de Cassandre.

« Henri IV eût été un héros accompli s'il eût été réduit au sort d'Abélard », avait écrit perfidement un certain Bayle.

Hélas ! tel n'était pas le cas et, si le panache de son chapeau contribua à établir sa légende victorieuse, les accessoires qu'il portait dans sa culotte faillirent parfois mettre à mal l'histoire de notre pays ; car jamais ce Vert-Galant, au demeurant fort sympathique, ne put s'empêcher de confondre le pouvoir et la bagatelle et de prendre son royal priape pour le bras séculier de la France.

Il eut un grand nombre de favorites dont certaines purent, non sans raison, caresser l'espoir de devenir reine de France. Ce fut notamment le cas de Gabrielle d'Estrées (1573-1599) qui, en 1598, était sa maîtresse depuis sept ans, lui avait donné trois bâtards légitimés et s'apprêtait à accoucher du quatrième. Henri IV ne cessait de lui promettre le mariage, alors que, dans le même temps, il laissait se poursuivre en coulisse les tractations en vue d'une union avec Marie de Médicis.

Collégien incorrigible, le roi perdait la tête devant une jolie femme, surtout lorsqu'elle avait « des appas si puissants et si attrayants » que ceux de Gabrielle.

Comme un adolescent, il gravait sur les arbres de Fontainebleau et faisait peindre sur les lambris du château ce rébus de son invention  qu'il faut lire « S-Trait » (Estrées).

Pour elle, il composa même cette chanson en forme de madrigal dont le dernier couplet contient une proposition de mariage non équivoque. Sans doute, pour l'écrire, s'était-il fait aider quelque peu par un poète de la Cour, mais, dans son insignifiance même, cette œuvrette fut un « tube » dont le succès dura pendant près de trois siècles.

CHARMANTE GABRIELLE

Charmante Gabrielle,
Percé de mille dards,
Quand la guerre m'appelle
À la suite de Mars ;

Cruelle départie !
Malheureux jour !
Que ne suis-je sans vie
Ou sans amour !

L'amour sans nulle peine
M'a, par vos doux regards,
Comme un grand capitaine,
Mis sous vos étendards.

Cruelle départie !
[...]
Je n'ai pu dans la guerre
Qu'un royaume gagner ;
Mais sur toute la terre
Vos yeux doivent régner.

Cruelle départie !
[...]
Partagez ma couronne ;
Le prix de ma valeur ;
Je la tiens de Bellone,
Tenez-la de mon cœur.

À ces... vers galants, qui n'aurait reconnu Henri IV ?

Voir MADRIGAUX : PUCELAGE.

CRÉPUSCULE

« J'aimerais bien connaître le nom du confesseur de M. de Chateaubriand », plaisanta un jour Louis XVIII à qui l'on rapportait l'une des nouvelles aventures galantes de son ministre.

La liste est longue des belles aristocrates romantiques qui se jetèrent au cou du vicomte : Mme de Belloy, Pauline de Beaumont, Delphine de Custine, Nathalie de Noailles, etc. Jusqu'au jour où il fera la rencontre de Mme Récamier qui lui inspirera, et jusqu'à la fin de sa vie, un amour absolu. Les infidélités qu'il lui fera ne seront plus dès lors que des passades sans importance, si l'on excepte la liaison qu'il aura avec Mme de Castellane et qui rendra si jalouse la belle Juliette.

Il y avait de quoi, si l'on en juge d'après cette scène que rapporte Victor Hugo :

« Un soir, M. de Chateaubriand, qui était alors ministre des Affaires étrangères, se promenait avec Mme de Castellane sous les beaux arbres de Chantilly. Le jour tomba, l'entretien, non. M. de Chateaubriand fit à Mme de Castellane ces vers qui sont si jolis :

CE RUISSEAU SOUS TES PAS...

Ce ruisseau sous tes pas cache au sein de la terre
Son cours silencieux et ses flots oubliés.
Que ma vie inconnue, obscure et solitaire
Ainsi passe à tes pieds.

Aux portes du couchant, le ciel se décolore
Le jour n'éclaire plus notre tendre entretien
Mais est-il un sourire aux lèvres de l'Aurore,
Aussi doux que le tien ?

Chateaubriand

Je les ai d'elle-même notés », ajoute Victor Hugo.

CRIME

Jean de Lingendes, mort alors qu'il avait à peine plus de trente ans (vers 1615), n'eut guère le temps de devenir un poète... majeur. Il vivait à l'époque des pastorales et des bergers, où la mode était aux rubans et aux guirlandes, aux fadeurs et aux fadaises. On lui doit pourtant une chanson dont la simplicité fait tout le charme. Les amoureux — comme ceux de la chanson — sont de grands, d'éternels enfants. À peine les accuse-t-on du crime d'amour qu'ils se défendent comme de beaux diables, avec une maladresse touchante : « C'est pas ma faute, Monsieur, c'est lui qui a commencé ! » Lui... ou elle... pourquoi pas les dieux ?

SI C'EST UN CRIME...

Si c'est un crime que l'aymer
L'on n'en doit justement blasmer
Que les beautés qui sont en elle.
La faute en est aux dieux
Qui la firent si belle
Mais non pas à mes yeux [...]

Qu'on accuse donc leur pouvoir,
Je ne puis vivre sans la voir,
Ni la voir sans mourir pour elle.
La faute en est aux dieux
Qui la firent si belle
Mais non pas à mes yeux.

Jean de Lingendes

CUL

Lèche-cul patenté des puissants au pouvoir, Michel de Cubières de Palmezeaux (1752-1820), échine souple et plume servile, se fit tour à tour poète de la Révolution, zélateur de l'Empire et chantre de la Restauration. Prêt pour réussir à toutes les flatteries et à tous les reniements, sans doute eût-il chanté avec une égale conviction, la République, s'il eût vécu plus longtemps. C'était un versificateur habile, capable de trousser un madrigal mieux que personne. Avec malice, Charles Monselet le citera parmi les rossignols de l'élégie, les pinsons de la fable, les linots de l'églogue et les moineaux de l'épithalame. *L'Almanach des Muses*, dont il était un correspondant régulier, publiera même de lui quelques poèmes licencieux.

Cubières comptait au nombre des familiers du salon de la belle comtesse Fanny de Beauharnais où il payait son écot à la maîtresse des lieux en flagorneries de ce type :

Comme La Fayette elle écrit
Et comme Ninon elle est belle ;
Elle a leur grâce, leur esprit,
Toutes deux revivent en elle.

Ah ! ses talents ingénieux
Méritent bien tous nos suffrages,
Car ce n'est qu'en voyant ses yeux
Qu'on peut oublier ses ouvrages.

Cubières

Oser comparer Fanny — ce bas-bleu qui avait recours à des nègres[1] pour composer ses œuvres — à ces femmes remarquables que furent Mme de Lafayette ou Ninon de Lenclos, c'était pousser la flatterie au-delà des limites permises.

Il arriva que Cubières, pour une fois mal inspiré, sortît de son registre pour s'en prendre à Rivarol en personne. Sans doute sous-estimait-il l'adversaire et ne mesurait-il pas à quel point le nom qu'il portait prêtait à la plaisanterie.

Rivarol, d'un distique en forme de charade, exécuta le prétentieux :

Avant qu'en mon dernier, mon tout se laisse choir,
Ses vers, à mon premier, serviront de mouchoir !

Rivarol

Voilà ce qui s'appelle une épigramme torchée !

La leçon n'était pas suffisante. Le malheureux Cubières eut un jour l'étrange désir de savoir ce que ses amis, les gens de lettres, pensaient sincèrement de lui et de ses œuvres, et il imagina de se faire passer pour mort.

Dès le lendemain, il fut si bien édifié à ce sujet qu'il ressuscita le troisième jour.

1. Voir à ce sujet NÈGRE.

DAUPHIN

C'est au XIVe siècle, sous Charles V, que la tradition s'instaura de donner le titre de Dauphin au fils aîné du roi de France. Bien qu'il fût l'héritier présomptif du trône, il est arrivé dans l'histoire que le Dauphin, « fils de roi et père de roi », ne devînt jamais roi lui-même. C'est ce qui se produisit pour le fils de Louis XIV, le « Grand Dauphin », ainsi que pour le fils de Louis XV qui, bien que père de trois rois — Louis XVI, Louis XVIII et Charles X —, ne régna jamais lui non plus. Sa naissance, le 7 septembre 1729, avait été la cause d'une liesse indescriptible. À la cour, les fêtes se succédaient en son honneur, cependant que les quémandeurs de tout poil rivalisaient de placets, en vers, en prose, sachant que Louis XV ne pouvait rien refuser à ceux qui sollicitaient une faveur au nom de l'héritier bien-aimé.

Le roi trouva un jour, à côté du berceau du jeune prince, cette pièce de vers au contenu fort explicite :

Si le fils du roi notre maître,
Par son crédit faisait renaître
En son entier ma pension
— Chose dont j'aurais grande envie —,
Je chanterais comme Arion :
Un dauphin m'a sauvé la vie.

C'était une allusion transparente à l'aventure de ce poète légendaire que des matelots se préparaient à jeter à la mer après lui avoir dérobé ses richesses. Arion obtint d'eux la faveur de jouer une dernière fois de la cithare avant de mourir. Attirés par la beauté de la mélodie, des dauphins s'assemblèrent autour du navire et, lorsque le poète fut précipité par-dessus bord, l'un d'eux le porta sur son dos jusqu'au rivage.

Autre roi, autre Dauphin.

Après maints tâtonnements et sept années d'hésitations sur le mode d'emploi, Louis XVI et Marie-Antoinette étaient parvenus à fabriquer le dauphin espéré. Ce jeune prince, hélas ! mourut âgé de huit ans, à la veille de la Révolution. On avait misé de grands espoirs sur ce garçon sensible et intelligent qui avait dit un jour à son précepteur, le père Corbin : « Parmi tous ces rois dont nous avons étudié le règne, je n'en vois que trois de bons : Saint Louis, Louis XII et Henri IV. » Tout au bonheur d'avoir enfin l'héritier tant attendu, Louis XVI accueillait avec bienveillance — et générosité ! — les hommages que les flatteurs adressaient au jeune prince :

Dans un seul rejeton, quelle moisson fertile !
Gentil berceau, que vois-je en ton sein fortuné ?
Quel est cet enfant nouveau-né ?
C'est l'extrait de cent rois et le germe de mille.

Lesuire

Indigné par la profusion d'adulations aussi grossières, un anonyme, faisant d'une pierre deux coups, présenta ses vœux à l'enfant, tout en se moquant des flagorneurs :

Prince dont dépendront un jour nos destinées,
Longtemps dauphin et longtemps roi,
Puisses-tu vivre autant d'années
Qu'on fait et qu'on fera de mauvais vers pour toi.

Autre exemple de cette piètre littérature de circonstance : le soir même de la naissance du Dauphin, une actrice de la Comédie-Italienne costumée en fée chantait ce couplet :

Je suis fée et veux vous conter
Une grande nouvelle ;
Un fils de roi vient d'enchanter
Tout un peuple fidèle
Ce dauphin que l'on veut fêter
Au trône doit prétendre ;
Qu'il soit tardif pour y monter,
Tardif pour en descendre.

Barthélemy Imbert

Pour une fée, c'était là manquer du flair indispensable à la profession ! Quelques années plus tard... tout le monde était descendu !

DÉCLARATION

En amour comme à la guerre, il est d'un usage établi depuis des temps immémoriaux de procéder à une déclaration avant tout passage à l'acte. Dans l'un ou l'autre cas, elle peut être orale ou écrite, brutale ou sournoise, persuasive ou dramatique, assortie de démonstrations de force ou de promesses illusoires. En général, si l'on peut dire, la déclaration est affaire d'homme : c'est une initiative essentiellement virile qui a pour but avoué de mettre sa conquête à genoux... ou sur le dos.

Pourtant il existe — et plus souvent peut-être qu'on ne croit — une situation inverse dans laquelle, avec infiniment de nuance et de diplomatie, on voit la partie la plus faible mener le jeu. Il faut beaucoup de talent et de délicatesse à une jeune fille maladroite et naïve[1] pour faire comprendre à un jeune homme timide que ses sentiments sont partagés et qu'il peut s'avancer hardiment sur le chemin de la conquête.

Dans *La Mère Coquette*, comédie oubliée de Philippe Quinault (1635-1688), dramaturge obscur et justement oublié lui aussi, on trouve ce billet charmant d'une jeune fille à son soupirant dont elle a pu, lors de leur dernière entrevue, mesurer l'embarras et les hésitations.

1. « Je vous parle d'un temps / Que les moins de vingt ans / Ne peuvent pas connaître... » (Charles Aznavour, *La Bohème*.)

BILLET

Je voudrais vous parler et nous voir seuls tous deux ;
Je ne conçois pas bien pourquoi je le désire,
Je ne sais ce que je vous veux...
Mais, n'auriez-vous rien à me dire ?

Philippe Quinault

ENCEINTE

Comme Mme de Montfort portait un nom de château, il n'étonnait personne qu'elle fût enceinte. Situation gênante bien que provisoire, qui avait mis la troupe des prétendants à sa conquête dans l'obligation de patienter quelques mois, jusqu'à sa délivrance. Au premier rang de ceux-ci, le poète Isaac de Bensérade (1613-1691) avait entrepris un siège en règle dans l'espoir que la belle, le moment venu, rendrait les armes et lui permettrait enfin, pavillon haut, de pénétrer dans la place.

Vous verrez dans cinq mois finir votre langueur ;
Mais, dieux ! quand finira celle que dans mon cœur
Ont causée vos beaux yeux et votre tyrannie ?
Je serai dignement d'amour récompensé
Quand ma peine sera finie
Par où la vôtre a commencé.

Bensérade

L'amour et la guerre, ces deux réalités que tout oppose, font appel bien souvent à un même vocabulaire. N'est-ce pas avec les mêmes mots que l'on décrit la conquête d'une femme et celle d'une ville, comme si les règles de la poliorcétique[1] et le code de la galanterie obéissaient à des lois identiques.

Roger de Bussy-Rabutin (1618-1693), cousin de la marquise de Sévigné — et son frère en esprit —, avait,

1. Technique du siège des villes.

avec le cynisme du libertin qu'il était, composé ce poème sur l'amour considéré comme l'indispensable complément de la guerre.

Faisons l'amour, faisons la guerre :
Les deux métiers sont pleins d'attraits.
La guerre au monde est un peu chère,
L'amour en rembourse les frais.
Que l'ennemi, que la bergère,
Soient tour à tour serrés de près ;
Eh ! mes amis, peut-on mieux faire,
Quand on a dépeuplé la terre,
Que de la repeupler après ?

Bussy-Rabutin

Heureuse époque où l'amour comme la guerre... n'étaient qu'une question de dentelles.

ESPRIT

Avoir de l'esprit permet de disserter agréablement sur les choses de l'amour, de briller, d'éblouir, de tirer les mots comme un feu d'artifice. Rien n'égale l'esprit aussi longtemps que l'on n'aime pas... Mais, si l'on aime, alors toute cette pyrotechnie verbale n'est plus que dérision. L'esprit peut être ce qu'il y a de plus bête au monde s'il ne comprend pas qu'un moment vient où il doit se taire pour céder la place aux maladresses du cœur.

C'est la réponse que fit, en quatre vers, Nicolas Pradon (1632-1698) à quelqu'un qui lui avait écrit et qui avait mis dans sa lettre beaucoup d'esprit... mais rien que de l'esprit.

À MADEMOISELLE BERNARD

Vous n'écrivez que pour écrire,
C'est pour vous un amusement :
Moi, qui vous aime tendrement,
Je n'écris que pour vous le dire.

Nicolas Pradon

ÉVENTAIL

Bien qu'ayant appartenu à l'Académie française, Antoine Marin Lemierre (1723-1793) s'empressa, une fois mort, de sombrer dans un juste oubli. Sans doute son immortalité n'était-elle pas de celles qui résistent à l'usage.

Auteur de piètres tragédies et fabricant de poèmes sans grâce, il lui arriva pourtant un jour d'écrire un alexandrin qui lui causa une fierté telle qu'il n'hésitait pas à le qualifier lui-même de « vers du siècle » ! Le voici :

Le trident de Neptune est le sceptre du monde.

Un vers unique — un « vers solitaire », comme l'a dit Rivarol — c'est un peu court pour la postérité ! Toutefois, en cherchant bien, il était possible de découvrir dans l'œuvre de Lemierre un quatrain qui eût mérité de lui survivre. C'était un joli madrigal de circonstance qu'il avait inscrit sur l'ivoire d'un éventail offert à la belle Mme de ***.

Dans le temps des chaleurs extrêmes
Heureux d'amuser vos loisirs,
Je saurai près de vous amener les zéphyrs.
Les Amours y viendront d'eux-mêmes.

Lemierre

Frais, légers, aériens comme le souffle de l'éventail qui les inspira, ces quelques vers sont un modèle du genre et leur auteur aurait pu en retirer une juste notoriété. Hélas pour lui, le roi Louis XVIII avait été parmi les premiers à les remarquer et à les aimer. Doué d'une mémoire sans défaut, il les avait retenus et ne manquait jamais de les réciter, sur un ton galant, et comme s'il venait de les improviser, aux dames de la cour qu'il surprenait un éventail à la main. Aussitôt, les courtisans de s'extasier sur la grâce de ces vers et d'en faire compliment au roi qui n'eut jamais la présence d'esprit — ou la force d'âme — d'avouer le nom de leur véritable auteur. C'est ainsi que le malheureux Lemierre, qu'un roi dépossédé de son madrigal, passa à un souffle de la gloire.

Pour les femmes de la bonne société, l'éventail resta longtemps l'accessoire indispensable à l'abri duquel il était permis de rougir en secret. Les hommes en offraient volontiers à leurs conquêtes et les poètes étaient sollicités d'y déposer quelques vers délicats.

Stéphane Mallarmé (1842-1898), coutumier de ces poèmes de circonstance, réussit, sans trop se répéter, à renouveler dix-sept fois l'exercice.

Voici deux de ses dédicaces choisies parmi les plus aériennes :

Bel éventail que je mets en émoi
De mon séjour chez une blonde fée
Avec cette aile ouverte, amène-moi
Quelque éternelle et rieuse bouffée.

Fermé, je suis le sceptre aux doigts
Et, contente de cet empire,
Ne m'ouvre, aile, si je dois
Dissimuler votre sourire.

Mallarmé

FAUVETTE

Au contraire de l'homme, l'animal ne pense pas... donc il n'est pas. Ainsi pourrait se résumer, de façon simpliste, la théorie des « animaux-machines » que soutint mordicus le premier des grands philosophes modernes et mathématicien génial, René Descartes soi-même (1596-1650). Il s'était attaché à démontrer, scalpel en main, que les bêtes n'étaient rien d'autre que de simples machines, des mécanismes, incapables de sentiments, de sensations, et dénués du moindre atome de conscience. Lorsqu'un chien qu'il disséquait gémissait ou hurlait, ce ne pouvait être en aucun cas la manifestation d'une souffrance qu'il était incapable d'éprouver, mais seulement le grincement des poulies, le crissement des rouages dont il est constitué.

Heureusement, cette froide raison ne s'étendait pas à l'ensemble de la famille. Descartes avait une nièce nommée Catherine (1637-1706), auteur de poèmes gentillets dont on ne parla guère, tant il est malaisé de cultiver quelques fleurettes à l'ombre d'un aussi grand nom. Elle avait comme amie Madeleine de Scudéry, la précieuse qui lui raconta un jour qu'elle recevait, à chaque printemps fidèle, la visite d'une fauvette familière ; Mlle Descartes, émue par cette évocation, composa un impromptu par lequel elle envoyait au diable la théorie de tonton René :

Voici mon compliment
Pour la plus belle des fauvettes :
Quand elle revient où vous êtes
N'en déplaise à mon oncle, elle a du sentiment.

Catherine Descartes

FAVORITE

Faire d'une bergère une princesse de légende est un miracle à la portée de toutes les fées. Mais elles ne sont pas les seules. Comme elles, les rois sont passés maîtres dans l'art de la métamorphose qui transformera leur concubine roturière en grande dame du royaume. Leur baguette magique personnelle est capable de tous les exploits ! Si la Cour feint de se laisser prendre à ces promotions soudaines ainsi qu'aux titres et châteaux qui les accompagnent, l'opinion publique, elle, suit d'un œil amusé la succession des favorites à qui elle réserve un seul et même titre, celui de catin.

Cette appellation outrageante convenait à merveille à Jeanne Bécu, comtesse Du Barry, dont il était de notoriété publique qu'elle avait fait ses apprentissages amoureux dans les plus chics des bordels à la mode[1].

Les auteurs de pamphlets s'en donnaient à cœur joie. D'abord, à cause de la rime facile que leur offrait le nom de Bécu et ensuite parce que la favorite avait vu le jour à Vaucouleurs, patrie d'une autre Jeanne, héroïne célèbre et respectée. Les allusions en étaient d'autant plus blessantes :

France, tel est ton destin
D'être soumise à la femelle :
Ton salut vient d'une Pucelle
Tu périras par la catin.

1. Voir p. 295, le madrigal signé Voltaire.

Comme la Du Barry régnait à Versailles et qu'elle avait l'oreille du roi — les deux même, et le reste... comme on dit dans l'arène —, il était prudent de ne pas susciter son courroux. Aussi est-ce avec d'infinies précautions, comme un poète sur la pointe de ses pieds, qu'un grand personnage de la cour lui dédia ce madrigal nuancé dans lequel l'évocation des origines douteuses de la comtesse est aussitôt tempérée par d'habiles références à Vénus.

Il convient de préciser que le duc de Nivernois, auteur de ce poème, se nommait aussi Louis Jules Barbon Mancini Mazarini (1716-1798), qu'il était neveu de Mazarin, pair de France et ministre d'État, ce qui lui conférait une solide expérience en matière d'hypocrisie diplomatique.

À MADAME DU BARRY
(au sujet des mauvais propos qui couraient
à la Cour sur son origine)

Lisette, ta beauté séduit
Et charme tout le monde :
En vain la duchesse en rougit
Et la princesse en gronde :
Chacun sait que Vénus naquit
De l'écume de l'onde.
En vit-elle moins les dieux
Lui rendre un juste hommage,
Et Pâris, ce berger fameux,
Lui donner l'avantage
Même sur la reine des Cieux
Et Minerve la Sage !

Duc de Nivernois

FLEURS (rouges)

Ninon de Lenclos, à qui une exceptionnelle carrière amoureuse confère une autorité incontestable, prétend que, « si l'amour donne de l'esprit aux sots, il rend quelquefois bien sots les gens d'esprit ». Aux observations pratiques de la courtisane, Diderot apporte, en termes presque identiques, la caution du philosophe : « On a dit que l'amour, qui ôtait l'esprit à ceux qui en avaient, en donnait à ceux qui n'en avaient pas. »

Comme Voltaire passait, non sans raison, pour l'homme le plus intelligent de son siècle, il était à craindre, en vertu du principe énoncé ci-dessus, que le pouvoir compensatoire de l'amour n'en fît un âne bâté.

Contentons-nous de prendre le lecteur pour juge en versant au dossier ce madrigal, dont les métaphores laborieuses apportent une preuve de la facilité avec laquelle le prurit amoureux peut transformer, par la magie d'une baguette hautement symbolique, un génie sarcastique en collégien bêlant :

Je cherche un petit bois touffu
Que vous portez Aminthe
Qui couvre, s'il n'est pas tondu,
Un gentil labyrinthe

Tous les mois, on voit quelques fleurs
Colorer le rivage ;
Laissez-moi verser quelques pleurs
Dans ce joli bocage.

Voltaire

GAILLARD

Le XVIe siècle fut le printemps de la poésie. Éblouis par la beauté d'une langue toute neuve dont ils prenaient possession, les poètes ne savaient plus où donner de la rime.

Il y avait dans l'air une liberté de ton qu'on ne retrouvera pas avant longtemps. Les poèmes amoureux fleurissent, souvent tendres et parfois gaulois. Certains auteurs comme Mathurin Régnier et son disciple favori, Pierre Motin (1566-1615), versifient gaillardement sur le fessier et les tétins de quelques belles créatures, et les allusions joyeuses au sexe et à l'amour sans complexe ne s'encombrent pas de fioritures :

Pourquoi me dites-vous quand je suis en humeur
Que de perdre l'honneur, la crainte vous transporte ?
Lorsque je boucheray le trou de votre honneur,
Vous n'aurez plus subject de craindre qu'il en sorte.

Pierre Motin

Ce ton allègre, cette bonne santé contagieuse évoquent parfois les chansons de carabins qui feront, aux XIXe et XXe siècles, les beaux soirs des salles de garde.

—

Elle vous aime bien, mais quoy ?
De vous épouser elle n'ose,
Car elle n'a que trop de quoy
Et vous avez trop peu de chose.

Pierre Motin

—

Un siècle plus tard, la société précieuse émasculera la poésie en la soumettant à son vocabulaire et à ses rites, qui tendront à faire de l'amour un acte essentiellement cérébral. En attendant, lorsque Pierre Motin célèbre le « doux milieu » d'une dame, il n'en fait pas pour autant un... centre de gravité !

—

Un jeune amant, plein d'amoureuse flame,
Cherchant le bien du plaisir amoureux,
Le doux milieu demandait à sa dame
Pour y trouver son repos bienheureux.
Elle lui dit : « Si, estant déloyalle,
De mon milieu, j'estois si libéralle,
À un amy, je le voudrais bailler
Non pour repos, mais pour y travailler. »

Pierre Motin

—

GUIRLANDE

Semblable aux Alpes en cela, la littérature du madrigal a son point culminant ; ce mont-blanc de la préciosité se nomme *La Guirlande de Julie* et, comme on va le voir, il s'agit dans l'un et l'autre cas de neiges éternelles — ou presque !

Catherine de Vivonne, marquise de Rambouillet (1588-1655), avait fait de la « Chambre bleue » de son hôtel, sis rue Saint-Thomas-du-Louvre, la capitale de la littérature à la mode du XVIIe siècle. Sous prétexte d'une santé précaire, elle y recevait ses nombreux amis : les princes, comme le duc d'Enghien ou la duchesse de Longueville, y côtoyaient les poètes et les mondains, car c'était ici le temple du goût, un genre d'académie qui fit, pendant un tiers de siècle au moins, jeu égal avec la vraie.

Sur cette aristocratie de l'esprit régnait en despote débonnaire la marquise de Rambouillet, *l'admirable Arthémice* (anagramme de Catherine), en compagnie de Julie d'Angennes, sa fille aînée, dont dix-neuf ans à peine la séparaient. Julie avait plus de charme et de grâce que de beauté et plus de cerveau que de tempérament.

À l'hôtel de Rambouillet, Voiture jouait les maîtres de cérémonie et des menus plaisirs. Il était de petite taille, à peine plus grand que Godeau, l'évêque de Vence, qui s'était proclamé chevalier attitré de la fille de la maison, ce qui l'avait fait surnommer « le nain de Julie ». Chacun, tour à tour, prétendit au cœur et aux faveurs de Julie... en vain. Elle se contentait de régner sur les cœurs et acceptait, sans rien concéder en échange, les madrigaux, sonnets et billets doux qu'on lui dédiait. À trente-cinq ans, elle était toujours vierge et célibataire, et les prétendants renonçaient l'un après l'autre.

Tous sauf un. Le duc Charles de Montausier, un brillant militaire que son caractère abrupt et son franc-parler avaient fait surnommer « le fagot d'orties ». Molière se souviendra plus tard de ces deux-là, pour ses personnages d'Alceste et de Célimène.

En dépit de petits soins, de concessions et d'efforts pour se conformer aux canons de la société précieuse, Montausier, au bout de quelques années, n'avait toujours pas obtenu que le plus petit « oui » tombât des lèvres bien-aimées.

C'est alors qu'il eut son idée de génie : comme Julie ne vivait que dans les livres, il lui offrirait un livre, mais un livre unique à sa gloire. Chacune des vertus d'une Julie idéalisée y serait symbolisée par la grâce d'une fleur à laquelle chaque poète familier de la « Chambre bleue » consacrerait un madrigal : la modestie de la violette, la pureté du lys, l'éclat de l'héliotrope, la beauté de la rose ou l'éternité de l'immortelle. En tout, soixante-deux madrigaux que fut chargé d'illustrer Nicolas Robert, le plus grand peintre floral de l'époque. Ce livre manuscrit et somptueux, Montausier l'offrit à sa belle le jour de la Sainte-Julie. Ce n'est pas pour autant qu'elle lui sauta au cou. La pimbêche le fit encore poireauter quatre ans avant de consentir à se laisser épouser.

Il était temps, elle allait avoir quarante ans !

Voici, magnifiée par la plume de Desmarets de Saint-Sorlin, la modestie de violette de Julie :

Franche d'ambition, je me cache sous l'herbe,
Modeste en ma couleur, modeste en mon séjour ;
Mais si sur votre front je me puis voir un jour,
La plus humble des fleurs sera la plus superbe.

Desmarets

Claude de Malleville lui attribue le teint du lys.

Reçois les lys que je te donne
Pour en former une couronne
Par qui ton pouvoir soit dépeint ;
C'est l'ornement que je t'apprête,
Pour rendre ce qu'on doit aux lys de ton beau teint,
Il t'en faut mettre sur ta tête.

Malleville

On remarquera qu'à défaut d'autre emplacement à fleurir chaque poète n'a eu comme idée que de déposer sa fleur sur la tête de Julie !

C'est maintenant M. de Scudéry qui confère à Julie la couronne d'immortalité :

L'IMMORTELLE

Faibles fleurs, à qui le destin
Ne donne jamais qu'un matin,
Reconnaissez votre folie :
Moi seule dois prétendre à couronner Julie.
Digne objet des plus dignes vœux,
Placez-moi dessus vos cheveux :

J'aspire à cet honneur, faites que je l'obtienne ;
Ainsi puisse le Ciel vous combler de plaisirs ;
Faites que tout succède à vos justes désirs
Et que votre beauté dure autant que la mienne !

M. de Scudéry

Que reste-t-il de cette belle histoire d'amour ? Un titre très *précieux* et vaguement *ridicule.*

HORIZONTALES

Tout le monde connaît, fût-ce approximativement, l'invective qu'adressa Raoul Ponchon (1848-1937) aux tours de l'église Saint-Sulpice.

Je hais les tours de Saint-Sulpice
Et quand je les rencontre,
Je pisse
Contre.

Avec tout ce qu'éclusait le bonhomme, n'était-il pas normal qu'il urinât d'abondance et n'est-il pas d'un bon chrétien d'arroser les pierres d'un édifice sacré de préférence aux ardoises laïques d'une pissotière municipale ? Ce bon biberon à la silhouette hésitante était un versificateur d'élite : sans en avoir jamais eu l'air, il écrivit plus de cent cinquante mille vers ; qu'aurait-ce été s'il n'avait pas passé sa vie entre deux vins ? Son habileté poétique et sa verve, qui va dans la tradition d'une saine gauloiserie, mériteraient d'être mieux connues.

Voici, par exemple, deux déclarations d'amour (on peut les appeler ainsi !) qu'il adressa à deux des plus célèbres « horizontales » de la Belle Époque :

À CLÉO DE MÉRODE

Ô fausse pudeur d'être nue !
Et puis, d'ailleurs, tu ne l'es pas,
Pour être complètement nue,
Il eût fallu garder tes bas.

Ponchon

En dédiant les quelques vers libres — très libres ! — qui suivent à la rivale de Cléo, la belle Émilienne d'Alençon, Raoul Ponchon ne faisait pas... dans la dentelle.

À ÉMILIENNE D'ALENÇON

Émilienne,
Toi qui me montres tes deux cuisses,
Souffre que je te montre aussi les miennes
C'est le moins que faire je puisse
Car j'en ai trois,
Vu qu'il m'en pousse une troisième
Sitôt que je te vois,
Beauté que j'aime.

Ponchon

HYPERBOLE

Que les Gascons soient portés à l'exagération, c'est ce que prétendent les mauvaises langues. Les autres, plus diplomates, se contentent de leur reconnaître une propension à l'hyperbole. Question de vocabulaire !

Qu'on en juge : le Grand Condé (1621-1686) fut l'un des plus grands hommes de guerre de notre histoire. Son courage, tout comme sa laideur, était légendaire. On le crut invincible jusqu'à ce que la goutte eût raison de ses forces et l'obligeât à se retirer en son château de Chantilly. Athée et libertin, ce grand seigneur accepta de se convertir quinze jours avant sa mort. Il était temps ! Il faut dire que, devant la difficulté de la tâche, Dieu, qui ne lésine pas sur les moyens, s'était assuré du grand talent de persuasion de Bossuet.

Quelques années plus tard, le fils, Henri Jules de Condé (1643-1709), lors des travaux de reconstruction de Chantilly, fit exécuter une statue équestre de son père. Comme il désirait que, sur le socle, fussent gravés quelques vers à la gloire paternelle, il fit savoir qu'il était disposé à donner mille écus à l'auteur du meilleur quatrain. L'envoi d'un Gascon amusa beaucoup :

Pour célébrer tant de vertus
Tant de hauts faits et tant de gloire,
Mille écus ! Sandis ! mille écus !
Ce n'est pas un sou par victoire !

On dit que le prince — et bien que le quatrain ne pût être retenu — accorda les mille écus à son exubérant auteur.

Une variante de cette histoire se trouve dans la correspondance du comte de Bussy, qui en attribue la paternité à l'abbé Charles Claude Genest (1639-1719)

Pour exprimer tant de vertus,
Tant de combats et tant de gloire
Mille écus ! rien que mille écus !
Ce n'est pas deux sous par victoire !

D'où l'on déduira que, mathématiquement, un abbé ment deux fois moins qu'un Gascon !

IGNARE

Un visage de chérubin, une tournure aimable, une voix aux inflexions charmeuses et, par-dessus tout, une conversation étincelante, M. le comte de Rivarol avait tout pour plaire... et il plaisait. Pour sa gaieté perpétuelle et son esprit mordant, il était l'homme le plus recherché de Paris ; par les hommes, bien sûr, mais surtout par les femmes dont il était la coqueluche — maladie hautement contagieuse.

Lorsque l'on a comme lui les plus belles femmes de Paris à ses pieds, n'est-ce pas folie que d'en vouloir choisir une seule... et une Anglaise, de surcroît ? Miss Mather-Flint, plus âgée que lui et d'une jalousie maladive, ne tarda pas à lui rendre la vie impossible. « Un jour, je m'avisai de médire de l'Amour ; il m'envoya le mariage pour se venger. Depuis, je n'ai que des regrets, écrit-il, avant d'ajouter ce souhait définitif : Le ciel vous préserve de l'amour d'une Anglaise. »

Lorsqu'éclata la Révolution, les « sans-culottes » organisèrent la chasse aux aristocrates afin de les « pendre à la lanterne ». Rivarol, ce fils d'aubergiste qui avait tant voulu se donner les apparences de la noblesse, assuma courageusement sa condition, bien que les vrais aristocrates ne l'eussent jamais considéré comme faisant partie des leurs. Il fut l'un des premiers à se dresser contre la Révolution en apportant sa contribution aux *Actes des Apôtres*, le plus violent des pamphlets antirévolutionnaires.

Dès lors, il ne dut son salut qu'à la fuite ; mais il ne partit pas seul. Après son divorce, il avait fait la connaissance d'une jeune et jolie prostituée, totalement illettrée, du nom de Manette. Fidèlement, elle le suivit dans son exil à Bruxelles, à Londres, puis à Berlin, où Rivarol fut accueilli en héros. Il avait en détestation les femmes savantes et les bas-bleus prétentieux à qui il préférait cette fille franche et sans cervelle, auprès de laquelle il trouvait le repos. L'amour simple de Manette lui fut d'un grand secours au long des heures difficiles qu'il traversa pendant son exil à Berlin.

En reconnaissance, il lui dédiera ces vers :

Vous dont l'innocence repose
Sur d'inébranlables pivots,
Pour qui tout livre est lettre close,
Et qui, de tous les miens, ne lirez pas deux mots ;
Qui, loin de distinguer les vers d'avec la prose,
Ne vous informez pas si les biens et les maux
Ont l'encre ou le papier pour cause ;
S'il est d'autres lauriers ou bien d'autres pavots
Que ceux qu'un jardinier arrose,
Et qui ne soupçonnez de plumes qu'aux oiseaux,
Vous qui m'offrez souvent l'aide de vos ciseaux
Dans les difficultés que l'étude m'oppose,
Ou quelques bouts de fil pour coudre mes propos.
Ah ! Conservez-moi bien tous ces jolis zéros
Dont votre tête se compose.
Si jamais quelqu'un vous instruit,
Tout mon bonheur sera détruit
Sans que vous y gagniez grand-chose.
Ayez toujours pour moi du goût comme un bon fruit
Et de l'esprit comme une rose.

Rivarol

Celui que Voltaire avait appelé « le Français par excellence » mourut en exil en Allemagne, en 1801, sans avoir revu son pays.

Il est enterré dans le cimetière de Berlin.

Voir aussi MADRIGAUX : PATERNITÉ.

INCONSTANCE

Était-ce son surnom de Roi-Soleil qui l'y prédisposait ? Louis XIV avait un cœur à éclipses, ce qui obligeait les courtisans à garder en permanence un œil sur le ciel de Versailles où ne cessaient de se lever — côté Cour — puis de briller avant de s'éteindre — côté jardins — les étoiles successives de favorites nouvelles.

Au cours des années, la passion éternelle qu'avait jurée le jeune souverain à l'innocente Louise de La Vallière s'était peu à peu transformée en une relation popote. Celle qui n'avait vécu que pour et par l'amour de son roi assistait, impuissante, à sa disgrâce cependant que s'affirmait le règne de l'ambitieuse Montespan. La légende veut que, dans les derniers jours de leur liaison, les deux amants aient traîné leur mélancolie dans les salles du château de Chambord. Sur le carreau de l'une des fenêtres, François Ier avait gravé, avec le diamant de sa bague, son distique fameux :

Souvent femme varie
Bien fol est qui s'y fie.

Louise, en le montrant au roi, lui fit timidement remarquer que l'inconstance n'était pas une exclusivité féminine. Pris de court, Louis ne trouva qu'une réplique : il fit changer la vitre.

Abandonnée de tous, humiliée, les yeux rougis, la favorite déchue traînera quelque temps sa misère avant de trouver refuge dans un couvent où on ne la connaîtra plus, pendant les trente-six ans qui lui resteront à vivre, que sous le nom de sœur Louise de la Miséricorde.

Avant de dire à la Cour un adieu définitif, elle avait écrit à Louis XIV cet émouvant sonnet :

Tout se détruit, tout passe et le cœur le plus tendre
Ne peut du même objet se contenter toujours ;
Le passé n'a point eu d'éternelles amours,
Et les siècles suivants n'en doivent point attendre.

La constance a des lois qu'on ne veut point entendre.
Des désirs d'un grand roi, rien n'arrête le cours,
Ce qui plaît aujourd'hui déplaît en peu de jours ;
Cette inégalité ne saurait se comprendre.

Tous ces défauts, grand roi, font tort à vos vertus ;
Vous m'aimiez autrefois, mais vous ne m'aimez plus.
Mes sentiments, hélas ! diffèrent bien des vôtres !

Amour à qui je dois et mon mal et mon bien,
Que ne lui donniez-vous un cœur comme le mien,
Ou que n'avez-vous fait le mien comme les autres ?

Louise de La Vallière

Voir MADRIGAUX : CARTES À JOUER.

JALOUX

Pierre Corneille (6-6-1606 — que de 6 ! — 1684) n'aurait-il donc jamais été jeune que les portraits que nous avons de lui nous le dépeignent sous les traits d'un barbon sans grâce — gros nez, moustaches tombantes, bonnet de vieillard sur le crâne — ressemblant à s'y méprendre à un Molière, grimé pour le rôle de Sganarelle, le cocu. Celui qui fut le premier en date de nos rois littéraires était dépourvu d'élégance et de manières, et — circonstances aggravantes pour l'avocat qu'il fut tout au long de sa vie — il ne parvenait à s'exprimer qu'en bafouillant.

Si quelqu'un, d'ailleurs, était sans illusion sur son pouvoir de séduction, c'était bien lui, qui écrivait :

En matière d'amour, je suis fort inégal,
J'en écris assez bien et le fais assez mal ;
J'ai la plume féconde et la bouche stérile,
Bon galant au théâtre et fort mauvais en ville...

Pourtant, il avait été, du temps de son adolescence, un coureur impénitent, passant de l'une à l'autre, jusqu'au jour où il eut, à vingt ans, le coup de foudre pour une Catherine qui n'en comptait que quinze. C'est pour les beaux yeux de celle qu'il avait rebaptisée Mélite qu'il écrivit ses premiers poèmes et qu'il donna son nom comme titre à sa première comédie : *Mélite ou les fausses lettres.* Mme Corneille mère n'approuvait pas l'idylle et elle s'y opposa.

Corneille n'eut guère de chance avec les femmes — excepté avec la sienne, un miracle de discrétion et d'effacement, qui lui donna sept enfants — et il connut le dépit de se voir préférer souvent des rivaux plus charmants, plus beaux ou plus diserts, mais qui ne lui arrivaient pas à la cheville. À chacune de ses déceptions, il se réfugie dans l'écriture. La plume à la main, le voilà un autre homme : à l'instar de ses héros, il se sent courageux, invincible, irrésistible, cependant que des alexandrins incomparables s'alignent sur le papier.

Quelle est la Psyché à laquelle il dédia le poème ci-dessous ? Sans doute ne l'aima-t-elle pas, malgré les vers légers et délicats qu'il chargeait d'exprimer sa jalousie... donc son amour. Ninon de Lenclos, experte en matière de psychologie féminine, aurait pu donner au tragédien cet utile conseil : « Les femmes détestent un jaloux qui n'est point aimé, mais elles seraient fâchées qu'un homme qu'elles aiment ne fût pas jaloux. »

L'AMOUR À PSYCHÉ

Je suis jaloux, Psyché, de toute la nature.
Les rayons du soleil vous baisent trop souvent,
Vos cheveux souffrent trop les caresses du vent ;
Dès qu'il les flatte, j'en murmure.
L'air même que vous respirez
Avec trop de plaisir passe par votre bouche ;
Votre habit de trop près vous touche ;
Et, sitôt que vous soupirez,
Je ne sais quoi qui m'effarouche
Craint, parmi vos soupirs, des soupirs égarés.

Corneille

JARDINAGE

La conscription nationale transforme automatiquement un jardinier en soldat... et, de cela, jamais personne ne songea à s'étonner. Mais, qu'un général partît en campagne la fleur au fusil et que, la guerre terminée, il se prît de passion pour l'horticulture, voilà de quoi faire pâmer d'admiration une précieuse au point de lui inspirer un madrigal à la gloire de l'événement.

Le général en question n'était pas n'importe qui : il portait l'un des plus grands noms de France, Louis II de Bourbon, quatrième prince de Condé (1621-1685), et avait été incarcéré treize mois durant au fort de Vincennes (1650-1651) pour sa participation à la Fronde des princes. Afin d'occuper ses loisirs forcés, le Grand Condé entreprit de faire pousser des œillets.

Mlle de Scudéry (1607-1701), auteur du madrigal ci-dessous, ne craignit pas, ainsi que le voulait la mode de l'époque, de convoquer à l'appui de ses métaphores deux des plus importantes divinités de l'Olympe.

SUR DES ŒILLETS
(que cultivait M. le Prince de Condé)

En voyant ces œillets qu'un illustre guerrier
Arrose d'une main qui gagne des batailles,
Souviens-toi qu'Apollon élevait des murailles
Et ne t'étonne pas que Mars soit jardinier.

Mlle de Scudéry

Voir MADRIGAUX : ŒILLET.

MARIAGE

S'il fallait trouver une moralité à ce petit conte en vers que signa Mathurin Régnier (1573-1613), ce serait, à l'évidence, celle-ci, que les maris se suivent et ne se ressemblent pas.

Quelle femme, en effet, en voudrait changer si c'était pour reprendre le même ! Mais, à y regarder de plus près, ce madrigal démontre aussi, et de plaisante façon, qu'il existe autant de différences entre un homme et un autre qu'entre la même femme à deux époques de sa vie :

LORSQUE J'ÉTAIS COMME INUTILE...

Lorsque j'étais comme inutile,
J'avais un mari si habile
Aux plus doux passe-temps d'amour,
Qu'il me caressait nuit et jour.
Ores, celui qui me commande,
Comme un tronc gît dedans le lit,
Et maintenant que je suis grande,
Il se repose jour et nuit.
L'un fut trop vaillant en courage
Et l'autre trop alangouri.
Amour, rends-moi mon premier âge,
Ou rends-moi mon premier mari.

Mathurin Régnier

Parvenir à concilier les âges, à harmoniser les humeurs, à accorder les caractères pour réussir un heureux mariage, relèverait donc d'une mathématique aussi hasardeuse que le gain du gros lot à la loterie. Pourtant, on continue de se marier, car, même si l'on n'est pas obligé d'acheter un billet, personne ne veut laisser passer un espoir de fortune. À part peut-être quelques sceptiques qu'appelleront « sages » tous les déçus de l'institution :

Euripide, déjà ! « Bienheureux si on a la chance d'épouser une honnête femme. Mais on a aussi de la chance en ne se mariant pas. » Ou Talleyrand : « Le mariage est une si belle chose qu'il faut y penser toute sa vie. »

C'est à peu près ce que dit — mais en vers — le chanoine François de Maucroix (1619-1708), un aimable philosophe, ami de La Fontaine.

AMI, JE VOIS...

Ami, je vois beaucoup de bien
Dans le parti qu'on me propose ;
Mais, toutefois, ne pressons rien.
Prendre femme est étrange chose :
Il faut y penser mûrement ;
Gens sages en qui je me fie
M'ont dit que c'est fait prudemment
Que d'y penser toute sa vie.

François de Maucroix

Voir MADRIGAUX : PLATONIQUE.

MARTYRE

Non, Isaac de Bensérade (1612-1691) n'était pas un général, un poète tout au plus. Son nom, pourtant, reste lié à l'un des plus féroces conflits du XVIIe siècle, une sorte de guerre civile où les « intellectuels » français s'affrontèrent en deux camps ennemis.

Curieux pays que le nôtre où l'on s'étripe pour un poème ! Car il ne s'agissait, ni plus ni moins, que de décider, sur ces champs de bataille imprévus qu'étaient les salons des précieuses, lequel, de deux sonnets, devait remporter la victoire : une Fronde miniature pour vingt-huit vers ! Qui avait le plus de talent, de Bensérade, auteur du *Sonnet de Job*, ou de Voiture, son rival, qui avait écrit le *Sonnet d'Uranie* ? Le clan des *Jobelins*, tenant du premier, était emmené par le prince de Conti et s'opposait au camp des *Uranistes* qui combattait sous le drapeau de dentelle de la duchesse de Longueville. Force fut un jour de conclure un armistice et de faire appel à l'arbitrage du grand Corneille en personne.

Après avoir réfléchi, l'oracle répondit... par un troisième sonnet, où il se gardait bien de prendre parti. Né à Rouen, sa réponse ne pouvait être que de Normand :

... L'un est sans doute mieux rêvé,
Mieux conduit et mieux achevé ;
Mais, je voudrais avoir fait l'autre.

Séducteur galant à la chevelure d'un roux ardent, Bensérade joua toute sa vie le rôle du joli cœur professionnel dans la ruelle des belles Précieuses, composant par centaines aussi bien des billets doux de circonstance que des livrets pour les ballets du roi.

À vingt-trois ans, il était tombé amoureux de la Bellerose, une actrice pour laquelle il écrivit sa tragédie de *Cléopâtre* ; jouant sur deux tableaux à la fois, il dédia sa pièce à Richelieu, ce qui lui valut une pension de cent livres et décida de sa carrière.

On ignore le nom de la belle à laquelle Bensérade destinait le madrigal ci-dessous. Sans doute avait-il les poches pleines de ces poèmes de circonstance, dans la manière emphatique d'une époque dont la simplicité et l'euphémisme n'étaient pas le fort.

À CELLE QUE J'AIME

Quelle que vous soyez, merveille incomparable
Qui m'avez asservi,
Je vous apprends qu'il faut, pour être misérable,
Vivre comme je vis
À vous bien expliquer l'excès de mon martyre,
Les mots sont superflus ;
Mais, pour vous dire tout, c'est assez de vous dire
Que je ne vous vois plus.

Bensérade

Vint le jour où, comme tout séducteur lassé de son métier, il fit valoir ses droits à la retraite. C'est dans sa maison de campagne de Gentilly qu'il trouva la sienne. Changeant sa plume d'épaule, il versa dans l'écriture de poèmes religieux et la paraphrase de psaumes.

À la porte de sa thébaïde, il avait apposé cet écriteau dissuasif :

Adieu fortune, honneurs, adieu vous et les vôtres :
Je viens ici pour oublier.
Adieu toi-même, amour, bien plus que tous les autres,
Difficile à congédier.

Bensérade

MIGNARDISE

Mellin de Saint-Gelais (1491-1558) était le neveu de l'évêque Octavien de Saint-Gelais, à moins qu'il n'en eût été — de très naturelle façon — le fils.

Cet homme, touche-à-tout sans génie, savait tout faire... un peu. Qu'on en juge : pourvu par François Ier de l'abbaye de Reclus, près de Troyes, aumônier du Dauphin, bibliothécaire du Roi, musicien, astronome, jurisconsulte, prélat de Cour et surtout poète mondain. Il se passionnait pour l'italianisme et pour Pétrarque ; aujourd'hui, on se demande encore s'il n'aurait pas été l'auteur du premier sonnet français (1533).

Virevoltant, railleur et bon vivant, Saint-Gelais était le bel esprit à la mode. On ne lui connaissait pas une spécialité... il les avait toutes ! Sur commande, il pouvait écrire quelques vers à broder sur des gants, à graver sur un luth, une dédicace sur un psautier, un quatrain pour accompagner un cadeau galant, fleur, miroir ou dentelle...

Ne croirait-on pas ces vers anonymes écrits tout exprès pour railler ce fabricant de poésie en tout genre ?

Sur sa porte, on lit : Que veux-tu ?
Car tout est de sa compétence :
Énigme, chanson, sonnet, stance,
Des bouquets pour vice ou vertu
Ou des madrigaux pour constance ;
Une épigramme, une romance,
Un sujet neuf ou rebattu,
Un poème sans conséquence,

Voire un acrostiche pointu ;
Et, quand on veut un impromptu,
On le prévient un mois d'avance !

Saint-Gelais se croyait l'égal de Marot alors qu'il atteignait à peine au talent de Voiture. Mais le personnage était si influent que Ronsard — son cadet de trente ans — trembla un moment qu'il ne fût une menace pour sa gloire naissante.

Pour l'amadouer, il lui consacra quelques vers :

Mellin, qui pris ton nom de la douceur du miel
Qu'au berceau tu mangeas quand, en lieu de nourrice,
L'abeille te reput de thym et de mélisse...

Comment, sous les hyperboles et les allusions mythologiques, mieux faire comprendre au vaniteux qu'il n'était qu'un poète sucré dont les mignardises et les affèteries finissent par agacer les dents.

On savourera, en guise de dessert, ce délicat madrigal de sa façon, avant de l'oublier comme le reste de son œuvre.

SUR DOUZE BAISERS GAGNÉS AU JEU

Douze est bien peu au prix de l'infini
Dont mon désir doit être défini.
Car, quand j'aurais cent mille fois baisé,
Mon cœur encor ne serait apaisé.
Amour est dieu, et nous fumée et ombre,
Ne lui saurions satisfaire par nombre.

Mellin de Saint-Gelais

MIGRAINE

« Sais-tu, disait un jour Jules Renard à son ami Tristan Bernard, que le jeune Blaise Pascal combattait les maux de tête qui le persécutaient en faisant des problèmes de géométrie.

— Eh bien, moi, c'était le contraire, répliqua Tristan, je combattais la géométrie en feignant d'avoir des maux de tête ! »

La migraine est une douleur très ancienne, qui existe depuis le temps où l'homme a reçu une tête dont il se servit pour penser. Phénomène subjectif, elle ne présente aucun symptôme extérieur et son existence repose sur la seule déclaration du malade — ce qui fait de cette douleur, banale s'il en est, le plus commode et le plus irréfutable des alibis. Semblable en cela à la bonne foi, la migraine est toujours présumée jusqu'à preuve du contraire et l'on voit mal quel docteur, quel policier et — à plus forte raison — quel mari se hasarderait à réunir des preuves de son inexistence. Cette caractéristique a fait de la migraine une maladie essentiellement féminine.

Voici ce qu'écrivait Marmontel :

« ... Elle feignit un mal de tête, et l'on sait qu'un mal de tête, pour une jolie femme, est une manière civile de congédier les importuns. »

— Non, pas ce soir, chéri, j'ai la migraine !

Le poète François Payot de Linières (1626-1704), s'étant vu opposer ce prétexte à plusieurs reprises par une Philis qu'il aimait, comprit qu'il fallait voir dans ces fréquentes céphalées le symptôme de son infortune. Il n'insista pas davantage. Un madrigal fit comprendre à la belle migraineuse que son auteur n'était pas dupe de l'alibi.

Je veux cesser, Philis, de vous être importun.
À tout moment, pour moi, vous êtes empêchée,
Vous avez la migraine et vous êtes couchée.
Je le pense, Philis, mais c'est avec quelqu'un.

Linières

MIROIR

Madame Liriope, nymphe, et Monsieur Céphise, fleuve de son état, ont la joie de vous faire part de la naissance de leur fils Narcisse.

Jamais on n'avait vu de garçon aussi beau ! Inquiets, malgré tout, devant les perfections physiques de leur fils, les parents allèrent interroger le devin Tirésias sur son avenir. La réponse de l'oracle fut nette : Narcisse vivra aussi longtemps qu'il n'apercevra pas sa propre image.

Tout miroir fut alors banni de la maison et interdiction faite au garçon de chercher à se regarder. Hélas ! les autres pouvaient le voir, et la célèbre beauté de Narcisse ne cessait de faire des victimes parmi les adolescents de l'un et l'autre sexe. Devant son indifférence et sa cruauté, ce n'était autour de lui que lamentations, cris de désespoir et sanglots déchirants. Le bruit d'un tel chagrin monta jusqu'aux oreilles de Némésis, déesse de la juste colère et de la vengeance, qui décida d'intervenir. Elle inspira au garçon l'idée d'une longue chevauchée. La journée était chaude et Narcisse mourait de soif. Tout près de là coulait une rivière fraîche et pure. En se penchant vers le miroir des eaux pour s'y désaltérer, il découvrit son image dans toute sa beauté et il en tomba aussitôt amoureux. Ses lèvres se tendirent à la rencontre du visage aimé, mais n'embrassèrent que l'eau froide. Incapable de s'arracher à la contemplation de sa propre perfection, Narcisse demeura longtemps immobile, si longtemps qu'il prit racine et se transforma en une belle fleur qui se mirait dans la rivière.

L'abbé Charles Cotin (1604-1682) connaissait sur le bout du doigt les légendes de l'Olympe. Le sort funeste du malheureux Narcisse lui servit à mettre en garde une coquette de ses relations — précisément surnommée Olympe — sur le danger qui guette ceux qui n'ont que trop tendance à s'admirer dans les miroirs. La belle aux yeux de feu, en faisant fondre les glaces, ne risquait-elle pas de se noyer dans sa propre image ?

« Tes yeux sont si profonds qu'en m'y penchant pour boire... », écrira plus tard Aragon à l'adresse d'Elsa.

À L'ILLUSTRE OLYMPE

Olympe, fuyez cette glace
Où le feu de vos yeux brille avec tant de grâce ;
Ils sont si puissants et si doux
Que votre âme en sera charmée.
Vous serez de vous-même et l'amante et l'aimée
Et le sort de Narcisse est à craindre pour vous.

Charles Cotin

MYTHOLOGIE

Personne, mieux que Voltaire, n'avait l'art de tourner avec grâce un compliment mythologique à la mode de l'époque. Et quelle mortelle n'aurait accepté avec délices d'être comparée, fût-ce le temps d'un madrigal, à une déesse de l'Olympe ?

La duchesse d'Orléans ayant demandé au poète de composer quelques vers pour l'une de ses dames d'atour, il lui répondit par ce madrigal qui dut faire rougir de plaisir sous leur poudre la suivante autant que la maîtresse.

À MADAME LA DUCHESSE D'ORLÉANS

Que pourrait-on dire de plus
De la nymphe qui suit vos traces ?
Un jeune objet qui suit Vénus
Doit être mis au rang des Grâces.

Voltaire

On admirera au passage l'habileté de Voltaire qui, même dans l'allusion mythologique, prend garde de respecter la distance hiérarchique entre la déesse de la Beauté et de l'Amour et la petite divinité subalterne chargée de l'escorter.

NOTAIRE

Si l'amour est bien le trésor que l'on dit, pourquoi donc les notaires, qui font profession de veiller à la répartition équitable des richesses, n'auraient-ils pas semblable vocation à enregistrer les serments de ceux qui s'aiment, avant de procéder au partage des cœurs ? Investi de tels pouvoirs, un notaire, dont l'étude serait sise en l'île de Cythère, ne pourrait manquer d'être bientôt promu au rang de dieu de l'Amour..., ou plutôt de déesse.

Car, ne nous y trompons pas : l'Amour naquit femme et précisément sur cette île où les Grecs la firent apparaître miraculeusement de l'écume de la vague.

Tel est le thème du madrigal qu'un petit poète de deux sols, Charles Rivière Dufresny (1648-1724), avait dédié à une Iris de sa connaissance. Ce prénom floral était de circonstance puisque notre rimeur amoureux descendait en droite ligne du roi Henri IV... par l'échelle du jardin. Lors de l'un de ses passages à Anet, le Vert-Galant, qui semait, comme l'on sait, à tout vent, avait en effet pris le temps de faire un bâtard à une accorte jardinière du château.

Le garçon fut casé comme valet auprès de Louis XIII et devint le grand-père de Dufresny. Faute de pouvoir s'étendre sur les mérites de ce poète gracieux, les biographes s'accordent à raconter — seul trait original d'une existence fade — qu'il épousa sa blanchisseuse pour n'avoir pu payer la note qu'elle lui présentait.

PAR-DEVANT LE DIEU DE CYTHÈRE

Par-devant le dieu de Cythère,
Qui pour le moins vaut un notaire,
Iris, voulez-vous contracter
Une promesse respective,
Moi, de vivre pour vous aimer,
Vous, de m'aimer pour que je vive ?

De tout mon cœur, je sacrifie[1]
À tous les plaisirs de la vie :
Le bonheur d'être aimé de vous,
Sur quelque espoir que l'on se fonde,
Est le moindre péché de tous,
Et le plus grand plaisir du monde.

Dufresny

1. Je renonce.

NOYADE

Les amants malheureux font les belles légendes. Héro — c'était elle l'héroïne, petite prêtresse d'Aphrodite — aimait Léandre, le jeune Grec beau comme un dieu. Le même destin qui les avait réunis avait voulu qu'ils fussent nés sur les rives opposées de l'Hellespont, un bras de mer appelé aujourd'hui Dardanelles. D'une rive, on peut voir l'autre, et Léandre, bon nageur, venait chaque nuit rejoindre sa bien-aimée qui, pour le guider, tenait un flambeau à la main. Ils ne se séparaient qu'à l'aurore et juraient tous les jours de se retrouver sous les prochaines étoiles.

Une nuit d'orage, le vent soufflant en bourrasque éteignit le flambeau. Perdu dans l'obscurité, Léandre nagea jusqu'au bout de ses forces. Au matin, la mer rejeta son corps sur le rivage. Héro, désespérée, se précipita dans les flots pour que la mort les réunît à jamais.

La légende des amants tragiques avait inspiré le poète Martial qui leur consacra une épigramme (*De spectaculis*, XXV.B.), *« Parcite dum propero, mergite cum redeo »*, que Voltaire mit en vers dans une traduction — comme eux — fidèle.

—•—

HÉRO ET LÉANDRE

Léandre, conduit par l'Amour,
En nageant disait aux orages :
« Laissez-moi gagner les rivages ;
Ne me noyez qu'à mon retour. »

Voltaire

—•—

« Encore un instant, monsieur le bourreau ! » suppliait aussi Mme Du Barry, qui n'était attendue, elle, par personne.

NU(E)

La vérité, vêtue du seul miroir qu'elle tient à la main, est souvent invitée par les hommes à sortir de son puits : jusqu'au jour où ils s'aperçoivent que sa franche nudité peut leur être un danger susceptible de causer davantage de dégâts que ne le ferait un beau mensonge.

« La Vérité jette, lorsqu'elle est à un certain carat, une manière d'éclat auquel on ne peut résister », écrivait le cardinal de Retz. Tandis que le sérieux André Siegfried se demandera parfois « si, mieux que le soleil et la mort, la vérité peut se regarder en face ».

Faudrait-il pour autant renvoyer la vérité au fonds de son puits ?

Dans sa grande sagesse, la providence a voulu qu'à côté des moralistes on trouvât des humoristes et des poètes qui connaissent l'art d'exprimer les sages nuances ou les folies raisonnables.

Voici Jules Renard : « Il n'est pas possible de dire la vérité, mais on peut faire des mensonges transparents : c'est à vous de voir au travers. »

Le marquis de Boufflers (1738-1815), ce bel esprit à la fois philosophe et libertin, ne dit pas autre chose, mais il le dit en vers :

LA VÉRITÉ

La morale a besoin, pour être bien reçue,
Du masque de la fable et du charme des vers ;
La vérité plaît moins quand elle est toute nue,
Et c'est la seule vierge, en ce vaste univers,
Qu'on aime à voir un peu vêtue.

Stanislas de Boufflers

En revanche, la beauté véritable d'une jolie fille, qui sort du lit ou entre dans l'onde, a-t-elle besoin d'un habit pour la mettre en valeur ou témoigner de sa condition ? À l'éclat du visage se lit la noblesse de l'âme ; servante ou maîtresse, dépouillée de son tablier de toile ou de sa robe de cour, elle sera toujours l'image de la vérité toute nue.

C'est ce qu'en un madrigal charmant prétend le gentil Clément Marot (1497-1544), qui s'y connaît aussi bien en princesses qu'en chambrières puisqu'il fut, « sur le printemps de sa jeunesse folle », le valet de chambre de la reine Marguerite de Navarre, sœur de François Ier.

QUI CUIDERAIT...

Qui cuiderait déguiser Isabeau
D'un simple habit, ce serait grand simplesse ;
Car, au visage a ne sais quoi de beau,
Qui fait juger toujours qu'elle est princesse.
Soit en habit de chambrière ou de maîtresse,
Soit en drap d'or entier ou découpé ;
Soit son gent corps de toile enveloppé,
Toujours sera sa beauté maintenue.
Mais il me semble (ou je suis bien trompé)
Qu'elle serait plus belle toute nue.

Clément Marot

OCTOGÉNAIRE

Il s'en fallait de beaucoup que le cardinal de Richelieu fût un saint... Pourtant, faute de pouvoir s'empourprer davantage, l'« homme rouge » eût blêmi de découvrir l'existence dissolue et scandaleuse de son arrière-petit-neveu Louis François Armand de Vignerot du Plessis, maréchal-duc de Richelieu (1696-1788). À trois reprises, ce grand seigneur débauché eut à séjourner à la Bastille, la première fois à quinze ans pour frasques amoureuses, la deuxième à vingt ans pour cause de duel et trois ans plus tard pour conspiration. Sans doute fut-il un homme de guerre habile qui participa à de nombreuses campagnes victorieuses, mais qui, en même temps, compromit son nom dans des exactions qui lui valurent le surnom peu glorieux de « Père la Maraude ».

Si l'Académie française — où les ecclésiastiques faisaient la loi — lui ouvrit les bras, c'était à l'évidence davantage pour le nom qu'il portait que pour ses mérites littéraires. Ce parfait illettré qui n'a alors que vingt-quatre ans ignore tout de l'orthographe, si bien que, pour écrire son discours de réception, il doit appeler à l'aide Fontenelle, Destouches et Campistron. De leurs trois discours, prenant de l'un, prenant de l'autre, il composa un texte qu'il parvint à lire avec superbe. Entré jeune sous la Coupole et mort nonagénaire, il battit tous les records de durée académique en y siégeant soixante-huit ans.

Si ses fredaines et ses conquêtes sont incalculables, on peut en revanche compter ses mariages. Le premier à quinze ans avec Anne Catherine de Noailles, plus âgée que lui. Devenu veuf, il réitéra avec Marie Sophie de Lorraine. À quatre-vingt-quatre ans, fantaisie lui prit de convoler une troisième fois avec une jeune veuve de trente-cinq printemps, Mme de Lavaux.

Comme le fils du maréchal s'inquiétait et lui demandait comment il comptait se sortir de cette épreuve, redoutable pour un octogénaire, il répondit :

« Je crois qu'en l'occurrence le plus difficile ne sera pas de sortir ! »

Mais, plein d'une délicatesse insoupçonnée, le soir de ses noces, il laissa la nouvelle duchesse dans ses appartements privés où elle découvrira ce quatrain :

À minuit, cachez-moi vos charmes,
Je craindrai d'outrager l'amour.
Depuis que j'ai perdu ses armes,
Mon bonheur fuit avec le jour.

Duc de Richelieu

ŒILLET

Au pays enchanté des fleurs, l'œillet est roi et la rose sa reine. Tous deux règnent, magnifiques, sur une cour multicolore qui est le plus bel ornement de nos jardins, tous deux allient au plaisir des yeux l'enchantement de l'odorat. Notre bonne vieille langue française — au parfum de toutes les nuances — voulut que la rose fût femme et l'œillet masculin, sans doute parce que le délicat parfum de la première demande à être découvert, alors que s'impose, pénétrante et voluptueuse, la senteur de l'autre.

Depuis longtemps utilisés en parfumerie, l'œillet et la rose partagent généreusement avec d'autres, qui en sont dépourvus, aussi bien la vertu de leur parfum que le parfum de leurs vertus.

On s'est souvent essayé à célébrer en quelques mots le principe odorant des fleurs. Ce fut une fois la subtilité d'un proverbe chinois qui suggérait qu'« un peu de parfum adhère toujours à la main qui offre des roses ». À moins qu'un quatrain du chansonnier Pierre Jean Béranger (1780-1857) ne fît de l'œillet le héros d'une fable simplette à l'aimable moralité :

La renoncule, un jour, dans un bouquet,
Avec l'œillet se trouva réunie.
Elle eut le lendemain le parfum de l'œillet :
On ne peut que gagner en bonne compagnie !

Béranger

Voir MADRIGAUX : JARDINAGE, *Les Œillets du Grand Condé.*

OUI ET NON

Que ton « oui » soit « oui », conseillent les Saintes Écritures, et que ton « non » soit « non ». Voilà ce qui s'appelle parler sagement... mais l'amour, qui n'est que contradiction et nuance, se rit de telles certitudes.

Dans le *Dictionnaire des femmes*, on trouve cette formule : « Une femme vous dira *non* à dix heures du matin et *oui* à cinq heures de l'après-midi sans que rien ait changé entre-temps... sinon l'heure. »

« Les femmes, prétend de son côté cette mauvaise langue de Courteline, sont tellement menteuses qu'on ne peut même pas croire le contraire de ce qu'elles disent. »

Pourquoi s'en étonner ? N'est-ce pas en raison de son caractère imprévisible que la gent féminine nous est si chère et irremplaçable ? Et sur ce point, on connaît :

Bon nombre d'hommes qui sont femmes[1] *!*

Prenons l'exemple du bon Clément Marot (1496-1544) : il apprécie tant les filles honnêtes et vertueuses qu'il souhaite qu'elles sachent lui dire *non.* Mais, comme il place l'amour bien au-dessus de la vertu, il désirerait rencontrer une fille qui lui dise *non,* tout en acceptant de se donner à lui.

Cette attitude ambiguë valait bien un madrigal... ou même deux :

1. « Rien ne pèse tant qu'un secret ; / Le porter loin est difficile aux dames / Et je sais même sur ce fait / Bon nombre d'hommes qui sont femmes. » (La Fontaine, *Fables,* « Les Femmes et le secret ».)

DE OUI ET DE NENNI

Un doux nenni *avec un doux sourire*
Est tant honnête ! Il vous le faut apprendre :
*Quand est d'*oui, *si veniez à le dire,*
D'avoir trop dit, je voudrais vous reprendre.
Non que je sois ennuyé d'entreprendre
D'avoir le fruit dont le désir me point ;
Mais je voudrais qu'en me le laissant prendre,
Vous me disiez : non, *vous ne l'aurez point.*

Clément Marot

Comment savoir lequel, de ces deux madrigaux, a précédé l'autre : l'octain fut-il écrit avant le quatrain, ou bien le contraire ?

Dans le premier cas, ce serait la preuve d'une impatience croissante ; dans l'autre, d'une galanterie mieux maîtrisée.

N. B. On ne connaît pas de distique de Marot sur le même thème.

Pour avoir le déduit d'amour
Vaut mieux peu dire et beaucoup faire.
Ha ! bouche que tant je désire :
Dictes Nenny *en me baisant !*

Clément Marot

À la place de Verlaine, Marot eût peut-être chanté : le premier *non* qui sort des lèvres bien-aimées.

PÂLEUR

Peu de reines eurent la chance d'Anne d'Autriche qui, tout au long de son règne, reçut les services d'une femme de chambre, attentive et complice, Mme de Motteville (1621-1689). À la fois suivante, confidente et écrivain, elle profita de l'observatoire humble et privilégié que lui offrait son état pour rédiger ses *Mémoires pour servir à l'histoire d'Anne d'Autriche*, un document indispensable aux historiens du XVIIe siècle.

Née Françoise Bertaut, elle était fille d'un gentilhomme ordinaire de la Chambre, ce qui lui permit, dès sept ans, de fréquenter la cour et de nouer des relations confiantes avec la souveraine. Après une brève absence, juste le temps d'épouser à dix-huit ans le vieux président des Comptes de Rouen, Nicolas Langlois de Motteville, et d'en devenir veuve [1], elle fut rappelée à la cour pour entrer au service d'Anne d'Autriche, qu'elle ne quitta plus pendant un quart de siècle.

Un jour qu'elle relevait de maladie, le poète Jean-François Sarazin (1615-1654), frappé par sa pâleur, lui dédia un madrigal. Habile flatterie adressée à la suivante qui n'était qu'une manière détournée de faire sa cour à la reine :

À MADAME LA PRÉSIDENTE DE MOTTEVILLE
(au sortir d'une maladie)

Si le vermeil pourtant est nécessaire
Pour embellir votre teint blanchissant,

1. Quelle preuve de savoir-vivre !

Dites toujours : « J'aime ! », c'est chose claire
Que le direz toujours en rougissant.

Jean-François Sarazin

Jean-François Sarazin, poète habile et précieux, fit les beaux jours du château de Chantilly où il était au service du prince de Conti. Tantôt traité en compagnon, tantôt en domestique, il serait mort, dit-on, d'un méchant coup de tisonnier à la tempe que lui porta son maître, un jour qu'il n'était probablement pas à prendre avec des pincettes.

PATERNITÉ

À qui prétend réussir dans le monde, une tête bien faite ne suffit pas si elle n'est accompagnée d'une particule. Antoine Rivaroli (1753-1801), seizième enfant d'un aubergiste de Bagnols-sur-Cèze — province du Languedoc —, le comprit très tôt. Avant de partir à la conquête de Paris, il purgea son nom d'une désinence par trop italienne. Mais il préféra, pour faire plus riche, se faire appeler l'abbé de Parcieux, se prétendant le neveu de l'académicien Deparcieux. Devant les cris d'orfraie poussés par le mathématicien, peu flatté de cette descendance inattendue qui lui échéait, il se fit alors passer pour le descendant d'un chevalier de Rivarol qui s'était illustré dans les guerres du Piémont contre les armées françaises.

À la réflexion, le titre de chevalier lui parut un peu mesquin ; aussi l'offrit-il à son frère pour prendre celui de comte. La fière tournure du jeune comte de Rivarol fit merveille dans les salons où les femmes le dévoraient du regard, cependant que les hommes buvaient ses paroles. Il faut dire que personne n'avait comme lui le sens du mot et de la repartie, au point qu'on le surnomma « le dieu de la conversation ».

S'il avait fallu élire le Français le plus intelligent de l'époque, sans doute Rivarol serait-il arrivé premier, ex aequo avec Voltaire. Celui-ci, d'ailleurs, ne lui tint pas rigueur de cette concurrence puisqu'il l'invita à passer plusieurs mois chez lui, à Ferney. Entre les deux hommes, le dialogue était un feu d'artifice permanent. « Plus on a d'esprit, plus on lui en trouve », disait de Rivarol le comte de Lauraguais. Dans tout Paris, on se répétait ses mots étincelants et ses phrases perfides. M. Rivarol père, qui, en dépit de sa position de tavernier, était un homme de culture, poète même à ses heures, écrivit un jour à son fils pour le complimenter sur l'un de ses recueils qu'il avait lu.

En retour, Antoine lui envoya ce quatrain plein de délicatesse.

Quand vous applaudissez à mes faibles écrits,
De votre cœur, vous parlez le langage ;
Mais, vous ne songez pas qu'en louant votre fils
Vous ne louez que votre ouvrage.

Rivarol

Plus tard, en pareille circonstance, Alexandre Dumas père se montrera moins modeste. Alors qu'un quidam mal informé se précipitait sur lui afin de le féliciter pour le succès d'une pièce de son fils, il répliqua fièrement :

« Cette pièce n'est pas de moi ! Moi, je me suis contenté de faire l'auteur ! »

Voir MADRIGAUX : IGNARE.

PLAISIR

Sous un parfum de manières exquises, les mœurs de l'aristocratie au XVIIIe siècle étaient en état de décomposition avancée. Les sociétés, comme le poisson[1], commençaient à pourrir par la tête : les débauches du Régent et de Louis XV avaient servi d'exemple, et la gangrène avait peu à peu gagné la noblesse qui pratiquait l'adultère à la façon d'un art majeur. Pas un grand personnage qui n'eût sa (ou ses) maîtresse(s) attitrée(s) avec parfois, en prime, une petite comédienne entretenue à grands frais, pour le prestige, le plaisir... ou l'exercice.

De leur côté, lassées de leur existence oisive faite de bals, de soupers et de spectacles, les duchesses et les marquises comptaient sur la galanterie pour mettre un peu de piment dans une morne routine.

Lorsque tout le monde est cocu, personne n'est cocu, et il fallait une épouse bien laide pour être assuré d'échapper au sort commun. Les maris n'avaient même plus à fermer les yeux : ils ne se préoccupaient que des apparences. Le maréchal de Richelieu, surprenant par la porte entrebâillée sa femme « en conversation criminelle » avec son écuyer, lui lança avec dédain : « Fermez au moins votre porte, Madame. Si un autre que moi entrait, vous seriez déshonorée ! »

Dans leur souci d'égaler les hommes en tout point, certaines grandes dames, non contentes d'avoir la licence, voulurent, en plus, passer l'écrit. Et elles furent nombreuses à entreprendre de coucher... sur le papier des contes, des fables, des poèmes ou des maximes : les uns légers et libertins et les autres moraux.

La comtesse Henriette de Murat avait, on en jugera, une assez jolie plume :

1. Poisson : chacun se souvient que c'était le nom de jeune fille de Mme de Pompadour.

LE DOUX PLAISIR

Faut-il être tant volage ?
Ai-je dit au doux Plaisir :
Tu nous fuis, las ! quel dommage !
Dès qu'on a pu te saisir.

Ce Plaisir tant regrettable
Me répond : — Rends grâce aux dieux,
S'ils m'avaient fait plus durable,
Ils m'auraient gardé pour eux.

Comtesse de Murat

PLATONIQUE

Toute sa vie, François de Maucroix (1619-1708) resta très lié avec Jean de La Fontaine qu'il avait connu sur les bancs de l'école de Château-Thierry. Les deux amis partageaient une même philosophie souriante de l'existence. Maucroix, devenu chanoine de Reims, travaillait à de sérieuses traductions de Démosthène et de Platon dont il se distrayait en composant des épigrammes, des fables ou des poèmes libertins. En dépit de l'état ecclésiastique, il était un bon compagnon de cabaret qui n'hésitait pas à boire sec, à chanter et à lutiner les servantes. Même à un âge avancé, la sagesse ne lui venait toujours pas : une donzelle, dont il examinait d'un peu trop près les rondeurs émouvantes, dut lui taper sur les doigts : « N'avez-vous pas honte, Monsieur de Maucroix, de parler sans cesse d'amour, avec cet habit et... à votre âge ? »

Faute de pouvoir relever... le défi, il improvisa, pour répondre à la belle, ce quatrain charmant :

À ne nous rien dissimuler
Nous sommes d'humeur bien contraire,
Vous le faites sans en parler,
Et moi j'en parle... sans le faire.

Maucroix

Voir MADRIGAUX : MARIAGE.

POST-SCRIPTUM

L'Histoire choisit ses héros... même si ses choix sont injustes souvent. Elle nous décrit dans le détail les faits et gestes de Louis XV, ce très provisoire « bien-aimé », sans guère se soucier de celle qui fut son épouse exemplaire, Marie Leszczynska, fille du roi de Pologne Stanislas Ier, devenue reine de France à vingt-deux ans (1703-1768). Elle fut noble, généreuse, courageuse, et supporta sans se plaindre la mort de son père, brûlé vif dans l'âtre de sa cheminée, et celle de six des dix enfants qu'elle avait donnés au roi.

Le président Charles Hénault (1685-1770) avait épousé, en 1714, Catherine Le Bas de Montargis, la petite fille de Mansart, et leur couple avait été pris en grande affection par la souveraine.

Un jour qu'une des dames de compagnie de Marie Leszczynska écrivait une lettre au président Hénault, la reine lui demanda l'autorisation d'ajouter un petit mot au bas de la page : « Devinez quelle est la main qui vous souhaite ce petit bonjour ? »

Le président lui répondit par ce quatrain, aussi délicat que spirituel :

Ces mots tracés par une main divine
Ne m'ont causé que trouble et qu'embarras :
C'est trop oser si mon cœur les devine,
C'est être ingrat que ne deviner pas.

Président Hénault

PUCE

A qui se fier, juste ciel ? Est-il imaginable de découvrir, au nombre des rimailleurs de quatrains et des faiseurs d'épigrammes, le nom d'un grand personnage officiel, l'un des plus considérables peut-être de son siècle ?

Étienne Pasquier (1529-1615) fut tout à la fois juriste, polémiste, orateur, historien, philosophe, avocat général nommé par Henri III à la Chambre des comptes, député aux états généraux de Blois, etc. N'ayons garde d'oublier qu'il fut, aussi et surtout, un écrivain dont l'obsession fut de réhabiliter la langue et la tradition françaises, face à des intellectuels qui s'obstinaient à ne considérer que la culture latine.

Dans sa cinquantième année, ce bourgeois solennel commit, sous le coup de l'émotion sans doute, une œuvrette badine, qu'à peine nous oserions qualifier de piquante et sautillante si ces qualificatifs n'étaient en parfaite harmonie avec le sujet qui l'inspira : une petite puce se promenait gentiment sur le décolleté d'une belle.

SUR LA PETITE PUCE DE CATHERINE DES ROCHES

Petite puce frétillante
Qui d'une beauté mignarde
Suçotez le sang incarnat
Qui colore un sein délicat,
Vous pourrait-on dire friande
Pour désirer de telle viande ?

Ainsi, puce, pucelette,
Tu volettes
À tâton,
Sur l'un et l'autre teston.

Étienne Pasquier

La puce se meurt... la puce est morte — ou c'est tout comme ! Doit-on qualifier de génocide ou bien d'insecticide l'extinction programmée de la race de *pulicidés* à laquelle nous assistons ?

Chassée peu à peu des lieux civilisés par des pulvérisations toxiques, traquée au cœur même de la fourrure de nos animaux familiers, la puce a dû s'exiler à la campagne dans le poil du chien ou du renard errants, à moins que les piquants d'un hérisson — lequel va-t-il piquer l'autre ? — ne lui offrissent un asile.

Après des siècles d'un bonheur tranquille, la puce a perdu le droit d'habiter en ce jardin d'Éden qu'était pour elle le corps tiède et parfumé de la femme, de la jeune fille surtout.

Entre *puce* et *pucelle*, la différence n'est pas grande et ne tient guère qu'à deux « l », qui pourraient bien être celles du désir : si tant de poètes coquins jouèrent à plaisir sur l'assonance des deux mots, n'était-ce pas pour la note érotique que l'insecte ajoutait au jardin... d'Épicure ?

En voudrait-on, au hasard, quelques preuves ? Voici le deuxième couplet de la chanson que ce vieux paillard d'abbé de Lattaignant (1697-1779), l'auteur de « J'ai du bon tabac », dédia à la marquise de La Coudrelle :

... Que ne suis-je quelque chose
Que touche ta blanche main ?
Que ne suis-je cette rose,
Que tu places dans ton sein ?
Que ne suis-je cette puce,
Qui t'irrite quelquefois,
Qui si librement te suce
Et qui meurt entre tes doigts.

Lattaignant

Peut-être préférera-t-on ce petit poème bien peu respectueux, dû à la plume impie d'Alexis Piron (1689-1773) ? Il se situe dans la longue tradition antireligieuse et coquine qui faisait du couvent le lieu de toutes les voluptés. La chute en est tellement prévisible qu'à peine y trouverons-nous de quoi fouetter un chat !

LA PUCE

Au dortoir
Sur le soir
La sœur Luce,
En chemise et sans mouchoir,
Cherchait du blanc au noir
À surprendre une puce.

À tâton
Du téton
À la cuisse
L'animal ne fait qu'un saut

Ensuite un peu plus haut,
Se glisse
Dans la petite ouverture,
Croyant sa retraite sûre.

De pincer
Sans danger
Il se flatte.
Luce, pour se soulager,
Y porte un doigt léger
Et gratte.

En ce lieu
Par ce jeu
Tout s'humecte.
A force de chatouiller,
Venant à se mouiller,
Elle noya l'insecte.

Mais enfin,
Ce lutin,
Qui rend l'âme,
Veut faire un dernier effort.
Luce grattant plus fort
Se pâme !

Alexis Piron

PUCELAGE

Gabrielle d'Estrées, maîtresse en titre d'Henri IV, mourut subitement le 10 avril 1599 dans d'atroces souffrances, en même temps que l'enfant — le quatrième — qu'elle attendait du roi. Sans doute avait-elle été empoisonnée. Henri fut, à cette nouvelle, écrasé de douleur, mais, une semaine plus tard, son deuil avait déjà rétréci comme peau... de chagrin et, lorsqu'on lui présenta la belle Henriette d'Entragues, son sang s'échauffa au point qu'il désira lui prouver sur-le-champ que sa verdeur n'était pas une légende.

Les parents d'Henriette montaient la garde. La mère, Marie Touchet, ancienne maîtresse de Charles IX, s'y connaissait dans l'art de faire payer aux rois le prix de leurs fantaisies. Le naïf Henri IV avait mordu à l'hameçon et il allait devoir cracher au bassinet s'il voulait obtenir les faveurs de la fille. Le prétendu pucelage d'Henriette fut évalué à la somme faramineuse de cent mille écus. Le marquis de Rosny — futur duc de Sully —, préposé aux Finances royales, accéda à contrecœur à la volonté de son maître et, pour lui montrer son désaccord, il exigea que l'argent fût versé en petite monnaie sur le sol de la chambre du roi.

« Ventre-saint-gris, s'écria Henri IV, impressionné par une telle masse de pièces, voilà une nuit bien payée ! »

Ce n'était pas encore suffisant. Le roi dut, en supplément, offrir la terre de Verneuil-en-Beauvaisis élevée en marquisat, ainsi que le château qui allait avec !

Les enchères n'en finissent pas de monter. Les Entragues exigent maintenant — et obtiennent — une promesse de mariage signée du roi.

Un madrigal composé par Henri IV confirme, mais de plus poétique façon, la sordide réalité de ce marchandage.

À MADEMOISELLE D'ENTRAGUES

Le cœur blessé, les yeux en larmes,
Ce cœur ne songe qu'à vos charmes ;
Vous êtes mon unique amour.
Jour et nuit, pour vous je soupire.
Si vous m'aimez à votre tour,
J'aurai tout ce que je désire.

Je vous offre sceptre et couronne ;
Mon sincère amour vous les donne.
À qui puis-je mieux le donner ?
Roi trop heureux sous votre empire
Je croirai doublement régner
Si j'obtiens ce que je désire.

Henri IV

Sully, qui détestait cette intrigante (« une franche putain et une belle garce »), déchira la promesse de mariage.

Mlle d'Entragues fit tout ce qu'il fallait pour obtenir un enfant du roi, en priant Dieu que ce fût un garçon. Heureusement, le ciel, qui... veillait au grain, envoya sa foudre traverser la chambre d'Henriette. De frayeur, elle accoucha d'un garçon mort-né.

PUPITRE

S'il faut en croire la chronique, M. de Buffon ne pouvait écrire qu'il n'eût au préalable enfilé des manchettes de dentelle, dans l'espoir sans doute de conférer de la noblesse à sa plume.

Georges Louis Leclerc, comte de Buffon (1707-1788), tenait d'autant plus à son titre qu'il était fort récent. Son père l'avait acheté grâce au riche héritage que lui laissait sa première épouse morte jeune. Sorte de « bourgeois gentilhomme bourguignon[1] », assoiffé d'ambition et gonflé d'orgueil, Buffon voulait tout et il obtint tout : l'argent, le pouvoir, un château, l'Académie des sciences à vingt-six ans, l'intendance du Jardin du Roi (le futur Jardin des Plantes) à trente-deux et l'Académie française à quarante-six ans.

À peine admis parmi les immortels, il avait entrepris une guerre perpétuelle contre les secrétaires du même nom, estimant, en toute humilité, qu'on ne lui faisait pas la place qu'on lui devait... avant de s'abstenir, en matière de représailles, d'assister aux séances. Déjà, lors de sa réception, il s'était refusé à prononcer, ainsi que le veut l'usage, l'éloge de son prédécesseur. À cela, il avait quelques excuses : quel mérite littéraire aurait-il pu trouver à l'insignifiant Languet de Gergy dont il convoitait le fauteuil, si ce n'est d'avoir écrit une biographie pâlotte de sainte Marie Alacoque ? Afin de justifier son refus, Buffon s'était contenté d'un détestable à-peu-près : « Je ne sais trop ce que je leur dirai, mais il me viendra peut-être quelque inspiration, comme à Marie Alacoque, et je me garderai de parler d'elle, de peur... du coq-à-l'âne ! »

Cette déclaration liminaire aurait pu faire craindre le pire... alors que c'est le meilleur qui advint. Le *Discours*

1. Paul Guth, *Histoire de la littérature française.*

sur le style que prononça le nouvel élu fut l'un des plus beaux qui, de mémoire d'Immortel, eussent jamais retenti sous la Coupole.

Buffon, personnage pompeux et suffisant, n'avait jamais pardonné à son père de s'être remarié avec un tendron de vingt-deux ans. Pourtant, tout comme lui, il épousa, à quarante-cinq ans bien sonnés, une jeune fille qui avait à peine la moitié de son âge. Devenu veuf (encore comme son père !), il avait institué sur son domaine un bien commode droit de cuissage, jetant son dévolu sur les plus accortes de ses domestiques et de ses paysannes. Déjà, dans sa jeunesse, son appétit de chair fraîche lui avait fait mener l'existence d'un libertin.

En témoigne ce madrigal qu'il composa sur les genoux d'une peu farouche Eugénie :

Sur vos genoux, ô ma belle Eugénie,
À des couplets, je songerais en vain,
Le sentiment étouffe le génie
Et le pupitre égale l'écrivain.

Buffon

Si Buffon célébrait ainsi les charmes de sa maîtresse, c'était autant en hommage aux appas d'Eugénie que pour la rime facile et flatteuse qu'appelait son prénom.

Que ne cherchait-il une rime à pupitre ?

QUARANTE

Le chevalier Stanislas de Boufflers (1738-1815) avait de qui tenir : la marquise, sa mère, était la maîtresse, charmante et frivole, du roi Stanislas Ier Leszczynski et jouait les Pompadour à la cour de Lunéville, ce Versailles au petit pied. Élevé dans un tourbillon de fêtes galantes et de joutes spirituelles, Boufflers connut une existence à l'image de sa jeunesse insouciante et mondaine.

En quelques mots, Rivarol rédigea la biographie de celui qui sut, non sans panache, être tout et le contraire de tout : « Abbé libertin, militaire philosophe, diplomate chansonnier, émigré patriote, républicain courtisan. » On ne saurait mieux démontrer que Boufflers ne fut pas un homme de convictions, qu'il se montra à l'aise dans toutes les situations et fut capable de concilier tous les antagonismes. C'est peut-être là que se trouvait son seul génie. Ajoutons qu'il fut un versificateur habile, mais sans inspiration. S'il amusa Voltaire, il s'attira de Jean-Jacques Rousseau ce compliment assassin : « Il avait beaucoup de demi-talents en tout genre. »

Mme de Staël, qui tenait boutique de beaux esprits, lui ayant un jour demandé pourquoi il n'était pas de l'Académie française, il lui répondit par ce madrigal :

Je vois l'Académie où vous êtes présente.
Si vous m'y recevez, mon sort est assez beau ;
Nous aurons à nous deux de l'esprit pour quarante :
Vous, au moins comme quatre, et moi, comme zéro.

Stanislas de Boufflers

Soyons rassurés ! Pour tant de feinte humilité — mais pour tant d'habileté aussi —, Boufflers était condamné à entrer à l'Académie française. Ce qui lui arriva en 1788.

RENAÎTRE

Si l'on s'amusait à dresser le catalogue de banalités le plus souvent proférées, il est deux phrases d'une bêtise telle qu'elles suffisent à déconsidérer le vieillard qui se hasarderait à les prononcer sur un ton pénétré : « On ne peut pas être et avoir été[1] ! » et « Ah ! avoir vingt ans et savoir ce que je sais ! ».

Par bonheur, il est du pouvoir de la poésie d'embellir tout ce qu'elle touche de son aile ; mises en octosyllabes par le gentil Marot (1496-1544), voilà nos deux évidences, l'une suivant l'autre, transformées en un très acceptable madrigal :

PLUS NE SUIS...

Plus ne suis ce que j'ai été
Et ne le saurais jamais être :
Mon beau Printemps et mon Été
Ont fait le saut par la fenêtre.
Amour, tu as été mon maître,
Je t'ai servi sur tous les dieux.
Ô si je pouvais deux fois naître,
Combien je te servirais mieux !

Clément Marot

1. Il est impossible, tant les candidats sont nombreux, de connaître avec certitude le nom de l'homme d'esprit qui répliqua : « Mais si, voyons ! On peut avoir été un imbécile et l'être toujours ! »

Pouvoir renaître afin de mieux servir le dieu d'Amour, pourquoi Marot ne s'y essaya-t-il pas ? Après tout, il était un poète de la Renaissance.

RIDICULE

Si le nom de l'abbé Charles Cotin (1604-1682) trouve encore un faible écho en nos mémoires, c'est moins à ses mérites personnels qu'il doit ce reste de célébrité qu'au talent de Boileau et de Molière qui avaient fait leur tête de Turc favorite de ce prédicateur du roi, poète frétillant du très précieux Hôtel de Rambouillet. Ce qui prouve, à l'évidence, que nul n'est jamais assez exigeant dans le choix de ses ennemis.

Un jour que Boileau donnait à quelques-uns de ses amis la primeur de sa *Troisième satire*, il s'interrompit soudain au milieu d'un vers, en panne d'idée et de rime :

... Jugez en cet état si je pouvais me plaire
Moi qui ne compte rien, ni le vin, ni la chère,
Si l'on n'est plus au large assis en un festin
Qu'aux sermons de Casagne...

« Parbleu ! dit Furetière au milieu des rires. Que ne mettez-vous "*... et de l'abbé Cotin*" ? »

Molière fera bien mieux pour la gloire posthume du rimeur de salon en le faisant entrer tout cru dans ses *Femmes savantes* sous les traits du ridicule *Tricotin* — rebaptisé par la suite *Trissotin* pour l'éternité. Afin que nul ne s'y trompe, il adopta sans y changer une virgule l'une des œuvres les plus absurdes de l'abbé, son *Sonnet à la princesse Uranie* dédié à Mme de Longueville.

SONNET À LA PRINCESSE URANIE SUR SA FIÈVRE

Votre prudence est endormie
De traiter magnifiquement
Et de loger superbement
Votre plus cruelle ennemie.

Faites-la sortir, quoi qu'on die,
De votre riche appartement
Où cette ingrate, insolemment,
Attaque votre belle vie.

Quoi ! sans respecter votre rang,
Elle se prend à votre sang
Et nuit et jour vous fait outrage !

Si vous la conduisez aux bains,
Sans la marchander davantage,
Noyez-la de vos propres mains.

Charles Cotin

Nous devons rendre grâce à Molière de nous avoir conservé un échantillon de ce que la poésie précieuse pouvait enfanter de pire en l'incluant dans l'un de ses chefs-d'œuvre.

L'abbé Cotin n'était pas, en dépit des apparences, un prétentieux imbécile. On aurait même pu dire qu'il ne manquait pas de mérites. Le problème n'était pas qu'il manquât d'esprit... mais qu'il en eût trop ! S'il avait consenti à laisser de côté le faux goût, les ornements ambitieux, l'affèterie des expressions ou la boursouflure des métaphores, il aurait pu être — si être simple ne lui avait été si difficile — un poète très convenable, ainsi que le prouve ce délicat madrigal de sa main.

Iris s'est rendue à ma foi :
Qu'eût-elle fait pour sa défense ?
Nous n'étions que nous trois, elle, l'Amour et moi,
Et l'Amour fut d'intelligence.

Charles Cotin

ROSE

Tous ceux qui célèbrent à l'envi la beauté de la rose s'accordent pour maudire la cruauté des épines qui la protègent. Pourtant, sans épines, la rose eût-elle été aussi belle ? Laissons répondre la légende.

Lorsque Dieu créa le monde, il fit la rose blanche. C'est à Aphrodite, déesse de l'Amour et de la beauté, qu'il appartenait de lui donner ses couleurs. En se précipitant au secours d'Adonis, son amant, que quelques amoureuses se disputaient un jour, la déesse se blessa cruellement le pied aux épines d'un rosier. Quelques gouttes de son sang tombèrent sur les pétales blancs, qui prirent alors toutes les nuances du rouge, du rose le plus tendre au pourpre intense.

L'épine continue pourtant d'être maudite, malgré sa contribution essentielle à la beauté des roses. Un proverbe arabe à la sage modération se borne à constater qu'« à cause de la rose l'épine est arrosée elle aussi ».

Épine infortunée qui trouva un défenseur inattendu en la personne d'Alphonse Karr (1808-1890). Ce pamphlétaire à l'esprit mordant et à la plume redoutable avait une passion dans la vie, l'horticulture.

Pour protester contre le coup d'État de Louis Napoléon Bonaparte, il abandonna sans hésiter Paris et la politique pour la Côte d'Azur, où il entreprit de cultiver la violette et la rose. On lui doit ce joli quatrain :

Sous leur meilleur côté, tâchons de voir les choses.
Vous vous plaignez de voir les rosiers épineux,
Moi, je me réjouis et rends grâces aux dieux
Que les épines aient des roses.

Alphonse Karr

Que soit pourtant maudite à jamais par tous les amoureux de la poésie l'épine cruelle qui tua Rainer Maria Rilke, le poète amoureux des roses. Il dort depuis, du « sommeil de personne », sous une dalle qui porte ces vers de lui :

Rose, ô pure contradiction, joie
De n'être le sommeil de personne
Sous tant de paupières.

Voir MADRIGAUX : SERPENT.

SAVANTE (Femme)

Voltaire fut le type même de l'impertinent précoce. Âgé de vingt ans à peine, celui qui n'était encore que François Arouet ne craignait pas de s'attaquer dans un poème à Philippe d'Orléans, Régent de France, en l'accusant ni plus ni moins d'entretenir avec sa fille, la duchesse de Berry, des relations incestueuses. Toutes les vérités n'étant pas bonnes à écrire — fût-ce en vers —, le blanc-bec se retrouva incontinent à la Bastille. Il y serait resté longtemps sans l'intervention du baron de Breteuil, homme influent, qui réussit à l'en extraire au bout d'un an.

Dix-sept années après cet épisode, en 1733, Voltaire, désormais célèbre sous son pseudonyme, fit la rencontre d'Émilie Le Tonnelier de Breteuil, la fille de son bienfaiteur. Celle qu'il avait connue enfant, puis jeune fille, était devenue par son mariage la riche marquise du Châtelet. Il fut ébloui par cette femme de vingt-sept ans aux magnifiques yeux verts, rayonnante d'intelligence et de grâce. Passionnée de sciences et de littérature, elle passait pour l'une des femmes les plus érudites de son siècle. Entre Émilie et Voltaire, ce fut le double coup de foudre de l'amour et de l'esprit. Ensemble, ils voyageront, ils étudieront, ils s'aimeront. Le plus souvent possible, ils se réfugient au château de Cirey-sur-Blaise, propriété du marquis du Châtelet, le plus délicieux et le plus accommodant des maris.

Curieuse de tout, d'amour comme de sciences, la marquise avait eu un jour cette phrase : « La nature nous a donné si peu de portes par où le plaisir et l'instruction peuvent entrer dans notre âme, pourquoi n'en ouvrir qu'une ? »

À l'évidence, le madrigal ci-dessous prouve qu'avec Voltaire elle les ouvrit toutes :

Tout est égal et la nature sage
Veut au niveau ranger tous les humains :
Esprit, raison, beaux yeux, charmant visage,
Fleur de santé, doux loisirs, jours sereins,
Vous avez tout, c'est là votre partage.
Moi, je parais un être infortuné,
De la nature, enfant abandonné,
Et n'avoir rien semble mon apanage.
Mais, vous m'aimez, les dieux m'ont tout donné.

Voltaire

Après dix-sept années d'une liaison plus intellectuelle que passionnée, la marquise s'amouracha sur le tard du jeune marquis de Saint-Lambert, qui l'engrossa. Elle accoucha d'une fille en même temps qu'elle achevait sa monumentale étude sur Newton. Elle mourut quelques jours plus tard.

Sous son portrait, Voltaire fit écrire ce quatrain :

L'univers a perdu la sublime Émilie
Elle aima les plaisirs, les arts, la vérité.
Les dieux, en lui donnant leur âme et leur génie,
N'avaient gardé pour eux que l'immortalité.

Voir MADRIGAUX : ALGÈBRE.

SEINS

Depuis toujours, les seins — personnages sacrés de l'éden amoureux — en ont fait voir aux poètes de toutes les couleurs. Chacun d'eux a exprimé sa préférence secrète en des vers si beaux et si convaincants qu'il est difficile de se faire une opinion sur la teinte d'une poitrine idéale. À croire que le sein, qui épouse déjà la forme de l'arc-en-ciel, en possède aussi les infinies nuances. À qui donc se fier ?

À Victor Hugo ?

Que m'importe, juive adorée
Un sein d'ébène, un front vermeil ?

À Alfred de Musset ?

Avez-vous vu dans Barcelone
Une Andalouse au sein bruni ?

À Théophile Gautier ?

Je vois son sein vermeil comme l'orange.

À Guillaume Apollinaire ?

Étoile Lou beau sein de neige rose.

Qui feuillette une anthologie des poèmes amoureux remarquera que la couleur la plus prisée est le blanc, sans doute parce qu'il va avec tout ! Quelle profusion de métaphores où, tour à tour, sont invoqués en témoignage le plumage immaculé du cygne, le pelage de l'hermine, les pétales du lys ou le grain de l'ivoire... Une gorge de lait, des globes d'albâtre, des seins de perle, une poitrine de neige. Éblouis par tant de blancheur, les poètes s'affolent.

Il est dommage que le nom de celui qui rima le madrigal ci-dessous, que cite Véron dans son *Éloge des tétons* (1720), soit demeuré, lui aussi, en blanc.

On a beau dire, Iris, pour louer votre teint
Que sa blancheur est sans seconde :
Pour moi qui ne dis rien de flatteur ni de feint,
Je soutiens qu'il en est une plus grande au monde.
N'en déplaise à la vanité
De votre superbe visage,
Vos tétons, belle Iris, en bonne vérité
Voudraient-ils en blancheur lui céder l'avantage ?

Si chacun connaît aujourd'hui la couleur du cheval blanc d'Henri IV, nombreux sont ceux qui s'interrogent encore sur celle des tétins blancs de sa maîtresse, la belle Gabrielle d'Estrées.

SERPENT

Se méfie-t-on assez des roses ? Leur beauté envoûte, leur parfum enivre, mais elles sont les sultanes trop parfaites d'un sérail que les épines défendent. Reines au jardin des piqûres, elles égratignent souvent, elles blessent parfois ; et il est même arrivé qu'elles tuent un poète qui les aimait avec passion. Il se nommait Rainer Maria Rilke.

La comparaison entre la piqûre de la rose et la morsure du serpent (symbole de la flèche amoureuse) vient tout naturellement à la plume des poètes épris de contrastes.

Dans ses *Poésies héroïques,* Tristan Lhermite rimait :

... Ce baiser est un sceau par qui ma vie est close :
Et, comme on peut trouver un serpent sous des fleurs,
J'ai rencontré ma mort sur un bouton de rose.

Son contemporain, Vincent Voiture (1598-1648), avait composé sur le même thème un madrigal de belle facture, mais à l'expression plus maniérée — était-il capable d'écrire avec simplicité ?

MILLE FLEURS

Mille fleurs fraîchement écloses,
Les lys, les œillets et les roses
Couvraient la neige de son teint ;
Mais dessous ces fleurs entassées,
Le serpent dont je fus atteint
Avait ses embûches dressées.

Voiture

Voiture était l'animateur, enjoué et badin, de l'Hôtel de Rambouillet, ce chef-lieu de la société précieuse du XVIIe siècle. Fallait-il qu'il possédât du talent, de la facilité et de l'entrain pour avoir été reconnu, au sein de ce cercle de beaux esprits et de grands personnages, comme un chef de file incontesté — « l'âme du rond », disait-on —, lui qui déplorait deux handicaps, pour d'autres insurmontables : une taille minuscule... et un père, marchand de vin ?

Voir MADRIGAUX : ROSE.

SIÈGE

Victor Hugo avait juré, lorsqu'il partit en exil, qu'il ne rentrerait en France qu'après la chute de Napoléon III. Il tint parole et fit son entrée à Paris le 5 septembre 1870, le lendemain même du jour de la proclamation de la République : l'accueil qu'il reçut fut indescriptible, un triomphe digne d'un roi. Dans la lutte qui l'avait opposé à un empereur, c'est le poète qui remportait la victoire. Lui qui aurait mérité un trône symbolique dut se contenter d'un... siège, celui que les Prussiens organisèrent autour de Paris dans le but d'affamer la ville et d'obtenir sa reddition.

Comme tous les Parisiens, Victor Hugo souffrit des restrictions ; un peu moins qu'eux peut-être, car le vieux poète, « conscience de la nation », eut droit à un régime de faveur. Lorsqu'on sacrifia, l'un après l'autre, tous les animaux du Jardin des Plantes, on eut soin de lui réserver chaque fois un rôti de la viande du jour. C'est ainsi qu'il goûta de l'ours, de la girafe, de l'éléphant, de l'antilope et du cerf.

Après avoir mangé tous les chiens et les chats de la capitale, on s'était attaqué aux chevaux. Ce régime hippophagique permit à Hugo quelques variations poétiques plus ou moins délicates sur le thème :

Mon dîner me tracasse... et même me harcèle
J'ai mangé du cheval et je songe à la selle.

Heureusement, il se racheta dans un madrigal dédié à la belle Judith Gautier, la fille de son ami Théophile. Il a alors soixante-huit ans, elle en a vingt-deux. Et c'est elle qui va succomber à son charme et partager son septième ciel :

Nous sommes, tous les deux, voisins du ciel, Madame,
Puisque vous êtes belle et puisque je suis vieux !

Un soir qu'elle s'était excusée de n'avoir pu se rendre au rendez-vous fixé, il lui avait répondu :

Si vous étiez venue, ô belle que j'admire,
J'aurais pu vous offrir un festin sans rival ;
J'aurais tué Pégase et je l'aurais fait cuire
Afin de vous servir une aile de cheval.

Victor Hugo

Trois petites comédiennes du Boulevard l'avaient gentiment invité à dîner et s'étaient cotisées pour lui offrir — gourmandise recherchée — de la viande de rat.

Il les remercia en un quatrain :

Ô Mesdames les hétaïres,
À vos dépens, je me nourris !
Moi qui mourais de vos sourires,
Je vais vivre de vos souris !

Victor Hugo

Dans les périodes de grande disette, la recherche de nourriture tourne à l'obsession : se nourrir, au même titre qu'aimer, devient l'acte vital. Dans son délire poétique, Hugo confond les deux : être absorbé par une femme, n'est-ce pas la jouissance suprême, la communion par excellence ?

Je lègue au pays, non ma cendre,
Mais mon beefsteack, morceau de roi !
Femmes, si vous mangez de moi,
Vous verrez comme je suis tendre !

Victor Hugo

SŒUR (ET TA ?)

Qui n'a jamais entendu parler de l'amitié amoureuse qui unit, un temps — avant de se transformer en déception haineuse —, le roi Frédéric II de Prusse au roi Voltaire ? Notre philosophe français ne s'en tint pas là et, après la conquête du souverain, il entreprit de faire celle de ses deux sœurs, la margrave de Bayreuth et la princesse Ulrique, future reine de Suède.

Au château de Sans-Souci, l'étiquette était moins sévère qu'à la cour de Versailles, Voltaire y pouvait à l'aise jouer les jolis cœurs et, sans complexe, s'autoriser des familiarités envers les grands personnages.

Avec une audace rare, il débitait des fadaises à Ulrique et lui faisait parvenir des madrigaux galants.

Souvent un peu de vérité
Se mêle au plus grossier mensonge.
Cette nuit, dans l'erreur d'un songe,
Au rang des rois j'étais monté.
Je vous aimais, Princesse, et j'osais vous le dire.
Les dieux, à mon réveil, ne m'ont pas tout ôté :
Je n'ai perdu que mon empire.

Voltaire

Frédéric ne tint pas rigueur à Voltaire de ses impertinences ; en retour, il le plaisantait même sur ses amours qu'il partageait entre la princesse sa sœur et la cuisinière de l'ambassade de France, aux charmes plus tangibles.

En réponse à son madrigal désinvolte, Voltaire reçut en cadeau le portrait du roi, celui de la reine mère et celui — précieux entre tous — de la princesse Ulrique.

Il en remercia Frédéric dans un quatrain d'un goût douteux :

Il est fort insolent de baiser sans scrupules
De votre Auguste Sœur les modestes appas :
Mais, les voir, les tenir et ne les baiser pas,
Ce serait trop ridicule !

Voltaire

SOTTE

Dans l'histoire de notre littérature, le nom de La Sablière s'écrit au féminin. Mme de La Sablière fut le bon ange qui prit sous son aile un La Fontaine ruiné, de tous abandonné, et à qui elle assura durant vingt années une existence heureuse.

Mais, du marquis, que sait-on ?

Antoine de La Sablière (1624-1679) était le plus galant et le plus spirituel des hommes, mais assurément le moins fait pour être marié. À peine eut-il épousé la belle, l'intelligente, la riche Marguerite Hessein qu'il s'en alla papillonner ailleurs. Mme de La Sablière avait du caractère : elle exigea de l'infidèle une séparation qui lui fut accordée. Et le marquis put mener l'existence épicurienne qu'il souhaitait.

On sait qu'il se mit à la poésie sur le tard (Voltaire dit à soixante ans, ce qui serait étonnant de la part d'un homme mort à cinquante-cinq ans !) et qu'il célébra une maîtresse hollandaise dans ses madrigaux.

Qui est la Chloris à qui il dédia le poème ci-dessous ? Sans doute une ravissante idiote dont il brûlait d'obtenir les faveurs avec le secret espoir qu'elle ne les lui accordât jamais.

Chloris est sotte autant que belle :
J'en suis toutefois amoureux.
Et si j'étais bien avec elle,
Je n'en serais pas plus heureux.
Jusqu'ici, toutes mes poursuites,
Ses rebuffades et ses fuites
Nous ont tenu lieu d'entretien.

Mais si, terminant mon martyre,
Un jour, elle me voulait bien,
Nous n'aurions plus rien à nous dire.

Antoine de La Sablière

Voir MADRIGAUX : BAISER.

TESTICULES

Il n'est pas fréquent de lire la signature de Boileau au bas d'un madrigal : écrire des poèmes d'amour n'était pas dans les habitudes de ce célibataire à qui nul ne connut jamais de liaison. L'exception ci-dessous n'en a que plus de valeur.

Toute sa vie, le sieur Boileau-Despréaux (1636-1711) fut au royaume des lettres un critique attentif, honnête à l'excès mais rugueux et malcommode, impitoyable aux écrivains médiocres qu'il poursuivait du fouet de ses satires et du venin de ses épigrammes. Il faut reconnaître qu'il aurait eu de la peine à passer pour un séducteur. D'une enfance maladive, il avait gardé un teint jaune et une silhouette fragile, la jambe grêle et le dos vaguement bossu. Autant de défauts qui n'eussent pas été rédhibitoires s'il n'avait été privé, par accident, du principal, c'est-à-dire... des accessoires de sa virilité. C'est, dit-on, au cours d'une opération de la pierre, subie à l'âge de douze ans, qu'en glissant, le bistouri d'un chirurgien maladroit l'avait irrémédiablement châtré. Selon une version plus folklorique, l'auteur de la mutilation aurait été un dindon. Rendu furieux à la vue de la redingote rouge de l'enfant, le volatile irascible l'aurait poursuivi, renversé, et, à coups de bec, se serait acharné sur cette partie de son anatomie.

De toute façon, les ennemis de Boileau avaient toutes les raisons de le surnommer, pour se venger, « l'Incomplet » !

On peut s'interroger sur l'identité de la belle et mystérieuse Sylvie qui inspira ce madrigal... Sylvie infidèle sans doute pour n'avoir été aimée que du bout des yeux.

À SYLVIE

Voici les lieux charmants où mon âme ravie
Passait à contempler Sylvie
Ces tranquilles moments si doucement perdus.
Que je l'aimais alors ! Que je la trouvais belle !
Mon cœur vous soupirez au nom de l'infidèle :
Avez-vous oublié que vous ne l'aimiez plus ?

Boileau

Voir ÉPIGRAMMES : GRAVURE.

TÉTONS

Un chapitre de cette anthologie[1] nous a permis de faire connaissance avec Guillaume Colletet (1598-1641), ce poète académicien qui aimait tant les servantes qu'il en avait, l'une après l'autre, épousé trois. Sans doute, à chacune de ses noces, le brave homme espérait-il que, cette fois, ce serait la bonne... Et ça l'était !

La troisième des épouses se prénommait Claudine et se piquait d'écrire des poèmes, à l'instar de son mari.

Un jour dans un salon, entouré d'un auditoire exclusivement féminin, Colletet posa cette question inattendue :

« Que pensez-vous que nous fassions, quand nous nous réveillons la nuit, Claudine et moi ? »

Redoutant une précision qui pût alarmer leur pudeur, toutes les femmes inclinèrent la tête et baissèrent les paupières. Précaution inutile, la réponse était : « Nous lisons *L'Astrée*[2] ! »

Mais Colletet avait d'autres divertissements que la lecture. C'est ce qu'il est permis de penser en lisant le madrigal coquin qu'il dédia à la gloire des seins de sa maîtresse. À moins que ce ne fût pour lui une façon de lire... à tétons !

Lorsque sur ton lit, à mon aise,
Catin, ton téton droit je baise,
Tu me dis : « Ô cher favori !
C'est le téton de mon mari.

1. Voir ÉPIGRAMMES : SERVANTE.
2. Voir Tallemant des Réaux, *Historiettes*.

Celui qui enfle au côté gauche,
C'est pour toi seul, qui me débauches,
Ton partage est le bien meilleur
Puisque c'est le côté du cœur. »

Guillaume Colletet

TORT

Le madrigal a ceci de commun avec le roman policier qu'il dissimule une femme qu'il appartient au lecteur de découvrir. Qu'elle se promette ou se dérobe, qu'elle se refuse ou qu'elle se donne, la femme inspire le poète amoureux qui, en la célébrant dans ses vers, lui communique une infime parcelle de sa gloire.

Qui donc connaîtrait le nom de Mme Dutort si son existence un jour n'avait croisé celle de Fontenelle ? On sait qu'elle mourut vers 1720 et qu'elle fut une femme de lettres au talent suffisamment discret pour que la postérité ne crût pas devoir retenir d'elle le moindre vers.

Heureusement pour sa mémoire, Fontenelle, qu'elle n'avait à l'évidence pas laissé indifférent, composa pour elle un aimable sizain destiné à figurer au bas de son portrait :

C'est ici Madame Dutort,
Qui la voit sans l'aimer a tort ;
Mais qui l'entend et ne l'adore,
A mille fois plus tort encore.
Pour celui qui fit ces vers-ci,
Il n'eut aucun tort, Dieu merci !

Fontenelle

TOURTERELLE

Depuis les temps mythologiques, la tourterelle a toujours été considérée comme le symbole de la fidélité. Les Romains l'avaient consacrée à Vénus, déesse de l'Amour et de la beauté, probablement en raison de l'habitude qu'a cet oiseau de voler en couple. Le mâle — le tourtereau, puisqu'il faut l'appeler par son nom — ne s'attacherait, dit-on, qu'à une seule femelle au cours de sa vie. Ce que ne précisent pas, en revanche, les ornithologues, c'est si la situation contraire se vérifie quelquefois. Sans doute, dans le cas où une tourterelle viendrait à s'éprendre de plusieurs partenaires, son tourtereau recevrait-il alors le nom de pigeon !

La tourterelle fait volontiers son nid dans les madrigaux qu'écrivent à leur belle des amoureux épris de constance et de fidélité.

Voici le quatrain qu'adressait à sa Climène le discret et bucolique Jean Régnault de Segrais (1624-1701) :

À CLIMÈNE

Si vous vouliez venir, ô miracle des belles,
Je vous enseignerais un nid de tourterelles ;
Je vous les veux donner pour gage de ma foi
Car on dit qu'elles sont fidèles comme moi.

Segrais

Acceptons de redescendre des hauteurs poétiques où perche la tourterelle pour évoquer une bien curieuse particularité de cet oiseau. Aristote avait remarqué, et plusieurs naturalistes après lui, qu'il a pour habitude d'accompagner ses roucoulements de bruits provenant de la région située à l'opposé de son bec, peut-être dans le but de réaliser un harmonieux équilibre entre chant et contre-chant. Bref, disons-le net : la tourterelle pète lorsqu'elle chante ! D'où cette élégante expression, employée au siècle dernier lorsqu'un bruit malsonnant se faisait entendre : « Tiens ! la tourterelle chante ! »

Ah ! poésie !

TRANSFORMATION

À peine Pierre de Ronsard eut-il aperçu Cassandre Salviati qu'il sut que l'amour l'avait atteint au cœur.

C'était en 1545, lors d'un bal de la Cour à Blois. Il n'avait que vingt ans et elle tout juste quinze. Jamais, lui sembla-t-il, quelqu'un n'avait dansé avec autant de grâce le branle de Bourgogne. Son amour pour Cassandre inspira en cinq ans à Ronsard une œuvre poétique riche de deux cent quarante poèmes — dont deux cent dix-neuf sonnets — sans qu'il obtînt pour autant les faveurs de la belle qui, dès l'année suivante, avait épousé Jean de Peigné, seigneur du Pré...

« ... *Qu'un pré où, sans espoir, ses espérances paissent* », dira-t-il, parlant de lui-même avec humour.

Mais qu'importe ! À cœur épris, rien d'impossible ! Un poète trouve toujours à se réfugier dans le rêve et, faute de septième ciel, il lui reste l'Olympe. Là, Ronsard s'imagine, lui, le prince des poètes devenu l'égal du roi des dieux, ce vieux polisson de Zeus qui, pour séduire les princesses qu'il convoitait, ne cessait d'avoir recours à la magie des transformations : tantôt, il se faisait pluie d'or pour féconder Danaé, captive dans sa tour ; tantôt, il était taureau blanc qui enlevait Europe.

À CASSANDRE

Je voudrais bien, richement jaunissant
En pluie d'or goutte à goutte descendre
Dans le giron de ma belle Cassandre,
Lors qu'en ses yeux le sommeil va glissant ;

Puis, je voudrais en taureau blanchissant
Me transformer pour, sur mon dos, la prendre
Quand elle va sur l'herbe la plus tendre
Seule, à l'écart, mille fleurs ravissant.

Pierre de Ronsard

TRAVESTI

Sans doute est-il plus difficile de déguiser sa mise que ses sentiments. Une idylle impromptue entre un poète et un adorable travesti troubla son auteur au point de lui faire commettre une troublante confusion de genre. Hésitant entre féminin et masculin, et plutôt que de tourner la page, il préféra tourner « le » page, ainsi qu'il nous en fait la confidence :

Caliste propre et bien frisée,
Forçant l'ordre et son destin,
Pour venir me voir un matin,
S'était en page déguisée.

La petite assez avisée,
Craignait qu'en jupe de satin,
À son teint délicat et fin
La porte lui fût refusée.

Mais son pourpoint ne cachait pas
La rondeur de ses doux appas.
Elle me parut si gentille

Que pour la garder du soupçon,
Je la traitai, non pas en fille,
Mais comme un aimable garçon.

Cette œuvrette charmante, digne de rester dans les... Annales, figure dans le *Parnasse satyrique* du XVIIIe siècle.

VIEILLESSE

« Si jeunesse savait, si vieillesse pouvait... », soupirait Henri Estienne en une épigramme célèbre.

Formule aimable, mais trop souvent rabâchée depuis, qui semble établir un harmonieux balancement entre les deux âges extrêmes de l'existence, celui-là ayant la puissance et celui-ci le savoir. Hélas ! les équilibres sont fragiles et toujours sur le point de se rompre : entre une jeunesse qui saura chaque jour de plus en plus et une vieillesse qui pourra de moins en moins, la partie est inégale et les dés sont pipés.

À la question mélancolique qu'un jour posa La Fontaine : « Ai-je passé le temps d'aimer ? », Pierre Motin avait répondu par avance — et son explication gaillarde était bien dans le goût de ce début du XVIIe siècle :

« La jeunesse a quatre membres souples et un raide ; la vieillesse a quatre membres raides et un souple » (*Le Cabinet satyrique*, 1618). L'arithmétique ne trouve pas son compte dans cette équivalence, car ceci, jamais, ne compensera cela !

Les poètes, pour parler de la vieillesse, préfèrent employer les métaphores.

Le gentil paillard Nicolas Pierre Berthelot (1580-1615) en appelle au langage de la mer dans le madrigal ci-dessous.

Pourquoi non, puisque la vieillesse est un naufrage ?

Depuis que Madelon m'a vu
Porter lunettes et calotte,
Elle a secrètement pourvu
À trouver un autre pilote.

Je ne l'en trouve pas trop sotte,
Car il faut, pour vrai, confesser
Que le navire branle et flotte
Quand le mât ne peut plus dresser.

Berthelot

Sur ce même thème de l'âge et de ses désagréments, Voltaire dédia un madrigal, sur le mode oriental fort en faveur à l'époque, à Guy de Chabanon, homme de lettres médiocre mais de joyeuse compagnie, venu faire un séjour à Ferney en l'année 1768.

Quelle explication donner à ce poème ? Voltaire est alors âgé de soixante-quatorze ans. Son hôte, qui n'en a que trente, aurait-il obtenu les faveurs faisandées de Mme Denis, cette dinde grassouillette, à la fois nièce et concubine intermittente du maître de maison ?

À CHABANON

La fleur de la saison passée
Par d'autres fleurs est remplacée.
Une sultane avec dépit,
Dans le vieux sérail délaissée,
Voit la jeune entrer dans le lit
Dont le grand seigneur l'a chassée.
Ma muse est de moi trop lassée ;
Elle me quitte et vous chérit,
Elle sera mieux caressée.

Voltaire

Voltaire se voit-il dans le rôle du grand seigneur soucieux de rajeunir les effectifs de son harem, ou dans celui du poète bienveillant tolérant les écarts d'une muse plus jeune ? On ne sait... Toujours est-il que c'est à ce moment-là qu'il chassa Mme Denis de chez lui.

VOIX

Sans doute la belle Sophie Arnould (1740-1802) était-elle bénie des dieux pour avoir reçu en partage le charme d'une voix de soprano lyrique et d'un esprit hors du commun. Son organe, hélas ! portait moins loin que ses reparties dont certaines sont parvenues jusqu'à nous[1]. Gluck et Rameau n'avaient pas hésité pourtant à lui confier la création de certains de leurs opéras. Ce qui contraignait les mélomanes, désireux de goûter pleinement ses interprétations, d'avoir un bon fauteuil d'orchestre, à défaut d'une excellente oreille.

L'abbé italien Fernando Galiani, que son état ecclésiastique dispensait de galanterie, mais non, semble-t-il, de médisance, avait déclaré, au sortir d'un opéra où Sophie tenait le premier rôle : « Elle est le plus bel asthme que j'aie entendu jamais ! »

Même faible, la voix de la belle avait su trouver chez un spectateur le chemin du cœur — de l'oreillette, plutôt ! — et il en était tombé amoureux, au point de lui dédier ce madrigal coquin en guise de déclaration :

À SOPHIE ARNOULD

Que ta voix divine me touche,
Et que je serais fortuné,
Si je pouvais rendre à ta bouche
Le plaisir qu'elle m'a donné !

1. Voir ÉPIGRAMMES : MARQUIS.

Deux siècles plus tard, le bon Tristan Bernard assistera, lui aussi, à un spectacle d'opérette au cours duquel une jeune vedette tentait vainement de se faire entendre du public. Avec la fausse indulgence qu'on lui connaît, il dira à un ami : « Voilà une jeune personne à qui je confierais volontiers un secret ! »

VOLAGE

La Régence et le règne de Louis XV représentent l'apogée d'une civilisation parvenue à une sorte de perfection : le raffinement, la politesse, le vêtement, le maquillage — fard, perruques et mouches —, le mobilier aux formes voluptueuses, tout concourt au plaisir et à la futilité. Dans les boudoirs ou sous les lustres des salons, on fait assaut de séduction, d'esprit et de culture. La société ressemble aux tableaux de Boucher ou de Fragonard.

La décadence — « cette grande minute où une civilisation devient exquise [1] » — guette pourtant ce monde frivole et sans illusions qui danse sur un volcan, alors que s'entendent les premiers grondements de la Révolution.

Au nombre des personnages qui illustrèrent ce siècle, on connaît peu le nom de l'abbé de Bernis (1715-1794) qui naquit alors que mourait Louis XIV et s'éteignit en même temps que la Terreur. Ce jeune abbé en quête de gloire, venu de son Languedoc natal, sut devenir l'ami (et même un peu plus, dit-on), puis le protégé de Mme de Pompadour ; il fut un proche de Voltaire, qui lui donna le surnom de « Babet de la bouquetière [2] » ; il entra à vingt-neuf ans à l'Académie française et devint successivement cardinal, ministre des Affaires étrangères, puis ambassadeur de France. Homme d'Église, homme d'État, il a été aussi — et peut-être surtout — un homme à femmes, en dépit de ses grosses joues et d'un abdomen proéminent. Rival en galanterie de Casanova, il séduisait les petites actrices comme les grandes dames ou les princesses.

Éléonore Guichard, adorable Normande de vingt ans, fut l'une de ses premières conquêtes. Il lui dédiait des vers légers et spirituels.

1. Jean Cocteau.
2. Pour se moquer gentiment de son style fleuri à l'excès. Voir ÉPIGRAMMES : AMOUR.

Elle, sincèrement amoureuse, lui répondit un jour par ce madrigal tendre et mélancolique ·

Vous m'aimez, dites-vous : Ah ! votre cœur volage
N'est pas assez sensible à mes vœux empressés ;
Vous pourriez m'aimer davantage :
Vous ne m'aimez donc pas assez.

Éléonore Guichard

« Trop suffit quelquefois à la femme », diront avec cynisme les frères Goncourt.

YEUX

On imagine plus volontiers l'insouciant Charles François Panard (1694-1765) chantant ses couplets bachiques, le coude levé, au centre d'un auditoire de cabaret, que pliant le genou devant une jolie femme et lui détaillant de tendres niaiseries. C'est pourtant bien un seul et même homme, celui qui faisait les yeux doux à sa chère bouteille[1] et celui qui célébrait les yeux de la belle Éaglé, dans lesquels il soupçonnait l'amour de se tenir en embuscade.

Le quatrain qu'il lui dédiait n'est qu'une mièvrerie à laquelle l'alexandrin parvient à donner quelque couleur ; mais, pour la femme aimée, la moindre fadaise prend l'allure d'un poème éternel. Pour le cœur, il n'est pas de redite pas plus que de lieu commun. Sans doute l'amour avait-il frôlé de son aile le gentil Panard pour qu'il composât ce madrigal de collégien :

À ÉGLÉ

L'Amour est un enfant aussi vieux que le monde ;
Il est le plus petit et le plus grand des dieux :
Il remplit de ses feux le ciel, la terre et l'onde,
Et cependant Églé le loge dans ses yeux.

Panard

1. Voir aussi FANTAISIES : BOUTEILLE.

Fantaisies

« Je sais que la poésie est indispensable, a dit Jean Cocteau dans son discours de réception à l'Académie française, mais je ne sais pas à quoi. »

Comment l'aurait-il su ? Demander à un poète de parler de poésie reviendrait à attendre d'une plante qu'elle fît un exposé sur l'horticulture.

Il est possible de vivre sans poésie, mais tellement moins bien ! Car il n'est pas une activité de l'homme qui ne gagne à être accompagnée d'un poème pour l'exalter, la souligner, l'égayer, la magnifier.

La poésie embellit tout ce qu'elle touche de son aile ; où elle pose les pieds de ses vers, là est son territoire. Plus encore que l'imagination, peut-être, elle est la folle du logis : c'est elle qui fait de la marche une danse, donne du luxe au quotidien, de la fantaisie à l'uniforme, du goût au pain, des couleurs au rêve, ajoute aux yeux un regard ou un bonheur à l'instant.

La poésie se plaît à surprendre et aime à se manifester partout où on ne l'attend pas. C'est dans le domaine de la fantaisie que la poésie se révèle la plus fugitive. La fantaisie, c'est la poésie du quotidien, le bonheur du jour : un poème en guise d'adresse sur une enveloppe, un distique gravé sur le collier d'un chien, un bout-rimé que l'on improvise, une énigme que l'on donne à deviner, un acrostiche pour étonner, une dédicace sur un album, un graffiti sur un mur sombre, ou un quatrain, comme un souffle supplémentaire venu d'un éventail.

Réunis dans ce chapitre, voici quelques poèmes, dont aucun ne revendique — fût-ce à titre provisoire — la moindre parcelle d'éternité, mais qui sont la preuve que la poésie est partout à qui sait regarder.

ACROSTICHE

Les jeunes filles sont plantes fragiles qui, faute de soins attentifs et d'arrosages réguliers, s'étiolent et perdent leurs couleurs. Au XVIIe siècle, les médecins, ces ânes qui connaissaient juste assez de latin et de grec pour pouvoir baptiser les maladies, mais pas assez de science pour les guérir, avaient donné le nom de *chlorosis* — du grec *khloros*, « vert » — à cette anémie qui affectait les vierges nubiles et se manifestait par la pâleur du teint et la langueur des attitudes. Le populaire la désignait, lui, communément, sous les noms évocateurs de « la pâle maladie », « les pâles couleurs » ou « l'anémie essentielle des jeunes filles ».

Un ouvrage anonyme paru en 1618, *Le Cabinet satyrique* — qui traitait gaillardement et en vers des choses de l'amour —, donnait dans un acrostiche le remède employé depuis les temps immémoriaux pour venir à bout de cette maladie :

L *orsque la belle avait la pâle maladie,*
E *lle fit consulter aux oracles divers,*
V *oir quel remède était pour garantir sa vie,*
I *l lui fut répondu : « Belle fille, ma mie,*
T *on remède est écrit à côté de ces vers. »*

Le Cabinet satyrique

ALBUM

Dans ses Mémoires qu'il avait intitulés *Soixante ans de souvenirs,* Ernest Legouvé (1807-1903) racontait cette touchante anecdote.

La sœur de Lamartine lui présenta un jour une jeune fille qui désirait quelques lignes du poète sur son album. Lamartine prend sa plume et, sans se donner un moment pour réfléchir, sans s'arrêter une seconde, il écrit d'un trait :

Le livre de la vie est le livre suprême
Qu'on ne peut ni fermer, ni rouvrir à son choix ;
Le passage attachant ne s'y lit pas deux fois,
Mais le feuillet fatal se tourne de lui-même.
On voudrait revenir à la page où l'on aime,
Et la page où l'on meurt est déjà sous nos doigts.

Lamartine

Puis, ces vers terminés, il les tend d'une main nonchalante à sa sœur, qui les lit et, stupéfaite de leur beauté et de l'air insouciant de son frère, ne peut s'empêcher de s'écrier : « Mon Dieu, pardonnez-lui, il ne sait pas ce qu'il fait ! »

Telle était, en effet, la facilité de Lamartine qu'elle ressemblait à de l'inconscience.

AVEUGLE

Au coin de la rue, un aveugle demandait la charité ; les passants, indifférents, semblaient ne pas le voir, eux non plus.

Un poète s'arrêta, qui proposa au mendiant d'écrire une courte phrase sur la pancarte suspendue à son cou. Et, soudain, les pièces se mirent à tinter dans la sébile. À quoi tiennent les miracles ? Parfois aux quelques mots d'un poète.

Celui-ci avait écrit simplement :

C'EST AUJOURD'HUI LE PRINTEMPS
ET JE NE PEUX PAS LE VOIR.

Autre temps, autre poète. Alexis Piron, renommé pour ses contes libertins et ses épigrammes cruelles, avait composé, à l'intention d'un aveugle de ses amis, ce court poème aux rimes riches... que dis-je ?... aux rimes généreuses !

Chrétiens, au nom du Tout-Puissant,
Faites-moi l'aumône en passant :
Le malheureux qui la demande
Ne verra point qui la fera ;
Mais Dieu, qui voit tout, la verra.
Je Le prierai qu'Il vous la rende.

Alexis Piron

Béni soit le poète qui... sait citer !

BOUTEILLE

Panard, il portait le nom peu glorieux de Panard — Charles François de son prénom — et il était né à Courville, près de Chartres, en 1694. Jamais on ne connut poète — si ce n'est peut-être La Fontaine — aussi insouciant que lui des choses de la vie. Marmontel ne s'y était pas trompé, qui l'avait surnommé « le La Fontaine du Vaudeville ». Sa fécondité littéraire tient du prodige : on lui attribue plus de cent opéras-comiques ou vaudevilles, parodies ou divertissements.

Que lui manqua-t-il pour devenir célèbre ? Un peu d'argent et d'ambition qui lui auraient permis de fréquenter la bonne société, hors de laquelle il n'est point de renommée.

La conversation de Panard n'était guère brillante, mais, une plume à la main, l'esprit lui venait aussitôt : il y avait de l'or dans son encrier d'où il tirait une fortune de mots et de vers dans lesquels il autorisait ses amis à puiser largement. Il menait douce et joyeuse vie avec ses compagnons de cabaret, toujours gai, toujours aimable et se moquant du lendemain. Lorsque l'hiver fut venu, cette cigale fort dépourvue rencontra quelques fourmis complaisantes qui, en secret, se cotisèrent pour lui assurer une petite pension de trois cents francs. D'autres, avec si peu, seraient morts de faim ; lui trouva le moyen de se loger dans une mansarde, de vivre et de chanter jusqu'à son dernier jour.

Dans un portrait qu'il avait fait de lui, il exprimait cette naïve confiance en sa bonne étoile qui ne l'abandonna jamais.

Paresseux s'il en fut, et souvent endormi,
Du revenu qu'il faut, je n'ai pas le demi.
Plus heureux toutefois que ceux où l'or abonde,
De la peur du besoin, je n'ai jamais frémi ;
Et je puis assurer qu'aimé de tout le monde,
J'ai, dans l'occasion, trouvé plus d'un ami.

Panard

Cette même étoile lui épargna une fin misérable : une attaque d'apoplexie le foudroya en 1765, alors qu'il vidait un énorme verre qui contenait une bouteille de bordeaux.

Quelques années auparavant, il s'était amusé, à l'instar de son bon maître Rabelais, à composer un poème figuré dont les vers, de longueurs inégales, prenaient justement la forme de l'une de ses chères bouteilles.

LA BOUTEILLE

Que mon
Flacon
Me semble bon.
Sans lui
L'ennui
Me nuit,
Me suit ;
Je sens
Mes sens
Mourants,
Pesants.
Quand je le tiens
Dieu ! que je suis bien !
Que son aspect est agréable !
Que je fais cas de ses divins présents !
C'est de son sein fécond, c'est de ses heureux flancs
Que coule ce nectar si doux, si délectable,
Qui rend tous les esprits, tous les cœurs satisfaits.
Cher objet de mes vœux, tu fais toute ma gloire ;
Tant que mon cœur vivra, de tes charmants bienfaits
Il saura conserver la fidèle mémoire.
Ma muse à te louer se consacre à jamais.
Tantôt dans un caveau, tantôt sous une treille,
Ma lyre, de ma voix accompagnant le son,
Répétera cent fois cette aimable chanson :
Règne sans fin, ma charmante bouteille,
Règne sans cesse, ô mon joli flacon !

Heureusement, cette bouteille, d'inspiration bachique, composée sur un coin de table, a été... consignée par écrit et a pu parvenir jusqu'à nous.

De la bouteille au verre, puis de la coupe aux lèvres, le chemin n'est pas long, quoi qu'on dise, et le poème figuré qui suit n'est que l'indispensable complément du précédent.

À votre santé !

LE VERRE

Nous ne pouvons n'en trouver sur la terre
Qui soit si bon ni si beau que le verre.
Du tendre amour, berceau charmant,
C'est toi, champêtre fougère [1],
C'est toi qui sers à faire
L'heureux instrument
Où souvent pétille,
Mousse et brille
Le jus qui rend
Gai, riant
Content
Quelle douceur
Il porte au cœur
Tôt,
Tôt,
Tôt,
Qu'on m'en donne
Qu'on l'entonne
Tôt,
Tôt,
Tôt,
Qu'on m'en donne
Vite et comme il faut
L'on y voit sur ces flots chéris
Nager l'allégresse et les ris.

1. Comme la cendre de la fougère était utilisée pour faire le verre, le nom de cette plante a souvent été pris par les poètes comme synonyme de « verre » ou de « bouteille ».

Oh ! que j'aime bien mieux, à l'ombre des forêts,
Couché sur la mousse légère
Dans une coupe de fougère,
Verser un nectar doux et frais.
Léonard

BOUTS-RIMÉS

S'il est un exemple éclatant de *poésie fugitive,* c'est bien celui des bouts-rimés.

L'exercice n'est pas à la portée du premier rimailleur venu : il exige présence d'esprit, assurance, virtuosité, ainsi qu'une solide expérience de la prosodie et de la métrique. Le faiseur de bouts-rimés est un funambule qui attrape au vol quelques rimes hétéroclites lancées par l'assistance, les ordonne aussitôt afin d'en improviser un poème, si possible brillant et spirituel. Aucun repentir, aucune hésitation ne sont tolérés pendant ce feu d'artifice : les fusées partent, éclatent sous les bravos, et le bouquet doit être au rendez-vous du dernier vers. Les bouts-rimés sont le triomphe de l'éphémère ! Quelques vers, morts aussitôt que nés, oubliés à peine rimés et qui mettent à jamais... les bouts, ne laissant dans les mémoires que le souvenir d'un fugitif éclat.

Les belles femmes de l'assistance, qu'excite le danger de ces joutes poétiques, proposent parfois des rimes ambiguës dans l'espoir d'inspirer un poème à leur gloire.

• Stanislas de Boufflers (1738-1815), bel esprit de salon, dédia le quatrain ci-dessous à une dame qui lui avait proposé des rimes d'apparence innocente : *jambe, ingambe, soufflet* et *boulet.*

Quand je n'aurais ni bras ni jambe
J'affronterais pour vous la balle et le boulet.
Ranimé par vos yeux, je me croirais ingambe
Et je pourrais encore mériter un soufflet.

Stanislas de Boufflers

• Entre Boufflers et Fontenelle (1657-1757), il n'est guère de points communs, si ce n'est une extrême agilité d'esprit et un semblable désir de briller auprès des dames. Fontenelle, véritable philosophe et vulgarisateur scientifique de génie, avait très vite enrôlé les femmes du monde sous sa bannière, comprenant qu'elles seraient ses meilleures propagandistes. Sans doute est-ce pourquoi il ne dédaignait pas de briller dans les salons à des jeux de collégien.

Ce quatrain coquin lui vint spontanément à l'esprit pour célébrer une beauté qui lui avait soufflé ces quatre rimes : *fontanges* (coiffure à la mode), *oranges, collier, soulier.*

Que vous montrez d'appas depuis vos deux fontanges
Jusqu'à votre collier !
Mais, que vous en cachez, depuis vos deux oranges
Jusqu'à votre soulier !

Fontenelle

CARNET

La générosité et la prodigalité d'Alexandre Dumas font partie de sa légende. Il avait beau gagner beaucoup d'argent, il lui était impossible de ne pas en dépenser le double. Ses romans, ses feuilletons, ses pièces de théâtre lui rapportaient des fortunes, qui fondaient aussitôt entre ses doigts. Une meute de parasites, de pique-assiettes, de tapeurs et de demi-mondaines vivait à ses crochets, et sa vie tout entière ne fut qu'une fuite désespérée pour échapper à des créanciers et des huissiers qui couraient plus vite que lui.

Les jours de découragement, pourtant, il prenait de bonnes résolutions.

« Mais comment faire ? avouait-il ingénument. Je n'ai même pas un agenda sur lequel noter mes entrées d'argent et mes dépenses. »

Qu'à cela ne tienne ! Sans trop d'illusions, l'un de ses amis se précipita pour lui offrir le carnet providentiel.

Sur la première page, il avait écrit cette affectueuse dédicace :

Sur ce carnet, Dumas écrit,
Chaque jour, tout ce qu'il dépense.
Il n'y pourrait mettre, je pense,
Tout ce qu'il dépense d'esprit.

Roger de Beauvoir

CHARADES

La charade n'est plus guère aujourd'hui qu'un jeu d'enfant, qui avait connu pourtant aux XVIIIe et XIXe siècles une extrême faveur dans les milieux et les salons littéraires. Lequel d'entre nous n'a jamais été concerné par ces questions existentielles : *Mon premier... Mon second... Mon tout...* ?

L'art de ce jeu consiste à ne rendre ni trop vagues ni trop claires les définitions de chacune des syllabes du mot à deviner, de façon qu'il y ait difficulté et non impossibilité à résoudre l'énigme.

Il arrive souvent que les charades soient écrites en vers de mirliton. Si l'emballage y gagne une certaine grâce, il ne suffit pas toujours à excuser la niaiserie du contenu.

On rencontre pourtant quelques heureuses surprises, au milieu de tant de banalités, qui brillent comme autant de bijoux dans la sciure.

C'est le cas de la charade suivante, un modèle du genre, qui fut adressée par un poète timide — et anonyme — à une jolie femme vertueuse qui avait demandé la faveur que l'on composât pour elle l'une de ces petites pièces :

Mon premier, de tout temps, excita les dégoûts ;
Mon second est cent fois plus aimable que vous ;
Quant à mon tout, dont vous êtes l'image,
Tout haut, j'en fais l'éloge, et tout bas j'en enrage[1].

1. Le mot à découvrir est « VERTU », décomposé en deux syllabes : VER et TU.

« Avant la Révolution, le *Mercure de France* était un vaste dépôt de charades, d'énigmes et de logogriphes. Tous les poétereaux de la province se croyaient immortels lorsqu'ils avaient pu faire insérer dans ce recueil, ne fût-ce qu'une charade en deux vers, accompagnée des noms, prénoms, titres et, parfois, demeure de l'auteur [...]. Aujourd'hui, quelques-uns de nos petits journaux littéraires insèrent encore des charades, mais on y met moins de prétention et les auteurs gardent l'anonymat » (extrait de l'article « Charade » d'un *Dictionnaire de la conversation*, paru dans les années 1860).

CHAT

Chère madame Deshoulières, née Antoinette du Ligier de La Garde (1635-1694), vous n'eûtes pas votre pareille pour chanter en des vers aux tendres accents les joies pures de la vie pastorale. Vous, la bergère de vos « chères brebis », refusiez les mots sucrés de la poésie galante et votre œuvre passait pour le comble du naturel en une époque qui n'était qu'artifice et préciosité. Pourquoi donc, dans le même temps que vous célébriez l'amour idéal, crûtes-vous en refuser les délices à Mauricault, votre chat bien-aimé ? Vous qui, sans le vouloir, comptiez au nombre des Précieuses, vous avez fait couper « celles » de votre matou, le réduisant au rôle d'eunuque de gouttière.

Isaac de Bensérade (1612-1691) donna à cette opération un écho poétique et mondain en improvisant sur le sujet un sonnet en « bouts-rimés », à partir des mots que lui lançait l'assistance.

Hélas ! cette gloire d'un instant était impuissante à rembourser le pauvre animal de ses accessoires envolés.

Au bout, fût-il rimé, dont on le priva, il eût préféré sans doute, et pour peu qu'on l'eût consulté, demeurer entier le plus prosaïquement du monde.

BOUT-RIMÉ SUR LE CHAT DE MADAME DESHOULIÈRES
(qu'on avait rendu inapte à l'amour)

Je ne dis mot, et je fais bonne mine
Et mauvais jeu, depuis le triste jour
*Qu'on me rendit inhabile à l'*amour ;
Des chats galants, moi, la fleur la plus fine.

Ainsi se plaint Mauricault et rumine
Contre la main qui lui fit un tel tour.
Il est glacière, au lieu qu'il était four ;
Il exploitait, maintenant il badine.

C'était un brave et ce n'est plus qu'un sot :
Dans la gouttière, il tourne autour du pot,
Et, de bon cœur, son sérail en enrage.

Pour les plaisirs, il avait un talent
Que l'on lui change, au plus beau de son âge.
Le triste état qu'un état indolent !

Bensérade

CHIEN

Pour s'assurer la fidélité des deux créatures qu'il chérit entre toutes — sa femme et son chien —, l'homme inventa le collier et le leur passa au cou. Celui de l'épouse est plus ou moins précieux, celui du chien est solide et s'orne souvent d'une plaque d'identité sur laquelle sont gravés les nom et adresse du maître.

Les écrivains et les poètes utilisent parfois ce minuscule espace de métal pour l'agrémenter d'une phrase tendre ou spirituelle à la gloire de leur compagnon à quatre pattes.

Sur le collier du chien de Beaumarchais, on lisait : « Je m'appelle *Folette.* Beaumarchais m'appartient. Nous habitons rue Vieille-du-Temple au 28. »

Au cou du chien de Victor Hugo, deux vers étaient inscrits :

« Je voudrais bien chez moi que l'on me ramenât
Mon état : chien — Mon maître : Hugo — Mon nom *Sénat.* »

Pourtant, rien ne surpasse en grâce ces quatre vers anonymes gravés sur le collier du chien d'une jeune beauté inconnue :

On ne fait pas d'autre promesse
À celui qui me trouvera :
Qu'il me rapporte à ma maîtresse,
Pour récompense, il la verra.

Au collier s'accroche parfois une laisse, qu'il vaudrait mieux n'utiliser que dans les grandes occasions : « Ne laissez pas votre chien en laisse si vous voulez qu'il vous soit attaché », recommandait Albert Willemetz.

COQUETIER

Sous la IIIe République, politique et spectacle faisaient bon ménage, et des liens affectueux se tissaient volontiers entre les antichambres du pouvoir et la chambre des actrices. Présidents, députés, sénateurs (ceux-ci à pas prudents) fréquentaient assidûment les coulisses des théâtres ou des vaudevilles qui leur assuraient d'aimables rencontres avec de jolies filles pas trop difficiles.

Dans le film *Le Président*, d'Henri Verneuil, le dialoguiste Michel Audiard fait dire à Gabin — qui, pour la circonstance, s'était fait la tête de Clemenceau — quelques fières répliques du genre de celle-ci :

« Ma vie sentimentale fut extrêmement brève. Veuf, après onze ans d'une union parfaitement heureuse, il ne m'est jamais venu à l'idée de me remarier. Durant les quarante années qui ont suivi, je me suis toujours adressé aux maisons closes et aux théâtres subventionnés. »

Dans les loges de la Comédie-Française, Georges Clemenceau avait fait la connaissance d'une jeune comédienne à son goût. Pour l'amadouer, il lui avait fait parvenir quelques menus cadeaux, dont un coquetier en argent qu'il savait devoir lui plaire. Le Tigre avait beaucoup d'esprit, mais sa spécialité était davantage la réplique assassine que le madrigal amoureux.

Qu'on en juge d'après les quelques vers accompagnant le cadeau, dont on appréciera la délicatesse infinie :

D'un charmant petit coquetier
L'amour pour vous a fait emplette.
Mais, s'il vous manque la mouillette,
Iris, on peut vous la donner !

Georges Clemenceau

ÉCHO

Lorsque, au hasard d'un sentier de montagne, un rocher nous renvoie l'écho de notre voix, ne serait-il pas juste d'accorder une pensée émue à la petite nymphe qui porta jadis le joli nom d'Écho. C'était au temps où Zeus, cavaleur de droit divin, s'efforçait de cacher ses frasques à sa jalouse moitié. Il avait essayé tous les déguisements, tenté tous les subterfuges... en vain. Toujours elle le démasquait et c'était, chaque fois, au tour du dieu de la foudre de subir celles de son épouse.

Voulant une fois encore échapper à sa surveillance, Zeus avait chargé la bavarde Écho de faire la conversation à Héra et de lui tenir la jambe tout le temps de son absence. Le stratagème, hélas ! échoua comme à l'accoutumée, et, piteux mais prudent, le céleste don Juan laissa la fureur de sa femme s'abattre sur sa complice, qui écouta en pleurs l'énoncé de sa condamnation :

« Désormais, tu ne parleras plus la première et tu auras toujours le dernier mot ! »

C'est lorsque la malheureuse Écho fit la rencontre du beau Narcisse qu'elle réalisa la cruauté de la sentence qui la frappait. Tristes tous les deux et solitaires, ils se reconnurent dès le premier regard et voulurent aussitôt s'avouer leur amour. Mais, aux paroles brûlantes de son soupirant, la nymphette ne put répondre qu'en répétant, comme un perroquet, les derniers mots de ses phrases. La croyant sotte, irrémédiablement, Narcisse s'enfuit, la laissant désespérée. Le chagrin qu'elle éprouva la fit dépérir. Elle maigrit tellement que, bientôt, il ne resta plus rien d'elle qu'une voix dans la montagne qui ne cesse, pour l'éternité, de répéter les mots entendus.

Pourtant, des siècles plus tard, Écho eut sa revanche, lorsque des poètes, émus de son sort, composèrent des vers qu'en son honneur ils baptisèrent *Vers à écho*.

Joachim Du Bellay (1522-1560) fut l'un d'eux. À la suite du chagrin d'amour que lui causa une belle indifférente, il composa ce poème, dans lequel il interroge la nymphe qui ne peut lui répondre que par monosyllabes :

L'AMANT ET L'ÉCHO

Piteuse Écho, qui erres en ce bois,
Réponds au son de ma piteuse voix.
D'où ai-je pu ce grand mal concevoir ?
Qui m'ôte ainsi de raison le devoir ?
De voir.
Qui est l'auteur de ces maux advenus ?
Vénus.
Comment en sont tous mes sens devenus ?
Nus.
Qu'étais-je avant d'entrer dans ce passage ?
Sage.
Et maintenant, que sens-je en mon courage ?
Rage.
Qu'est-ce qu'aimer et s'en plaindre souvent ?
Vent.
Que suis-je donc lorsque le cœur en fend ?
Enfant.
Qui est la fin de prison si obscure ?
Cure.
Dis-moi quelle est celle pour qui j'endure ?
Dure.
Sent-elle point la douleur qui me point ?
Point.

Ô ! Que cela me vient donc mal à point !
Me faut-il donc (ô débile entreprise !)
Lâcher ma proie avant que l'avoir prise ?
Si vaut-il mieux avoir cœur moins hautain,
Qu'ainsi languir sans espoir incertain.

Joachim Du Bellay

Nombreux seront les poètes amoureux d'Écho qui viendront chercher auprès d'elle consolation ou inspiration (le père Pierre de Saint-Louis, Charles François Panard, Amédée Pommier, Victor Hugo bien sûr, Pierre Louÿs ou Théodore Botrel, pour n'en citer que quelques uns). Qu'attendaient-ils d'elle en réponse à leurs vers ?

Rien, ou si peu de chose : une simple syllabe rimant avec leur peine, comme pour la mieux partager...

Au banquet de l'amour, infortuné convive,
Chaque amant malheureux doit payer... son écot.

Pardonnez, lecteur, à l'auteur de ces pages ce mauvais jeu de mots en guise d'écho-graphie.

ÉNIGME

Le plus ancien jeu d'esprit au monde — quelque nom qu'on lui donnât — est celui qui consiste à interroger un partenaire pour lui faire deviner un nom, un mot ou un objet, en le lui décrivant sans le nommer.

Depuis les Anciens Grecs qui l'appelaient *aenigma* (parole obscure) jusqu'aux enfants qui, au cours des siècles, ont toujours joué aux *devinettes*, attendant avec délices — tu brûles... tu refroidis... — que le copain donnât sa langue au chat. Sans parler des bourreaux qui en connaissaient un rayon sur la *question*, découvrir le mystère du mot caché, passer de l'ignorance à la connaissance, est un jeu susceptible de variations infinies.

Le mot à deviner est-il décomposé en dessins... et c'est le *rébus* ; découpé en syllabes... et voilà la *charade* ; ses lettres en sont-elles bouleversées... il se nomme *anagramme*, etc. Les jeux d'esprit se rejoignent toujours et tous sur un point, le point d'interrogation.

Au XVIIe siècle, les Précieuses remirent l'énigme au goût du jour et, comme chacun en ce temps-là se piquait de poésie, l'énigme s'habilla de vers. Le petit Voiture et l'abbé Cotin menaient la danse à l'Hôtel de Rambouillet.

Souvent on me ravit, mais toujours je demeure,
Sans passer dans les mains de celui qui me prend.
Je suis le plus petit, mais je suis le plus grand
Et l'on ne peut me voir qu'aussitôt je ne meure[1].

Charles Cotin

1. Le cœur.

Le comble du raffinement pouvait accompagner le goût le plus détestable, peu importait ; on gloussait alors dans les ruelles en poussant de petits cris d'horreur !

Je suis un invisible corps
Qui de bas lieu tire mon être ;
Et je n'ose faire connaître
Ni qui je suis, ni d'où je sors.
Quand on m'ôte la liberté
Pour m'échapper, j'use d'adresse
Et deviens femelle traîtresse
De mâle que j'aurais été[1].

Edme Boursault

Au siècle suivant, on y jouait toujours et, dans les salons, à côté des « jeux des portraits », des « secrets », le jeu de l'énigme se portait encore très bien.

Je ne suis point esprit, je ne suis point matière,
Tout mortel me fait naître et je n'existe pas.
Je me joue à mon gré de la Nature entière,
Je fais la nuit sans ombre et le jour sans lumière.
On me suit au Japon sans en être plus las.
J'épouvante, je plais, j'élève, j'humilie.
Sans raison je suis sage et suis fou sans folie.
Un Amant, grâce à moi, même au lit d'un Époux,
Caresse sa Moitié sans le rendre jaloux.
Tu sais l'art d'admirer la Beauté la plus rude.

1. Le pet.

Je mets un Capucin dans les bras d'une Prude
Par mes caprices inconstants
De Frédéric vainqueur, je ferais un esclave ;
Je fais coucher un Pape au sérail des Sultans ;
Le Mufti, quand je veux, va siéger au conclave.
Je puis enfin, sans être factieux,
Ravir à Louis sa couronne,
Les Grâces à d'Egmont, la Pudeur à Brionne ;
Et par un sort capricieux,
Placer un goujat sur le trône,
Un Dévot dans l'Enfer, un Vaurien dans les Cieux[1]

Écouchard Lebrun

Le poète Pierre Reverdy (1889-1960) a comparé joliment l'énigme au « pigeon voyageur [qui] porte dans sa plume un message que d'autres devront, pour en extraire le vrai sens, déchiffrer ».

Voir ÉPIGRAMMES : ÉNIGME.

1. Le rêve.

ÉTEIGNOIR

Des siècles durant, le lit ne fut guère consacré, la nuit, qu'aux fonctions réparatrices ou amoureuses. Ce qui n'était déjà pas si mal ! Faute d'un éclairage suffisant, il était difficile — même au siècle des Lumières ! — d'y pratiquer une activité culturelle quelconque, à moins d'avoir été doté par la nature d'une excellente vue qui permettait de déchiffrer un livre à la lueur vacillante d'une chandelle.

Tel était sûrement le cas de la princesse héréditaire de Suède à qui, parce qu'elle aimait lire au lit, on avait fait cadeau d'un éteignoir à ressort, sorte de mécanisme qui coiffait automatiquement la flamme de la bougie lorsqu'on avait négligé de la souffler en s'endormant.

Cette jeune personne était sûrement gracieuse et le prince, son époux, un cavalier fringant, justifiant les vers gentiment coquins qui vinrent à la plume d'Alexis Piron (1689-1773)... pour écrire un mot qui accompagnait la remise du cadeau.

Ce paillard dut se retenir pour ne pas être plus explicite, en démontrant sur l'air d'« Au clair de la lune » que, par une étrange sympathie, lorsque la bougie n'avait plus de feu, c'était au tour de la chandelle princière de flamber.

SUR UN ÉTEIGNOIR À RESSORT
(offert à la princesse héréditaire de Suède
qui aimait à lire au lit)

Sage et brusque éteignoir, sachez au gré des gens,
Vous bien tenir, tomber à temps ;
Et, comme un capuchon, guidé sur la bougie,
Quand la princesse lit, demeurez en arrêt,

Tant que le livre lui plaît,
Et partez dès qu'il l'ennuie.
Des moments dans son lit, à l'amour dérobés,
Respectez la durée et marquez bien le terme :
Quand elle est seule, tenez ferme ;
Quand le prince arrive... tombez !

Alexis Piron

FACTEUR

Dans notre boîte aux lettres, accueillante à l'invasion des offres publicitaires, à l'intrusion des circulaires administratives, des propositions commerciales ou des sollicitations humanitaires, une lettre, une vraie, est devenue aujourd'hui la plus agréable des exceptions, un plaisir rare avec son adresse rédigée par une main amie dont on reconnaît le graphisme et son timbre, comme une fenêtre colorée, tout en haut d'une façade blanche. Peut-on rêver plus belle preuve d'amitié ou d'affection ?

Il y a un siècle de cela, en un temps où l'on n'écrivait qu'à la main, le poète Stéphane Mallarmé (1842-1898), en examinant une lettre, s'avisa qu'existait « un rapport évident entre le format de son enveloppe et la disposition d'un quatrain ». À partir de cette constatation, il entreprit de rédiger, sur les enveloppes des lettres qu'il destinait à ses amis, de petites pièces de vers qui tenaient lieu d'adresse. On connaît de lui cent trente et un de ces charmants quatrains, qui furent réunis sous le titre *Les Loisirs de la Poste.* En hommage aux facteurs et à leur subtilité, il faut savoir que jamais aucun de ces plis ne s'égara.

Je te lance mon pied vers l'aine,
Facteur, si tu ne vas pas où c'est
Que rêve mon ami Verlaine
Ru'Didot, hôpital Broussais.

Pour notre plus grand bonheur, Mallarmé avait beaucoup d'amis et non des moindres...

Villa des Arts, près l'Avenue
De Clichy, peint Monsieur Renoir
Qui devant une épaule nue
Broie autre chose que du noir.

Le jeu eut beaucoup de succès et Mallarmé de disciples, qui, à leur tour, voulurent mettre à l'épreuve la sagacité de la Poste. Pierre Louÿs, par exemple, qui adressait à Franc-Nohain (le père de Jean Nohain et de Claude Dauphin) le poulet que voici :

Noble employé des Postes et des Télégraphes
Ne va pas chez la belle enfant que tu dégrafes,
Mais plutôt, revêtu d'un uniforme neuf,
Chez Franc-Nohain, Faubourg Saint-Honoré dix-neuf.

En dépit des Cedex, des codes postaux et du tri automatique, le petit jeu continue, toujours avec le même succès.
Voici, par exemple, une enveloppe qu'adressa Jean Dutourd à l'un de ses éditeurs, le poète Jean Orizet :

Que fait Jean Orizet poète
Rue, au vingt-trois, Cherche-Midi
Fait-il le singe ou bien la fête,
Mais non, il fait des vers, pardi !

FONTAINE

Chaque source est un don du ciel. Cette eau vive surgie de la terre pour étancher la soif des hommes, des animaux et des plantes, cette eau n'a pas de prix.

Comment s'étonner que les gens du voisinage tiennent à lui élever, par reconnaissance, un monument, comme ils le feraient pour une bienfaitrice. La source, alors captée, alors captive, prend le nom de fontaine. S'il se trouve un poète dans les parages, on lui demandera de célébrer en quelques vers les vertus de cette eau qui symbolise aussi bien la vie qui coule que le temps qui passe.

SUR LA FONTAINE BELLERIE

Argentine fontaine vive
Que ton beau cristal courant
D'une fuite lente et tardive
Ressuscite le pré mourant.

Ronsard

Ronsard aime tant sa Fontaine Bellerie qu'il lui consacrera un plus long poème (*Odes* II, 9) tout imprégné de paganisme à la mode antique : « Ô Fontaine Bellerie / Belle fontaine chérie... »

Chaque poète épris de nature a une fontaine dans sa vie.

Malherbe, pour la sienne, a composé ce quatrain, d'inspiration religieuse :

Vois-tu, passant, couler cette onde
Et s'écouler incessamment ;
Ainsi fuit la gloire du monde
Et rien que Dieu n'est permanent.

Malherbe

Et, tandis que Villon meurt de soif auprès de la fontaine, le « Petit Prince » se dit que, s'il avait cinquante-trois minutes à dépenser, il marcherait tout doucement vers une fontaine.

GRAFFITI

La Garde nationale est enfant de la Révolution française, qui décida la création de cette milice composée de citoyens volontaires et chargée du maintien de l'ordre.

L'institution, avec des fortunes diverses, perdura jusqu'à l'instauration de la IIIe République. Dans les années 1840, les membres de la Garde, désignés d'office, étaient tenus d'effectuer un service sous les armes de plusieurs jours par mois. Ils participaient dans les grandes villes à la police des rues et, en cas de guerre, se voyaient affectés à la défense des « barrières ». Tout manquement à cette réquisition était automatiquement sanctionné par une peine d'emprisonnement de deux semaines.

C'est avec un enthousiasme très modéré que les « intellectuels » de l'époque répondaient à l'appel. Nombre d'entre eux — peintres, romanciers, poètes — préféraient un séjour à l'ombre à l'obligation de porter les armes. Comme, avant lui, Balzac, Théophile Gautier et tant d'autres, Alfred de Musset lorsqu'il fut convoqué refusa... à la Garde de se rendre et se laissa mener en prison. Comme seule faveur, il demanda à purger sa peine dans la cellule 14, celle des artistes, dont les murs couverts de graffitis étaient un vrai Livre d'or. Ceux qui l'avaient précédé avaient laissé dans la pierre et le plâtre des inscriptions et des dessins.

Dans un coin vierge, Musset grava ce quatrain, qu'on chercherait en vain dans ses œuvres complètes :

Dans cette petite chapelle,
L'ennui ne vient qu'aux ennuyeux.
Rêve un moment et pars joyeux,
Ta maîtresse en sera plus belle.

Musset

Musset était ennemi des demi-mesures : pour lui, une porte devait être ouverte ou fermée. Sans doute eût-il préféré que celle de sa cellule fût ouverte, mais, en revanche, que celle des petits coins où il se recueillait fût fermée à double tour. Ne serait-ce que pour ne pas troubler l'inspiration qui lui dictait de purs chefs-d'œuvre, comme celui qu'il composa au plus secret de l'appartement de George Sand :

Vous qui venez ici dans une humble posture
De vos flancs alourdis décharger le fardeau
Veuillez, quand vous aurez soulagé la nature
Et déposé dans l'urne un modeste cadeau,
Épancher dans l'amphore un courant d'onde pure
Et, sur l'autel fumant, placer pour chapiteau
Le couvercle arrondi dont l'auguste jointure
Aux parfums indiscrets doit servir de tombeau.

Musset

GUILLOTINE

Entassés dans une cellule, quelques prisonniers attendent la mort : un gardien est venu leur annoncer qu'ils seraient guillotinés le lendemain, 25 juillet 1794. Dans un coin où règne une vague lueur, le poète Jean Antoine Roucher (1745-1794) pose pour un compagnon d'infortune, le peintre Leroy, qu'il a prié de dessiner son portrait afin que sa famille garde un souvenir de lui.

Au-dessous du dessin, le poète écrit :

À ma femme, à mes amis, à mes enfants

avant de composer ces vers, que l'approche de la mort rend bouleversants :

Ne vous étonnez pas, objets sacrés et doux,
Si quelque air de tristesse obscurcit mon visage :
Lorsqu'un savant crayon dessinait cette image,
J'attendais l'échafaud et je pensais à vous.

Jean Antoine Roucher

C'est ce même jour du 25 juillet qu'André Chénier, le plus grand poète du siècle, ira au supplice. Les deux hommes, réunis par hasard dans la même charrette, récitent pour s'encourager la première scène d'*Andromaque*, qui commence par ces mots d'Oreste à Pylade :

Oui, puisque je retrouve un ami si fidèle,
Ma fortune va prendre une face nouvelle...

Trois jours plus tard — trois jours trop tard ! — avec l'exécution de Robespierre, la Terreur cessait et la Révolution prenait justement une face nouvelle.

INACHEVÉ

L'un des avantages des ventes aux enchères est de pouvoir faire resurgir à la lumière des trésors inconnus, dont il faut se hâter de profiter avant qu'ils ne replongent dans l'obscurité d'une autre collection privée.

Le 11 décembre 1996, MM. Beaussant et Lefèvre, commissaires-priseurs, proposaient aux amateurs de Drouot une lettre manuscrite de Marcel Proust, estimée de vingt-cinq à trente mille francs. Qui donc aujourd'hui est devenu l'heureux propriétaire de ce poème inachevé de onze vers dont toutes les rimes sont en *erge* — exercice périlleux s'il en fut jamais ?

Cet impromptu est dédié à un journaliste de *L'Opinion*, du nom de Serge André, qui avait dû consacrer un article flatteur à l'un des romans de *À la recherche du temps perdu*. Pour comprendre le sens de ces vers improvisés, sans doute quelques explications liminaires sont-elles nécessaires. On peut imaginer que, pour remercier le jeune journaliste, Marcel Proust l'avait invité à souper au Bœuf sur le toit (voir le « bon Bœuf » du quatrième vers), temple de la mode, fréquenté par le Tout-Paris d'alors et dont le propriétaire se nommait *Moyses* (c'est lui, le Moïse du premier vers). La soirée s'était prolongée fort tard puisqu'il ne restait plus, dans la salle plongée dans la pénombre, que nos deux interlocuteurs et, dans le fond du tableau, un fêtard en train de déboucher maladroitement une bouteille de Veuve Clicquot.

EN SOUVENIR D'UNE SEULE SOIRÉE

Moïse ayant éteint, il ne brûle qu'un cierge
Créant ce clair-obscur qu'aimait Daniel Vierge[1],
Un cierge qu'un Clicquot, lancé en l'air, asperge,
Par un de ces clients que le bon Bœuf héberge
— Pastoral par son nom, mais rien moins qu'une auberge,
Malgré les œufs bien cuits et les pointes d'asperge —
Mais ce coin du tableau n'est rien, car, près de moi, est Serge
André. Ses yeux où la bonté, l'intelligence émerge,
S'étendent largement, ayant ses cils pour berge.
Que mon chapeau soit gris, ou ma veste de serge,
Il n'en a nul souci. Qu'aille de verge en verge
Le baron de Charlus ne lui chaut...

« Cher Monsieur Serge André,

Je reste en panne parce qu'on m'annonce une visite au milieu de cet imbécile « impromptu », le premier et le dernier de ma vie. Si vive que soit ma gratitude pour une faveur que je n'avais pas sollicitée, mais dont je sens tout le prix, je vous demande de croire qu'une si longue dédicace s'adresse beaucoup moins à l'article de l'*Opinion* qu'à ma grande sympathie pour vous. Je suis furieux que l'arrivée du visiteur m'empêche de faire rimer *manuterge* avec *concierge.* Je regrette surtout le portrait fidèle que j'aurais voulu faire de votre beau visage pensif. »

Marcel Proust[2]

1. Daniel Urrabieta, dit Daniel Vierge, (Madrid, 1851 — Boulogne-sur-Seine, 1904), dessinateur et peintre, illustrateur original et fougueux de Cervantès et Michelet.

2. Merci à Pierre Belfond, grand collectionneur de dessins d'écrivains, qui m'a adressé le catalogue où figurait la reproduction de cette lettre inédite.

INCENDIE

En un siècle qui ne connaissait encore ni l'assurance ni l'extincteur à poudre, un incendie représentait une catastrophe irrémédiable. C'est pourquoi, lorsque la petite bourgade d'Arcis, en Champagne, ravagée par les flammes, ne fut plus que cendres, ses habitants ruinés et misérables connurent le découragement.

Par chance pour eux, le seigneur du lieu, le sieur Grassein[1], grâce à l'aisance financière que lui procurait sa charge d'officier de la Monnaie, s'offrit à faire reconstruire leur village à ses frais. Éperdus de gratitude, ils voulurent qu'un monument immortalisât ce beau geste. Ils édifièrent sur la place une pyramide de marbre et demandèrent à Alexis Piron (1689-1773) de composer, en hommage à la générosité de leur suzerain, un quatrain reconnaissant.

Le voici dans sa simplicité :

La flamme avait détruit ces lieux :
Grassein les rétablit par sa munificence.
Que ce marbre à jamais expose à tous les yeux
Le malheur, le bienfait et la reconnaissance.

Alexis Piron

1. D'autres écrivent « Graffin ».

PAIN

Si l'histoire n'a pas retenu le nom de celui qui inventa le pain, chacun connaît en revanche le nom de celui qui, à l'en croire, l'aurait réinventé : il s'appelle Lionel Poilâne. C'est sans doute un boulanger surdoué, mais davantage encore un homme de communication ou l'un de ces publicitaires... *ejusdem farinae.* Il a beaucoup d'amis, dont certains fort connus furent autant de propagateurs de sa juste renommée.

• Avant de devenir l'ami de Salvador Dalí, Lionel Poilâne en avait été le fournisseur. Il fabriquait les meubles en pain, les rhinocéros en mie ou les tableaux... en croûte que lui commandait le maître, en vue des opérations médiatiques destinées à témoigner de son génie. Pour le remercier, Dalí lui livra l'anagramme de son nom qu'il venait de composer : les lettres de POILÂNE, remplacées dans un ordre différent, donnaient cette phrase prémonitoire :

Ô LE PAIN

• Lionel Poilâne était aussi l'ami du poète Maurice Fombeure (1906-1981) qu'il retrouvait à la terrasse du Sauvignon, rue de Sèvres à Paris VIe, un bistrot à vins où l'on déguste également, en attendant la soif, d'excellentes tartines. En 1959, sur une nappe en papier, le poète improvisa ces quatre vers à la gloire du boulanger (à sa « fâme », aurait-on dit en ancien français !) :

Inévitable que l'âne
S'en retourne à son chardon
Pour moi, le pain de Poilâne
De Dieu me paraît un don.

Maurice Fombeure

Qu'ajouter à cette célébration, sinon cette évidence que les noms des deux amis gagnent en succulence à être rapprochés : quel délice qu'une tartine de pain Poilâne chaude lorsque y fond le beurre !

PORTRAIT

Voltaire n'est pas né sous le signe de la Balance : souvent partial et outrancier, il n'y va pas par quatre chemins et n'hésite jamais, entre deux mots, à choisir le pire. Impitoyable envers ses ennemis, il peut être aussi excessif dans la louange et l'hyperbole qu'il avait su l'être dans l'injure. À plus forte raison lorsque la femme qu'il célèbre est belle et qu'elle a du pouvoir, ce qui était le cas de la marquise de Pompadour. Ses flatteries tournent alors à l'obséquiosité. Le fouet de la satire dans une main, l'encensoir du courtisan dans l'autre, qui reconnaîtrait en lui cette grandeur et cette générosité qui l'avaient fait surnommer de l'anagramme de son nom : Ô ALTE VIR ?

Voici le quatrain qu'il avait composé pour figurer au bas d'un portrait de sa bienfaitrice.

Pompadour, ton crayon divin
Devait dessiner ton visage ;
Jamais une plus belle main
N'eût fait un plus bel ouvrage.

Voltaire

PUCELLE

Pourquoi faut-il donc que l'honnêteté, rarissime vertu, s'accompagne souvent chez ceux qui la pratiquent d'un ennui si profond que, dans le monde, la société d'un joyeux libertin se voie préférée à la compagnie d'un moraliste à longue figure ?

Tel fut le destin de Jean Chapelain (1595-1674), l'un des fondateurs de la toute première Académie française, homme intègre et poète détestable, qui passa le plus clair de son existence à concevoir et à écrire une épopée (genre noble s'il en fut !) consacrée à Jeanne d'Arc, *La Pucelle.*

Lorsque parut enfin l'œuvre annoncée vingt-cinq ans plus tôt, ce fut un éclat de rire général : Chapelain avait enfanté une œuvre illisible... en vingt-quatre chants, soit plus de quatorze mille vers, et le chef-d'œuvre si longtemps attendu sombra corps et biens.

Tout le monde se moqua. Les pamphlets, les parodies, les épigrammes se mirent à pleuvoir dru ; dans les salons intellectuels, *La Pucelle* était devenue un symbole de dérision. Dans les joutes littéraires, le perdant devait lire, à titre de gage, quelques vers de l'épopée. Boileau menait la danse.

Voici l'épigraphe qu'il apposa sur un exemplaire du livre :

Maudit soit l'auteur dur, dont l'âpre et rude verve,
Son cerveau tenaillant, rima malgré Minerve,
Et de son lourd marteau, martelant le bon sens,
A fait de méchants vers douze fois douze cents !

Boileau

Nicolas Boileau était le quinzième d'une famille de seize enfants. Celui qui s'en prenait à l'un des membres de la fratrie devait faire face à une solide équipe. Lorsque Chapelain, excédé par les critiques, reprocha à Puymorin — l'un des frères de Boileau — de ne pas savoir lire, il s'attira en retour une épigramme saignante du benjamin, monté au créneau pour défendre son grand frère.

Froid, sec, dur, rude auteur, digne objet de satire,
De ne pas savoir lire oses-tu me blâmer ?
Hélas ! pour mes péchés je ne sais que trop lire,
Depuis que tu te fais imprimer.

Boileau

Il n'est point de grand homme vertueux qui, sur la fin de sa vie, ne finisse par sentir l'aigre et le rance. Chapelain, ladre et vieux garçon crasseux, a laissé le souvenir pitoyable de ce que l'on nommera par la suite une tête de Turc.

RECETTE

Pour peu qu'on y regarde de loin, rien ne ressemble plus à un poème qu'un menu de restaurant, avec ses lignes inégales.

Celui qui se rapproche pour lire n'y trouve pas de rime... et pour cause. Car c'est un autre genre de rime qui est proposée, celle — plus subtile — qui accorde le bouquet des vins à la saveur des plats.

Avec le temps, les poèmes gastronomiques se sont raccourcis : rares sont les menus d'aujourd'hui qui dépassent la dimension d'un quatrain. Aux siècles précédents, l'appétit poétique était tel que l'on ne craignait pas des repas de quatorze plats... autant qu'un sonnet a de vers !

Il n'est pas de cuisinier — ni de gastronome — qui ne soit un peu poète à ses heures[1]... et pas seulement à cause du laurier, cette feuille commune aux deux activités.

L'histoire de la gastronomie a retenu les noms de cuisiniers qui s'illustrèrent en poésie. Tout le monde connaît Ragueneau, devenu immortel par la grâce d'Edmond Rostand, mais qui pourrait citer encore le nom de Paul Harel ?

Né en 1854 dans un village au nom prédestiné d'Échauffour (Orne), il ne cessa jusqu'à sa mort, en 1927, de régaler aussi bien les clients de son Auberge du Grand Saint-André, que les amateurs de poésie qui se pourléchaient en lisant ses recueils aux noms appétissants : *Gousse d'ail et fleurs de serpolet* ou *Souvenirs d'auberge.*

Autant de titres qui font... recette !

1. « ... Et qui ne le soit plus à seize heures trente », disait Francis Blanche !

Au-dehors, le brouillard vous happait à la gorge ;
Ma cuisine, au-dedans, flambait comme une forge.
Aux cendres du foyer, le pot-au-feu normand
Sommeillait comme un juste et ronflait en dormant.
Les rognons affolés frétillaient dans la poêle.
Palpitant, crépitant et crevant sur le gril,
Les boudins sifflaient mieux que merles en avril.
Les tripes sanglotaient tout bas dans leurs terrines.
Des fumets nourrissants montaient dans les narines,
Le gigot se vautrait sur les oignons confits,
Les poulets écrasaient leur lit de salsifis,
Et les doux ris de veau, couchés dans leurs coquilles,
Semblaient, en mijotant, caresser les morilles.

Paul Harel

RÉCLAME

C'était il y a cent ans, un siècle rendait l'âme... et la publicité, déjà, perçait sous la réclame.

Vers la fin du XIXe siècle, en effet, quelques industriels avisés ou valeureux commerçants se mirent en tête de faire connaître au public le produit qu'ils fabriquaient et d'en vanter l'excellence.

Ces hardis pionniers avaient remarqué la facilité avec laquelle les alexandrins s'impriment dans la mémoire ; aussi est-ce aux poètes qu'ils s'adressèrent d'abord pour la rédaction de leurs messages.

En 1863, un certain M. Mariani inventa un vin apéritif à base de feuilles de coca — de cocaïne, puisqu'il faut l'appeler par son nom — remarquable pour ses vertus toniques, analgésiques, digestives, en même temps que pour la légère dépendance qu'il entretenait.

L'idée géniale du créateur fut de faire célébrer les qualités du *Vin de Mariani* par les gens de lettres en échange de la fourniture gratuite de leur breuvage favori.

Victor Hugo, Jules Verne, Émile Zola et même le pape Léon XIII raffolaient de ce vin et acceptaient de le proclamer *urbi et orbi.* Chaque année, un album était édité qui contenait les photos de personnages célèbres en même temps qu'une phrase manuscrite incitant à la consommation du vin de Mariani.

Alors que la plupart de ces dédicaces étaient d'une banalité consternante, celle d'Edmond Rostand représentait un exercice périlleux d'acrobatie poétique :

À MARIANI
(dont j'ai toujours un flacon sur ma table de travail)

Celui-là n'a rien bu de péremptoire qui
N'a
Bu qu'un kola banal ou qu'un vague quinqui
Na !
Ni bisque ni piment, pour qui se maria,
Ni
Gingembre n'ont jamais valu le Maria-
Ni !
Et c'est pourquoi je chanterai, Mariani
Que
Ton vin est digestif, réconfortant, toni-
Que
*Et, sans fin, je ferai répéter à l'*Écho-
Qu'à
Tout élixir, toujours, je préfère ton Co-
Ca !

Edmond Rostand

Après la guerre de 14-18, certaines sociétés pharmaceutiques s'arrachèrent à prix d'or les écrivains ou dramaturges à la mode pour obtenir d'eux des réclames en vers. Le revuiste Rip, après avoir longtemps résisté, se laissa tenter par un chèque de dix mille francs, offert par les laboratoires qui fabriquaient le fameux *Jubol*, le laxatif qui venait à bout des constipations opiniâtres.

Ce qui donna ce quatrain d'anthologie :

Qui chie bien se pousse du col
Pour qui ne peut, l'heure est amère.
Ami lecteur, prends du Jubol.
Pleure pas, tu la r'verras ta mer...

Le slogan « Jubolisez-vous au Jubol ! » avait été détourné par quelques petits farceurs au profit des biscuits Olibet, et ils proclamaient bien haut : « Olibaisez-vous ! »

REVUE

Les fins de siècle sont propices aux bouillonnements d'idées, aux révolutions intellectuelles. La perspective de la page blanche d'un nouveau siècle où tout est à réinventer excite les artistes. On voit fleurir les mouvements qui en appellent au changement, cependant que des revues se créent pour les accompagner et les expliquer au public.

À la fin du XIXe siècle existaient déjà une *Revue rose* et une *Revue bleue.* Qu'à cela ne tienne ! Les trois frères Natanson — dont le père est un richissime banquier d'origine polonaise — créeront, en 1889, *La Revue blanche.* Pourquoi « blanche » ? Parce qu'elle se proposait de présenter la synthèse des tendances créatrices de l'époque ; le blanc n'étant, en somme... que la somme de toutes les couleurs.

Ouverte aux idées nouvelles, *La Revue blanche* va très vite attirer à elle tous les jeunes talents pour devenir le haut lieu de l'intelligentsia parisienne non conformiste.

Les responsables de la rubrique livres se nomment Léon Blum et André Gide. C'est Claude Debussy qui tient la chronique musicale. Tristan Bernard y parle de sport ; Alfred Jarry, Pierre Véber et Romain Coolus de théâtre ; et, parmi les collaborateurs occasionnels, on rencontre Marcel Proust, Jules Renard ou Toulouse-Lautrec, qui trouve là un bar accueillant et des amis pour boire avec lui. Le nom à rallonge du petit grand peintre fournit à Coolus deux rimes riches... suffisamment riches en tout cas pour un quatrain :

Ah ! je comprends que l'on jalouse
En barman, ton profil grec
Toulouse-
Lautrec !

Romain Coolus

RONDEAU

Toute poésie a son arithmétique, et le poète doit savoir compter sur ses doigts... au moins les douze pieds de ses alexandrins, ou les quatorze vers d'un sonnet et les treize d'un rondeau.

Le rondeau se construit sur deux rimes, huit masculines et cinq féminines... ou l'inverse. Les trois ou quatre premiers mots du rondeau serviront de refrain après le huitième et le treizième vers.

Ces règles ne sont compliquées qu'en apparence... et Voiture (1597-1648) ne trouva rien de mieux que de composer un rondeau afin d'expliquer l'art de composer un rondeau !

MA FOI, C'EST FAIT *de moi, car Isab*eau
*M'a conjuré de lui faire un rond*eau.
*Cela me met dans une peine extr*ême
Quoi ! treize vers : huit en eau, *cinq en* ême *!*
*Je lui ferais aussitôt un bat*eau
*En voilà cinq pourtant en un monc*eau
*Faisons-en sept en invoquant Brod*eau [1]
*Et puis, mettons, par quelque stratag*ème
MA FOI C'EST FAIT,
*Si je pouvais encor de mon cerv*eau
*Tirer cinq vers, l'ouvrage serait b*eau
*Mais, cependant, me voilà dans l'onzi*ème

1. Victor Brodeau (mort jeune, en 1510) était le disciple gentil de Marot, qui l'appelait son fils (Robert Sabatier, *Histoire de la poésie française — XVIe siècle*).

*Et si je crois que je fais le douzi*ème
*En voilà treize ajustés de niv*eau.
MA FOI, C'EST FAIT.

Voiture

Reconnaissons-le : Voiture n'avait guère été inspiré dans l'écriture de cette œuvrette. Heureusement, pour la renommée de ce genre, d'autres ont fait mieux que lui.

Parmi les rondeaux célèbres, on cite volontiers celui de Maître Adam Billaut (1600-1662). C'était un menuisier de Nevers qui, sans aucune formation littéraire, était devenu poète dans son atelier et composait des vers en maniant le rabot.

Ses poèmes, qui roulent tous sur un thème unique, celui du vin, sont pleins de verve et de feu. À son époque, celui qu'on surnomma « le Virgile du rabot » connut une sorte de célébrité. Les grands s'intéressèrent à lui : Richelieu lui accorda une pension, ainsi que Gaston, frère de Louis XIII. Corneille lui dédia même un sonnet.

« Le rondeau, né gaulois, a la naïveté », écrivait Boileau. Celui de Maître Adam Billaut ne manque pas, en plus, de finesse. Et le traitement de la sciatique par le vin qu'il a préconisé recèle peut-être des vertus insoupçonnées : tout dépend du cru !

POUR TE GUÉRIR *de cette scia*tique,
*Qui te retient comme un paraly*tique
*Entre deux draps sans aucun mouve*ment,
*Prends-moi deux brocs d'un fin jus de sar*ment
*Puis, lis comment on les met en pra*tique.

*Prends-en deux doigts et, bien chaud, les appl*ique
*Sur l'épiderme où la douleur te p*ique,
*Et tu boiras le reste prompte*ment.
POUR TE GUÉRIR.
*Sur cet avis, ne sois point hérét*ique ;
*Car je te fais un serment authent*ique,
*Que si tu crains ce doux médica*ment,
*Ton médecin, pour ton soulage*ment,
*Fera l'essai de ce qu'il communi*que.
POUR TE GUÉRIR.

Adam Billaut

SOT

Qui a comme nom Palissot devra prendre garde à la rime ! Charles Palissot de Montenoy (1730-1814), loin d'être un sot, était même un enfant précoce qui, à dix-huit ans, était déjà marié et avait composé sa première tragédie. Mais les choses ne tardèrent pas à se gâter : arriviste à tous crins, le garçon comprit qu'il était plus facile de se faire un nom en critiquant les œuvres des autres qu'en en écrivant soi-même. Suivant en cela sa pente naturelle qui l'entraînait vers la satire et le burlesque, il décida de se faire les dents sur les philosophes de l'Encyclopédie qui tenaient alors le haut du pavé.

Avant de faire jouer sa pièce *Les Philosophes*, le 2 mai 1760, au Théâtre-Français, il prit la précaution de s'assurer la protection de Choiseul et de la reine, ainsi que la neutralité de Voltaire dont il craignait comme la peste les reparties mordantes.

Sur un thème grossièrement démarqué des *Femmes savantes*, de Molière, il se gaussait de Diderot, il égratignait d'Alembert et surtout il cherchait à ridiculiser Jean-Jacques Rousseau, présenté comme un ennemi de la civilisation, et dont le disciple, le valet Crispin, revenu à l'état de nature, se déplaçait sur la scène à quatre pattes et broutait une salade qu'il tirait de sa poche. Palissot ne faisait pas dans la dentelle, et son public, ravi du jeu de massacre, avait le rire gras et lourd.

Il récidiva, en 1764, avec un poème satirique, *La Dunciade ou la guerre des Sots* (revoici la rime !), sorte d'épopée burlesque où l'on voit l'académicien Marmontel, en général des Sots, tenter de mener à la conquête du Parnasse les troupes de la déesse Stupidité, laquelle chevauchait un âne, aux ailes placées à l'envers, et qui répondait au nom spirituel d'*Aliboron-Fréron* !

Marmontel prit très mal la chose et ne manqua aucune occasion de passer à la contre-attaque, fût-ce dans les salons où, à partir des rimes (tendancieuses, il est vrai !) qu'on lui proposait, il composait des bouts-rimés destinés à ridiculiser son ennemi. La légèreté et l'esprit ne sont pas de mise dans ce duel d'artillerie où pleuvent jeux de mots et calembours.

CONTRE PALISSOT

Le poète franc	Gaulois,
Gentilhomme	Vendômois,
La gloire de sa	bourgade,
Ronsard, sur son vieux	hautbois,
Entonna la	Franciade.
Sur sa trompette de	bois,
Un moderne auteur	maussade,
Pour lui faire	paroli [1]
Fredonna la	Dunciade.
Cet homme avait nom	Pali :
On dit d'abord Palis	sade,
Puis, Palis fou, Palis	plat,
Palis froid et Palis	fat.
Pour couronner la	tirade,
En fin de	turlupinade,
On rencontra le vrai	mot,
On le nomma Palis	sot.

ENVOI

M'abaissant jusqu'à toi, je joue avec le mot
Réfléchis si tu peux, mais n'écris pas... lis, sot !

Marmontel

1. *Faire paroli* : au jeu, c'est l'action de doubler la mise lorsque l'on vient de gagner.

VILLANELLE

Imagine-t-on, de nos jours, un digne professeur d'éloquence au Collège de France, latiniste accompli, daignant descendre de sa chaire magistrale pour entonner une chanson pastorale ? Ne pourrait-on craindre que ses collègues universitaires, inquiets de sa santé mentale, ne se gaussent de lui ?

C'est pourtant à Jean Passerat (1534-1604), parfait humaniste et satiriste mordant qui participa à l'équipe de la Satire Ménippée, que l'on doit l'une des plus belles *villanelles* connues, celle qui est restée comme le chef-d'œuvre absolu du genre. Dans l'ancienne poésie française, on désignait sous ce nom des petites chansons simplettes d'inspiration rustique où se répondaient le berger et la bergère. Les règles en sont peu compliquées : des vers de sept syllabes, répartis en un nombre impair de tercets auxquels s'ajoute un quatrain final.

On n'y doit trouver que deux rimes, la première féminine, la seconde masculine, et quelques vers qui se répètent à de courts intervalles :

J'ai perdu ma tourterelle
Est-ce point elle que j'oi[1]
Je veux aller après elle.

Tu regrettes ta femelle ;
Hélas ! aussi fais-je moi ;
J'ai perdu ma tourterelle.

Si ton amour est fidèle,
Aussi[2] *est ferme ma foi ;*
Je veux aller après elle.

1. J'entends.
2. De même.

Ta plainte se renouvelle ;
Toujours plaindre je me doi :
J'ai perdu ma tourterelle.

En ne voyant plus la belle,
Plus rien de beau je ne voi :
Je veux aller après elle.

Mort, que tant de fois j'appelle,
Prends ce qui se donne à toi ;
J'ai perdu ma tourterelle,
Je veux aller après elle.

Jean Passerat

Bibliographie

ABRY AUDIC et CROUZET, *Histoire illustrée de la littérature française,* Didier, 1916.

ALLAIN Maurice, *Histoire générale de la littérature française,* Quillet, 1922.

BEAUMARCHAIS (de), COUTY et REY, *Dictionnaire des littératures de langue française,* 4 tomes, Bordas, 1987.

BERNARD Tristan, *Souvenirs et anecdotes,* Cherche-Midi, 1992.

BOMPIANI, *Dictionnaire encyclopédique de la littérature française,* « Bouquins » Laffont, 1997.

BOUDET Jacques, *Les Mots de l'Histoire,* Laffont, 1990.

COUSOT F., *Les Poésies fugitives,* Éd. Louis Michaud, 1912.

DEBAILLY, ROBRIEUX et Van den HEUVEL, *Le Rire de Voltaire,* Éd. du Félin, 1994.

DOMAIRON, *Principes généraux des Belles Lettres,* 1785.

ELUARD PAUL, *La Poésie du passé,* Seghers, 1960.

FOURNIER Édouard, *L'Esprit des autres,* E. Dentu, 1879.

FRAIN Irène, *La Guirlande de Julie,* Laffont, 1991.

GOULEMOT, LIDSKY et MASSEAU, *Le Voyage en France,* « Bouquins » Laffont, 1997.

GUTH Paul, *Histoire de la littérature française,* 2 tomes, Flammarion, 1981.

HAEDENS Kléber, *Une histoire de la littérature française,* Sfelt, 1949.

HOLLIER Denis, *De la littérature française,* Bordas, 1990.

HUGO Victor, *Tas de Pierres,* Œuvres complètes, Club français du livre, 1967.

KLEIN Ch. A., *Alphonse Karr, prince de l'esprit,* Cherche-Midi, 1994.

LARCHEY Lorédan, *L'Esprit de tout le monde,* Berger-Levrault, 1893.

LE CHARBONNIER Bernard, *Histoire de la littérature française,* Nathan, 1984.

MALOUX Maurice, *Traits et mots d'esprit dans l'Histoire*, Albin Michel, 1977.

MARTIAL, *Épigrammes*, Orphée/ La Différence, 1989.

MAUREPAS-BRAYARD (de), *Le* XVIIIe *siècle*, « Bouquins » Laffont, 1996.

NIDERST Alain, *Le Siècle de Louis XIV*, « Bouquins » Laffont, 1997.

NURIDSANY M., *Précieux et Libertins*, Orphée/La Différence, 1990.

ORIEUX Jean, *Voltaire*, Flammarion, 1966. *La Fontaine*, Flammarion, 1976.

ORIZET Jean, *Bibliothèque de poésie*, 16 volumes, France-Loisirs, 1992.

PICON Gaëtan, *Panorama de la nouvelle littérature française*, NRF, 1949.

PRASTEAU Jean, *Les Grandes Heures du Faubourg-Saint-Germain*, Perrin, 1992.

ROUART Jean-Marie, *Bernis, le Cardinal des plaisirs*, Gallimard, 1998.

SABATIER Robert, *Histoire de la poésie française*, 9 volumes, Albin Michel, 1975-1988.

X J. CH. (bachelier ès mauvaises langues), *Le Petit Citateur*, Paphos, 1881.

Dictionnaire de la conversation et de la lecture, 68 tomes Belin-Mandar puis Garnier, 1833-1844.

Les Cent plus grands Écrivains choisis par l'Académie Goncourt, 12 tomes — Éd. Filipacchi, Compagnie 12, 1991.

Collection « La Vie quotidienne », Hachette :
Guy Chaussinand-Nogaret, *La Vie quotidienne des femmes du roi*, 1990.
Jacques Wilhelm, *La Vie quotidienne au Marais au* XVIIe, *1966.*
Georges Mongredien, *La Vie quotidienne des comédiens au temps de Molière*, 1966.
Claude Dulong, *La Vie quotidienne femmes au Grand Siècle*, 1984.

Chroniques de la France et des Français, Larousse, 1987.

Remerciements

De tout cœur, merci aux amis qui ont contribué à enrichir cette anthologie par les documents, informations ou éditions rares, par eux découverts dans des bibliothèques, des librairies anciennes ou des salles des ventes.

Si la poésie s'enfuit, mon amitié reste acquise à Serge Beucler, Pierre Belfond, Thierry Leguay, Jean Orizet, Michel Jeury, Jean Sauteron et Michel Topolinski, en particulier.

Merci à Antoine Audouard qui a aimé le projet de ce livre ainsi qu'à Clarisse Cohen qui en a assuré le suivi attentif.

Ma reconnaissance toute particulière va à Robert Sabatier pour sa monumentale *Histoire de la poésie française*, indispensable à tous ceux qui souhaitent pénétrer un jour à sa suite dans le cercle des poètes disparus.

Cl. G.

Index des auteurs

Allais, Alphonse 65
Apollinaire, Guillaume 405
Aragon, Louis 365
Argenson (d') 89
Arnaud 232, 233
Arnoul, René 289, 290
Arnould, Sophie 47, 156, 285
Aurevilly Barbey (d') 84
Bachaumont, Louis Petit (de) 43, 93, 94, 95
Baour-Lormian, Pierre François Marie 154, 245
Beaumarchais 451
Beauvoir, Roger (de) 446
Becque, Henri 170, 171
Bensérade, Isaac (de) 328, 358, 359, 449, 450
Béranger, Pierre Jean 375
Bernard, Catherine 286
Bernard, Tristan 159, 221, 244, 362, 430
Bernis, François Joachim de Pierre (de) 287, 288
Berthelot, Nicolas Pierre 426, 427
Billaut, Adam 485, 486
Boileau-Despréaux, Nicolas 72, 133, 134, 137, 156, 164, 165, 166, 216, 217, 261, 275, 398, 416, 417, 475, 476, 485
Boisrobert, François Le Métel (de) 102, 103
Boufflers, Stanislas (de) 371, 394, 444, 445
Bouillon (duchesse de) 181, 182
Boursault, Edme 62, 272, 458
Brébeuf, Guillaume (de) 121, 122, 123, 124
Brohan, Augustine 223
Buffon 392, 393
Bussy-Rabutin, Roger (de) 238, 278, 328, 329
Cailly, Jacques (de) 143, 144, 206, 207, 219
Capelle, Pierre 96
Charles IX 315
Charleval 124, 308, 309
Chateaubriand, François René (de) 195, 318, 319
Chénier, André 468
Chénier, Marie-Joseph 174, 175
Choisy (de) 36
Claretie, Jules 221, 222
Claudel, Paul 30
Clemenceau, Georges 215, 452, 453
Colletet, Claudine 235, 304
Colletet, Guillaume 289, 310, 418, 419
Condorcet (de) 48
Constant, Benjamin 57
Coolus, Romain 482, 483
Corneille, Pierre 102, 157, 158, 162, 287, 353, 354, 358
Cotin, Charles 26, 110, 111, 364, 365, 398, 399, 400, 457
Creuzé de Lesser, Augustin François 161
Cubières, Michel (de) 321, 322
Dalí, Salvador 218
Daninos, Pierre 218
Deffand (du) 282
Delille, Jacques 88
Démocrite 269
Descartes, Catherine 334
Desmarets de Saint-Sorlin 276, 341
Desportes, Philippe 42, 293, 294, 295
Diderot, Denis 337
Du Bellay, Joachim 455, 456
Dubois 266
Dufresny, Charles Rivière 367, 368

Dulot 181
Dumas, Alexandre 108, 109, 381, 446
Dumas, Alexandre fils 58, 59, 167, 171, 284
Dutourd, Jean 463
Estienne, Henri 426
Euripide 357
Figueroa, Francisco Acuna (de) 185
Fombeure, Maurice 472
Fontenelle 112, 191, 420, 445
François Ier 351
Frédéric II 246
Fréron, Élie-Catherine 269
Furetière, Antoine 53, 54, 186
Gautier, Théophile 176, 405
Genest, Charles Claude 347
Gentil Bernard, Pierre Joseph 300, 301
Giraudoux, Jean 205
Gombauld, Jean Ogier (de) 19, 56, 218, 219, 278
Gregh, Fernand 30, 31, 193, 194
Gresset, Jean-Baptiste 168, 169
Guéméné 229
Guichard, Éléonore 431, 432
Guillet, Antoine Leblanc (de) 62
Guth, Paul 91, 122
Harel, Paul 477, 478
Hénault, Charles 385
Henri IV 315, 316, 317, 390, 391
Héraud, Edmond 203
Horace 291
Hugo, Victor 29, 38, 39, 40, 41, 57, 63, 72, 73, 77, 84, 85, 91, 163, 260, 275, 318, 319, 405, 409, 410, 411, 451
Imbert, Barthélemy 325
Jarry, Alfred 24
Jeanson, Henri 101
Jodelle, Étienne 180
Karr, Alphonse 211, 214, 215, 401
L'Hermite, Tristan 279, 407
La Beaumelle 66
La Bruyère, Jean (de) 162
La Chapelle 33
La Condamine, Charles Marie (de) 240
La Fontaine, Jean (de) 26, 53, 54, 234, 376, 426
La Giraudière 104
La Harpe, Jean-François 43, 114, 115, 116
La Martinière 261, 262
La Monnoye, Bernard (de) 26, 27, 68
La Motte, Antoine Houdar (de) 21, 22
La Rochefoucauld, François (de) 32, 69
La Sablière (Mme de) 297, 298
La Sablière, Antoine (de) 414, 415
La Vallière, Louise (de) 311, 312, 351, 352
Lainez, Alexandre 302, 303
Lamartine, Alphonse (de) 438
Lattaignant (abbé de) 387, 388
Le Houx, Jean 45, 46
Léautaud, Paul 17
Lebrun, Ponce Denis Écouchard (dit Pindare) 48, 49, 55, 116, 117, 135, 154, 155, 176, 177, 178, 179, 195, 205, 236, 237, 239, 245, 270, 284, 459
Leclercq 48
Lemierre, Antoine Marin 62, 331, 332
Lenclos, Ninon (de) 230, 337, 354
Léonard 443
Lestoille, Claude (de) 80
Lesuire 324
Lingendes, Jean (de) 320
Linières, François Payot (de) 137, 138, 362, 363
Louvois 220
Louÿs, Pierre 113, 463
Maine (duchesse du) 197
Malherbe, François (de) 465

Mallarmé, Stéphane 332, 333, 462
Malleville, Claude (de) 342
Marbeuf, Pierre 198
Marivaux 80
Marmontel 362, 440, 487, 488
Marot, Clément 372, 376, 377, 396, 397
Martial 105, 120, 121, 291, 369
Maucroix, François (de) 357, 384
Maurepas 51
Maynard, François 186, 187
Molière 117, 143, 157, 164, 291, 292, 341, 398, 399
Montausier, Charles (de) 340
Montcrif, François Augustin de Paradis (de) 168
Montespan (marquise de) 128, 129
Montreuil, Mathieu (de) 314
Motin, Pierre 338, 339, 426
Murat, Henriette (de) 382, 383
Musset, Alfred (de) 24, 405, 466, 467
Nivernois, (duc de) 336
Orléans (duchesse d') 202
Palissot, Charles (de) 247
Panard, Charles François 433, 440, 441
Parseval-Grandmaison 63, 64
Pascal, Blaise 68
Pasquier, Étienne 386, 387
Passerat, Jean 489, 490
Patrix, Pierre 81, 82
Péguy, Charles 23
Piron, Alexis 89, 90, 125, 126, 127, 148, 226, 227, 228, 237, 242, 243, 249, 388, 389, 439, 460, 461, 471
Pompadour, (marquise de) 99, 127, 247
Ponchon, Raoul 344, 345
Pons de Verdun, Robert 210, 219
Pope, Alexander 44
Pradon, Nicolas 330
Prévoisin (marquis de) 306
Proust, Marcel 193, 469, 470
Queneau, Raymond 291
Quinault, Philippe 326, 327
Racine, Jean 159, 216, 217, 253
Régnier, Mathurin 20, 130, 212, 213, 356
Renard, Jules 95, 106, 362, 371
Retz (cardinal de) 371
Reverdy, Pierre 459
Richelieu (de) 373, 374, 382
Rimbaud, Arthur 24
Rip 480
Rivarol, Antoine (de) 104, 177, 322, 331, 348, 349, 380, 381, 394
Ronsard, Pierre (de) 202, 203, 244, 291, 361, 423, 424, 464
Rostand, Edmond 137, 272, 479, 480
Roucher, Jean Antoine 468
Rousseau, Jean-Baptiste 20, 21, 22, 23, 173, 249, 250
Rousseau, Jean-Jacques 394
Roy, Pierre Charles 169, 272, 273
Saint-Amant 145, 304, 305
Saint-Aulaire (marquis de) 196
Saint-Évremond, Charles (de) 115
Saint-Gelais, Mellin (de) 140, 360, 361
Saint-Pavin, Denis Sanguin (de) 47, 80, 192
Saint-Simon 35, 263
Sarazin, Jean-François 378, 379
Scarron, Paul 71, 265, 308
Scudéry, Georges (de) 342, 343
Scudéry, Madeleine (de) 334
Scudéry (Mlle de) 141, 142, 355
Segrais, Jean Régnault (de) 421
Senecé, Antoine Bauderon (de) 248
Sévigné (marquise de) 130, 253, 276

Swift, Jonathan 76
Tallemant des Réaux, Gédéon 147, 181
Talleyrand 357
Vatout, Jean 151, 152, 153
Verlaine, Paul 109
Verville, Béroalde (de) 202, 224
Voiture, Vincent 83, 340, 407, 408, 484, 485
Voltaire, François-Marie Arouët 26, 58, 60, 61, 62, 66, 67, 95, 112, 125, 176, 184, 188, 189, 190, 200, 201, 225, 226, 241, 255, 258, 263, 268, 269, 282, 283, 288, 299, 301, 307, 313, 337, 350, 366, 369, 370, 403, 404, 412, 413, 427, 428, 474
Yart, Antoine 192

Index des destinataires

Alacoque, Marie 169
Alençon, Émilienne (d') 345
André, Serge 469, 470
Angennes, Julie (d') 340
Angevillier (d') 132
Apelle 302, 303
Arnould, Sophie 220, 429
Aube (d') 112
Aurevilly Barbey (d') 85
Baour-Lormian, Pierre François Marie 154, 155, 245
Baudot 70
Beauharnais, Fanny (de) 178, 179, 321
Becque, Henri 171
Benserade, Isaac (de) 358
Bernard (Mlle) 330
Bernis, François Joachim de Pierre (de) 431, 432
Bèze, Théodore (de) 180
Bixio, Jacques Alexandre 106, 107
Boccage (du) 191, 192
Boissier, Gaston 171
Bonaparte, Napoléon 69, 131, 203
Bonmariage, Sylvain 206
Campenon 183
Campistron, Jean Galbert (de) 91, 92
Carbon 195
Castellane (de) 318
Chabanon, Guy (de) 267, 427
Chamillart, Michel (de) 50
Champcenetz (de) 205, 206
Champmeslé (La) 253
Champmeslé, (M. et Mme) 254
Chapelain, Jean 475, 476
Chateaubriand, François René (de) 208, 209
Châteauroux, Marie-Ange (de) 118
Clermont (comte de) 272, 273
Clermont-Tonnerre 254
Clopin 70
Collardeau 94, 95
Colletet, Guillaume 234
Combalet, Philis (de) 181, 182
Condé, Henri Jules (de) 346
Condé, (prince de) 355
Coras, Jacques (de) 217
Corneille, Pierre 171, 216
Corneille, Thomas 171
Cotin, Charles 111
Cubières, Michel (de) 322
Delille, Jacques 183
Denis 58
Des Barreaux, Jacques Vallée 137, 138
Desfontaines, Pierre Guyot 225, 226, 227
Deshoulières (Mme) 449, 450
Diart 257
Diderot, Denis 94, 95
Dorat, Claude Joseph 94, 95, 114, 116, 179
Du Barry, Jeanne 298, 299, 335, 336
Du Châtelet, Émilie 282
Du Parc, Marquise 157
Dubois 174, 175
Duchesnois 28
Dugazon 256
Dumas, Alexandre 170, 446
Dumas, Alexandre fils 170
Dutort (Mme) 420
Duval du Tillet (Mlle) 257
Entragues, Henriette (d') 390, 391
Estrées, Gabrielle (d') 316
Farigoule, Louis (voir Jules Romain) 100, 101
Fayolle 104, 105

Florian, Jean-Pierre Claris (de) 176, 177
Foa, Eugénie 211
Foncemagne 267
Fontanges (duchesse de) 35
Franc-Nohain 463
Frédéric II (roi de Prusse) 247, 412, 413
Fréron, Élie-Catherine 67, 95, 268, 269
Furetière, Antoine 54
Gaussin 43
Gautier, Judith 409
Geoffroy, Julien Louis 203, 204
George (Mlle) 28, 29
Gistal (docteur) 167
Gorle, Marquise Thérèse (de) 157, 158, 159
Gresset, Jean-Baptiste 169
Grétry, André Modeste 189, 190
Guilleragues 53, 54
Guimard, Marie-Madeleine 251
Hénin (prince d') 220
Hugo, Victor 64, 78, 260
Job 141, 142
Karr, Alphonse 107
L'Hôpital (Mme de) 98
La Beaumelle 67
La Bletterie 255
La Bruyère, Jean (de) 271, 272
La Chaise 69
La Chambeaussière, Poisson (de) 210
La Condamine, Charles Marie (de) 240, 241
La Coudrelle (de) 387
La Fontaine, Jean (de) 54
La Motte, Antoine Houdar (de) 22
La Vallière, Louise (de) 128, 129
Lambert (Mme de) 89
Lauraguais, Diane (de) 118
Lavaux (Mme de) 373
Law, John 189
Le Blanc 94, 95
Le Clerc, Michel 217
Le Jay 66, 67
Lebrun, Ponce Denis Écouchard 245
Lebrun-Tossa 239
Lemierre, Antoine Marin 63, 94, 95
Lenclos, Ninon (de) 32, 33, 229
Leszczynska, Marie 385
Louis XIV 72, 238, 311, 351
Louis XVI 160, 324
Louis XV 118, 119, 323
Mailly, Louise Julie (de) 118
Maine (duchesse du) 196
Maintenon (Mme de) 72, 265, 266
Manette 348, 349
Marmontel 94, 95, 232, 233, 236
Matin 257
Maury 174, 175
Maynon 190
Ménage, Gilles 143
Ménard 148
Menken, Ada 109
Mérode, Cléo (de) 344
Michaud 183
Midas 188, 189
Miré 256
Moïse 304
Montague, Élisabeth 44
Montespan (marquise de) 129
Montesquieu, Charles (de) 94, 95
Moreau 257
Motteville (Mme de) 378
Napoléon II 34
Orizet, Jean 463
Orléans (duchesse d') 366
Palissot de Montenoy, Charles 487, 488
Pernod 24
Perrault, Charles 165
Perrault, Claude 165, 166
Pezay, marquis Alexandre Masson (de) 156
Piéneuf, Jeanne Agnès Berthelot (de) 307

Piron, Alexis 126
Polla 120
Pompadour 51, 52, 246, 287, 474
Pompadour (marquise de) 98, 246
Pompignan 94, 95, 258, 259
Proust, Marcel 194
Raucourt, Françoise (de) 149, 150
Récamier (Mme) 208
Renoir, Pierre Auguste 463
Richelieu (de) 310
Rochois 257
Roissy 36
Romains, Jules (dit Louis Farigoule) 100
Ronsard, Pierre (de) 315
Rousseau, Jean-Baptiste 65, 249
Saint-Amant 304
Saint-Gelais, Mellin (de) 361
Saint-Pierre 60, 61
Saint-Roch 200, 201
Salviati, Cassandre 423
Saumaise, Claude 261, 262
Scarron, Paul 72, 73
Scudéry, Madeleine (de) 147
Sorel, Cécile 74
Soubise, Charles (de) 97, 98, 99
Staël (Mme de) 57, 136, 394
Tencin (Mme de) 89, 90
Thiers, Adolphe 106, 107
Toulouse-Lautrec, Henri (de) 482
Ulrique (princesse) 412
Vatout, Jean 153
Vaucanson, Jacques (de) 236, 237
Vauchamp (Mlle) 88
Vendôme (duc de) 263, 264
Verlaine, Paul 462
Veuillot, Louis 85
Vintimille, Pauline (de) 118
Voisenon 184
Voiture, Vincent 358
Voltaire, François Marie Arouët 94, 95, 242, 243, 269

Ce volume a été composé
par Nord Compo
et achevé d'imprimer en avril 1999
sur presse Cameron
par ***Bussière Camedan Imprimeries***
à Saint-Amand-Montrond (Cher)
pour le compte des éditions Robert Laffont
24, avenue Marceau, 75008 Paris

Dépôt légal : avril 1999.
N° d'édition : 39833. N° d'impression : 991640/4.
Imprimé en France